나의 전쟁은 끝나지 않았다

정현웅 장편소설

제3권

# 3권 차례

제9장  마적단 인질 사건 ················································· 3

제10장  2차 거병(擧兵) ················································· 116

제11장  백두대간(白頭大幹)에 구국의 총성이 휘날린다······· 180

제12장  나의 전쟁은 끝나지 않았다 ································ 247

## 제9장

# 마적단 인질 사건

**1**

 우리는 아침 일찍 일어나 교회 마당에 모였다. 해삼위(블라디보스토크)로 향하는 포장마차를 타고 출발하려는 것이다. 포장마차는 의암 류인석 집에서 교회로 올 때 타고 온 일이 있는 그 마차였다. 그 마차는 홍 씨 노인의 개인 소유인지 그가 항상 몰고 다녔다. 말 두 필이 끌고 있는 것으로 열 명 정도 합승할 수 있는 시설이었다. 홍 씨 노인을 만나자 우리 일행은 반가웠다.

 "그동안 잘 지냈어요?"

 홍 씨 노인이 웃으면서 우리에게 물었다. 우리는 소풍도 하며 즐겁게 지냈다고 대답했다. 사실 서간도에 소풍하러 온 것은 아니었다. 의병장과 독립지사들이 서간도와 북간도에 모여들었다고 해서 그들을 만나보고 앞으로 나랏일을 의논하려는 장대한 뜻을 가지고 방문했다. 물론, 나 개인적으로는 스승 의암 선생을 만나는 일이 비중이 컸지만, 털보와 김상태는 의암에 대해서 비판적이었다.

　우리가 출발하기 위해 마차에 오르고 있는 동안에도 강 목사의 큰딸 난설헌(蘭雪軒)은 아버지와 무슨 이야기가 많은지 밀담하듯이 나지막한 소리로 주고받고 있었다. 강 목사는 무엇인가 지시하는 듯했고, 딸은 알겠다고 고개를 끄덕이고 있었다. 작은딸도 함께 간다고 했으나 그녀의 모습은 보이지 않았다. 칠월 중순이 접어들면서 그녀가 다니는 통화고등중학교에서는 방학을 해서 쉬고 있었다. 그 방학 기간 해삼위를 방문하려는 것이다. 그런데 그녀는 언니를 따라 그곳에 자주 간 듯했다. 별로 내키지 않는 눈치였다. 아침이 되어도 성애는 나타나지 않아 아버지가 집사 한 사람을 시켜 찾아오라고 했다. 집사가 가서 잠에서 깨어나지 않은 그녀를 데리고 나왔다. 눈치를 보니 급히 세수하고 옷도 대충 입고 나온 듯했다. 옷가지를 비롯한 몇 가지 일용품은 그녀의 언니가 챙겨갔다.

　십리평 동촌 교회를 출발한 우리는 넓은 신작로를 거쳐 산속 길로 들어섰다. 산길은 좁았고, 길이 울퉁불퉁해서 빨리 달리지 못했다. 한 시간 정도 달리자 맞은편에서 해가 뜨는 것이 보였다. 해가 뜨면서 벌판이 눈앞에 펼쳐졌다. 그 장대한 황무지를 보면서 나는 대지의 광대함에 놀라웠다. 길 양옆으로 개발하지 않은 풀숲이 끝도 없이 펼쳐있고, 땅은 거칠고 나무가 무성했다. 개발하면 농토가 될 수 있는 땅이 버려져 있었다. 그렇게 한참 달리자 작은 샛강이 나왔다. 샛강에 이르자 옆으로 수수를 심어놓은 벌판이 보였다. 그 벌판은 온통 수수로 가득 찼다. 아직 추수할 정도는 아니었으나 수수는 키 높이 자랐고, 수술이 시커멓게 익어가고 있었다. 길옆의 샛강 변에 마차가 멈추면서 잠깐 쉬었다. 마차가 두어 시간 달리면 말을 잠깐 쉬게 하였다. 홍 씨 노인이 두 마리의 말을 마차에서 떼어내 샛강으로 가더니 물을 먹였다. 우리는 마차에서 내려 수수로 가득 찬 길옆에서 사방을 둘러보았다. 조금 떨어진 산등성이에 마을이 있었다. 마을은 모두 초가집으로 굴뚝에서 연기가 피어올랐다. 마을 풍경으로 보아 조선인 이주민들이 사는 곳으로 보였다. 그렇지 않아도 난설헌이 그 마을을 손으로 가리키며 조선인 촌이라고 하였다.

"집에서 아침을 짓고 있는 굴뚝 연기 같군요. 전형적인 조선 마을 아침 풍경입니다."

내가 난설헌에게 말하자, 옆에서 듣고 있던 김상태가 불만스런 어투로 불쑥 거들었다.

"형님, 지금 조선의 촌락에서는 저렇게 평화스런 연기가 나오지 않는 곳이 많습니다. 모두 못살아서 아침에 굴뚝에 연기를 피워 밥을 하지 못해요. 왜 아침밥을 짓지 못하는지 아세요? 하루에 세 끼 먹던 것이 두 끼만 먹으니, 점심이 가까워야 아침겸 점심을 짓는 겁니다. 그러니 아침 연기가 나올 기회가 없어요."

"지금 무슨 그런 비참한 이야기를 하나? 모두 그런 것은 아니지 않는가."

"모두 그렇지야 않겠지만 일부 농민들은 그렇게 피폐해져 있습니다. 그래서 이 황무지에 와서 수수를 일궈서 사는 게 아니겠어요?"

그때 듣고 있던 난설헌이 깊은 한숨을 내쉬면서 단호한 어조로 말했다.

"그래서 우리는 국권을 수복해서 나라를 찾아야 합니다."

그녀의 말투는 이미 나라를 잃어버린 것같이 말하는 것이다. 실제 일본에게 나라를 빼앗긴 것이나 마찬가지였다. 그녀의 말을 일상적인 푸념으로만 들었으나, 그녀의 야심은 다른 데 있었다. 마을 쪽에서 예닐곱 살로 보이는 두 명의 아이들이 풀잎으로 모자를 만들어 쓰고 수수깡을 잘라 담배처럼 피우면서 노래를 부르며 우리에게 다가왔다. 한 애는 사내였고, 다른 한 애는 계집이었다.

"유쿠리 천천히 만만디 다바코 한 대 처우웬바."

유쿠리와 만만디는 천천히 라는 뜻의 일본말과 중국말이지만 다바코 처우웬바가 무슨 뜻인지 몰라서 잔디에 주저앉아 있는 털보에게 물었다. 그는 씨익 웃더니 담배 피우자는 만주 말이라고 했다. 조선족 아이들로 보이는 그 아이들은 세 나라 말을 하며 놀고 있었다. 가까이 다가온 아이들을 보니 몸을 제대로 씻지 않아 얼굴이며 몸에 땟국이 흘렀고, 의복은 누렇게 바래있었다. 십리평 동촌에 있는 조선족보다 훨씬 가난한 모습이었다. 두 아이는 우리 앞에 서서 물끄러미 바라보았다. 내가 그 아이들에게 물었다.

"너희 이름이 뭐냐?"

"순돌이."

사내아이가 소리쳤다. 여자아이는 수줍게 웃기만 할 뿐 입을 열지 않았다. 그러자 순돌이라고 소리친 사내아이가 옆에 서 있는 계집아이를 가리키며 소리쳤다.

"얜 누나요. 순심이요."

사내아이는 다시 수수깡을 입에 물더니 담배 연기를 빨아 마시는 시늉을 하였다. 그런데 궐련을 피우는 것인지 아니면 무엇을 빠는지 몸짓이 색달랐다. 그 아이가 경쾌한 목소리로 노래를 불렀다.

"유쿠리 천천히 만만디 아벤 한 대 처우웬바."

그러자 계집아이도 따라서 같은 노래를 합창하듯이 불렀다. 아편을 한 대 피우자는 노래를 불렀던 것이다. 아이는 눈을 몽롱하게 뜨면서 고개를 젖혔다. 아편을 피울 때는 취하기 때문에 대부분 누워서 피우거나 몽롱한 상태가 되는 것을 표현한 것이다.

"이 녀석들아. 아편 피우는 시늉을 하다니? 그런 이상한 짓을 누가 가르치더냐?"

내가 물었지만 아이들은 들은 척도 하지 않고 저편 수수밭으로 걸어갔다. 나는 당혹감 속에서 아이들이 사라져 간 수수밭을 멍하니 바라보았다. 그러나 난설헌은 흔하게 보는 풍경이라고 하면서 미묘한 웃음을 지었다. 미소 짓자 그녀의 양 볼에 볼우물이 파이는 것이 무척 귀여워 보였다. 아니, 스물아홉 살인 그녀가 귀여워 보인다고 생각한 것은 뜻밖의 일이었다. 그런 생각을 하고 나 스스로 놀라웠다. 놀랐

제9장 마적단 인질 사건   7

다기보다 내 마음을 누구에게 들키지 않았나 하는 생각에 주변에 있는 일행을 돌아보았다. 모두 난설헌이 준 궐련을 피우느라 정신이 없었다. 난설헌도 담배를 물고 빨고 있었다. 다만, 성애만이 자리에 없는데 그녀는 오는 동안에도 잠을 자고 있었다. 지금도 마차에서 깨지 않고 있었다. 어제 밤에 잠을 자지 않고 무슨 일을 했는지 아침부터 몸을 가누지 못했다. 조금 전에 김상태가 마차 안에서 담배를 피우자 담배 연기가 싫다고 하면서, 담배는 마차가 쉴 때 밖에서 피워주면 좋겠다고 성애가 말했다. 어른이 담배를 피우는데 아이가, 물론 성애는 열일곱 살이니 아이는 아니지만, 감히 어른에게 담배를 밖에서 피우라고 말한다. 조선을 벗어나니 중국도 많이 달라져 있었다. 김상태가 그것을 무시하고 담배를 계속 피우자 성애가 기침을 하며 괴로워했다. 그러자 옆에 있는 소대장 민진호가 한마디 했다.

"장군님, 서양에서는 여자 앞에서 담배를 피우려면 먼저 양해를 얻는다고 했습니다. 그런데 기침하는 것이 안 보입니까?"

"뭐가 어째? 소대장 너……."

김상태가 뭐라고 하려다가 옆에 있는 털보가 헛기침을 두어 번 하자 그는 곰방대 담배를 털어 끄면서 말했다.

"성애도 여자는 여자니까. 그래 끄지. 여기가 서양인지 동양인지는 모르겠지만."

안에서 들리는 담배 연기 다툼을 듣고 마부 홍 씨 노인이 말을 쉬게 하려고 멈춘 듯했다. 그 덕에 사람들은 밖에 나와 일제히 담배를 피워

물은 것이다. 더구나 수수깡을 담배처럼 피우는 짓을 하는 마을 아이까지 거들었다.

지난번에 소대장 민진호가 오디 축제에서 강연하며 언급했듯이, 지금 조선은 너도나도 아편을 피워대었다. 그것은 처음에 중국에서 시작되었다. 그로 해서 영국과 아편전쟁이 발발하기도 했지만, 그 유행이 조선으로 밀려 들어왔다. 일본에서는 아편이 진입하는 것을 막았으나, 조선에서 유행하는 것은 방치했다. 소대장의 말에 의하면 방치한 것에 그치지 않고 양귀비 재배를 장려하는 등 조장하고 있었다. 그것은 아편으로 해서 조선의 젊은이들이 피폐해지는 것을 정책으로 삼았기 때문이다. 그러자 조선 민중에게 유행한 아편이 조선에 온 일본 상인이나 거류민 사이에서도 번졌다. 당황한 일본 공사관에서는 조선에서 양귀비 재배라든지 아편 피우는 것을 금지시켰다. 금지시켰으나 이미 대중들에게 번진 그 유행을 막지 못했고, 사방에서 아편 중독자들이 늘어났다. 의원 민성규의 말에 의하면 병원을 찾아오는 환자 중에 아편 중독자가 상당수를 차지하지만, 이미 중독된 환자는 고칠 수가 없다고 하였다.

십리평에서 블라디보스토크까지는 1천3백 리 떨어져 있는 거리였다. 길도 험준하고 중국과 러시아 국경을 끼고 있어서 국경 경비처에 잡히면 비자가 없는 만큼 절차를 밟는 데 하루 이상 소모하였다. 그래서 국경 세관을 피하려고 산길을 돌기도 한다. 우리는 사흘 만에 블라디보스토크에 도착했다. 국경을 넘기 전에 하룻밤, 국경을 넘어서도 하룻밤 숙박했다. 홍 씨 노인은 객점 주인과도 잘 아는 사이인지 인사를 나누었다. 국경을 막 넘어서 하룻밤 묵은 다음 아침에 출발할 때 홍 씨 노인과 난설헌이 우리를 모아놓고 무엇인가 설명했다.

"국경을 넘기 전 객점을 출발하면서 알았는데, 우리를 미행하는 기병들이 있습니다. 열 명 정도 되는데 일정한 거리를 두고 따라왔습니다."

깜짝 놀란 내가 홍 씨 노인에게 물었다.

"대관절 왜 우리를 미행합니까? 여긴 조선도 아니고 중국인데 우릴 미행할 만한 사람이 있나요?"

"아직 미행자들의 신분은 알 수 없습니다." 하고 이번에는 난설헌이 말했다. "이들이 십리평부터 따라온 것인지, 아니면 국경 전 중국 객점에서 붙은 것인지는 정확히 알 수 없지만, 우리가 느끼게 된 것은 객점부터입니다. 객점에 이들과 내통하는 무리가 있었던 듯하고요."

"대관절 어떤 놈들이요?" 털보가 큰 소리로 말했다. 그리고 목소리를 낮춰 나직하게 말을 이었다. "히히, 우린 전혀 몰랐는데 대관절 누가 따라붙었어요?"

"아직 누구라고 단언하긴 힘들지만 아마도 마적단 같습니다."

"마적이 우릴 왜요?"

김상태가 불쑥 말하고는 자신의 질문이 우매하다고 느꼈는지 다시 고쳐 말했다.

"마적이라면 우릴 습격해서 강도 짓을 하든지 말든지 하지 왜 길게 따라붙어요?"

"그래서 이상하다는 것입니다. 좀 더 두고 봐야 하겠지만, 조심하세요."

"우리가 어떻게 조심해요? 아, 그래서 마차 안에 총기와 탄약을 넣어놨군요? 사실, 도적을 염려해서 무기를 휴대한 것은 알았지만, 이 길이 그렇게 위험한 길인지는 몰랐습니다."

나의 말에 홍 씨 노인이 미소를 지으면서 말했다.

"그렇게 위험한 길은 아닙니다. 우리가 총기를 휴대한 것은 도로를 가로막는 도적들을 퇴치하기 위한 것은 맞지만, 반드시 위험해서가 아닙니다. 도적대들은 이런 큰 도로에는 접근을 안 합니다. 그것은 지방 군대와 지역 치안대 때문입니다. 그들이 토벌을 하기 때문에 쉽게 접근 못하고, 좀도둑은 주로 산길에 매복해 있다가 비무장 상태의 상인이나 주민을 털어요. 그리고 우리가 총기를 가지고 있어 저항하면 곧 물러갑니다. 그것은 그들이 우리를 제압해도 그들도 총탄에 맞아 희생자들이 나오기 때문에 죽음을 무릅쓰고 도적질하지는 못하기 때문입니다. 여행자에게 총이 있는 것을 알면 단번에 물러납니다. 그러나 문제는 대규모 마적단입니다. 마적단이라고 하면 일백 명 이상의 규모를 말하는데, 이들은 집단으로 행동하기 때문에 전투가 벌어지면 위험합니다. 이들과는 서로 간에 묵계가 되어 있어서 대규모 마적단은 국경을 왕래하는 상인이나 우리 민간인을 습격하지 않는 게 불문율로 되어 있습니다."

"그렇다면 요점은 뭐요? 홍 씨 노인장의 말씀은 이것도 아니고 저것도 아닌데 왜 미행해요?"

털보가 물었다.

"그래서 모르겠다는 것입니다. 일단 마차에 타시면서 총기를 점검하고 경우에 따라서는 교전할 준비를 하세요."

홍 씨의 마지막 말에 모두 긴장하였다. 총기를 점검하고 교전할 준비를 하라고 한다. 또 전쟁인가? 중국에 와서도 싸우란 말인가. 전쟁이라면 모두 여러 번 겪은 우리였다. 교전이 벌어질지 모른다는 말에 겁을 낼 위인은 아무도 없었다. 소대장은 오히려 신바람이 나는지 몸을 흔들면서 기분좋은 표정을 지었다.

"대관절 두 분은 중국과 러시아 국경을 얼마나 자주 다녔기에 이렇게 지인들이 많고 거리에 대해서 잘 압니까?"

내가 물었다. 두 사람은 별다른 설명도 없이 미소만 지었다. 그러나 난설헌과 홍씨 노인이 중러 국경선을 서른 번 이상 다녔다는 말을 듣고 나는 깜짝 놀랐다.

"5년 동안에 서른 번 다녔다면…… 무역을 하였습니까? 보부상처럼 등짐장사를 했나요?"

"그만한 사연이 있답니다."

난설헌이 그 문제는 더 이상 묻지 말라는 식으로 미소를 지으며 말했다. 나중에 들은 이야기로 두 사람은 블라디보스토크에 중요한 일이 있었던 것이다. 그 중요한 일을 나는 이번 여행에서 목격하게 되었다.

국경 객점을 출발한 우리는 그날 점심 무렵이 되어 블라디보스토크의 고려촌 언덕에 도착했다. 교전 준비까지 하라고 했던 홍 씨 노인의 엄포와는 달리 미행하는 자들의 공격은 없었다. 그리고 미행을 계속하는 것인지 사라진 것인지도 불분명했다. 우리가 도착한 이 고려촌은 후에 신한촌이라고 이름 붙여지는 해삼위의 조선족 집단으로 가장 큰 도시를 형성한다. 십여 리 떨어진 곳에 블라디보스토크의 항만이 있고, 거기에 대형 어선이나 군함이 정박해 있었다. 고려촌에 새로 형성된 조선인 이주민들이 2만 명 이상 운집해 살고 있었다. 입구에 들어설 때부터 눈에 익은 조선 마을이 보였다. 대부분 초가집이었으나 드물게 기와집도 섞여 있었다. 어디를 가나 조선인 마을의 특징은 집 벽이 하얗게 칠해져 있다는 점이었다. 집이 모두 하얗게 빛났다.

  언덕에 있는 교회는 해삼위 감리교라고 큰 한글 글씨로 적혀 있었다. 탑에 있는 십자가는 유난히 높게 달려있고, 밤이 되면 그 십자가 탑에서 불이 번쩍거리는 네온사인이 빛났다. 교회 규모는 십리평 고려촌 교회와 비슷한 크기였다. 외형의 모양도 비슷했다. 교회 목사는 미국인 선교사 핸리 브라운이었다. 핸리 브라운 목사는 영국의 귀족 가문이라고 한다. 영국에서 정치적인 문제가 있어 그 가문은 역적으로 몰리면서 미국으로 이주했다. 핸리 브라운 목사의 조부가 이민 1세이고 그는 이민 3세였다. 브라운 목사가 우리를 맞이했다. 그는 서른 살 중반의 나이로 보였고, 얼굴이 하얗고 섬세했다. 언뜻 보면 여자처럼 보일 만큼 예뻤다. 혀로 입술을 축이면 입술이 빨개지면서 여자 입술처럼 예쁘장했다. 그리고 그의 나쁜 버릇으로 본인은 잘 모르는지, 이따금 혀로 입술을 핥는 버릇이 눈에 보였다. 발음이 서툴지만 그는 조선말을 했다. 그는 우리가 도착할 것이라고 알고 있었다. 해삼위 감리교는 십리평 동촌 교회와 결연 관계에 있는 교회였다. 미국 감리교 교단 소속이니 결연이야 당연할 것이다. 그런데 그 교회는 결연 그 이상의 관계가 있다는 것을 나중에 알게 되었다. 홍 씨 노인과 난설헌은 우리를 교회에 내려놓고 어디론지 사라지고 보이지 않았다. 교회 목사도 그들과 함께 가고 없었다. 교회 집사로 보이는 조선 사람에게 물어보니 급한 일이 있어 그들은 블라디보스토크 항만으로 갔다고 한다.

우리는 교회 별관에 있는 숙소에 가서 쉬었다. 블라디보스토크에서 우리는 조선 국권 회복을 위해 일하는 독립투사들을 만나기로 했다. 그중에 최재형과 홍범도를 만날 계획이다. 두 사람을 꼭 만나보라고 의암 류인석 선생이 나에게 당부했다. 십리평에 있는 강 목사도 최재형을 만나보라고 했다. 홍범도는 의병장이었기 때문에 만나는 것은 당연했지만, 최재형을 만나는 이유는 알 수 없었다. 최재형은 러시아 국적을 가진 사람으로 돈을 많이 번 부자로 알고 있을 뿐인데 꼭 만나보라는 것이 이해되지 않았다. 부자를 만나서 돈이나 빌려달라고 하란 말인가.

우리를 안내했던 교회 집사를 불렀다. 그는 나이가 환갑을 넘어 보이는 노인이었는데, 커피를 타서 쟁반에 받혀들고 와서 우리 앞에 내려놓았다. 모두 커피 마시는 일에는 습관이 되지 않고, 써서 별로 달갑지 않았으나 가져온 것을 물리칠 수 없어 마시는 시늉을 했다. 그리고 그 노인에게 잠깐 앉아 보라고 하였다. 털보와 김상태, 그리고 나는 노인을 가운데 앉혀놓고 물었다. 함께 온 소대장과 고등중학교 여학생 성애는 블라디보스토크를 구경한다고 밖으로 나가고 없었다.

"오늘 저녁에 최재형의 집을 방문한다고 했던 것 같은데 대관절 최재형이 누구길래 모두 입에 올립니까?"

나의 말에 집사는 히죽 웃으면서 말했다.

"외지에서 왔으니 최 도헌(都憲)을 모르는 것은 당연합니다. 조선과 러시아는 약 십년 전에 조러육로통상장정을 만들어 국경지대에서의 무역에 관한 협약을 체결했어요. 러시아 정부는 조선인 이주민들을 3가지 범주로 나눠, 1884년 이전에 이주해 온 조선인들에게는 러시아 국적을 부여하고, 이후 이주민들은 2년의 유예 기간을 주고 비색이(여권)를 소지하도록 하고, 거주 조선인들은 일정한 수수료를 지불하고 거주권을 발부받았어요. 러시아 정부는 7년 전부터 1884년 이전에 이주한 조선인들에게 러시아 국적을 부여하면서 동시에 국유지를 한 가구당 15테샤천 씩 임대 분배했어요. 1880년 후반부터 조선 이주민들을 관리하기 위해 도헌 또는 사헌 제도를 도입해서 자치제를 허용했는데, 각 마을의 촌장을 주민들이 직접 선출하고, 그 촌장들이 세금 징수, 행정명령의 전달, 법적인 문제의 해결, 즉 재판까지 맡았고, 경찰 업무까지 했습니다. 그런데 연해주 남부, 즉 블라디보스토크를 위시해서 남부 러시아, 중국, 조선의 국경 지역에 위치한 몇 개의 조선인 마을을 통합시켜 연추라고 이름 붙이고, 이 연추의 책임자인 도헌이 행정을 관장케 했습니다. 도헌은 도헌의 행정 책임자임과 동시에 의회의 의장인데, 이 의장을 삼 년에 한 번씩 뽑았습니다. 우리 도헌에서는 주민들의 선거에 의해 최재형이 도헌에 뽑혔던 것입니다. 조선인 최초의 도헌이며 의장이었습니다. 그동안 도헌은 러시아인들이 선임되었으나, 조선인들이 국적을 취득하게 되면서 러시아 국적을 가진 최재형이 도헌으로 선출된 것입니다. 최재형은 이미 러시아 국적을 가지고 있었으며, 한때 러시아 해군 소좌까지 지낸 예비역 장교였습니다. 그는 러시아 해군의 생필품을 맡아 납품하는 군수업체를 운영했는데, 한 해 1천만 루불을 벌었습니다. 그 돈을 혼자 챙긴 것이 아니고, 도로 공사를 하면서 조선인 주민 수천 명을 고용해서 극빈자들을 구제했고, 조선인 중에 직업이 없고 돈을 못버는 사람들을 위해 구호금을 배급해서 먹여살렸고, 각종 사업체를 벌여 조선인 이주민들이 직업을 가져 생활할 수 있게 도왔습니다. 그런 일로 그는 러시아 정부로부터 은공 훈장까지 받았어요. 그는 도헌이고도 남을 위인이었습니다. 이만하면 그를 만나보실 이유가 되나요?"

"훌륭한 일을 했군요. 그런데……."

단순히 부자로서 조선인 이주민을 도왔다는 이유로 의암이 나에게 만나보라고 하지 않았을 것 같았다. 다른 이유라면 그가 의병들을 위해, 이를테면 독립군에 대해서 어떤 일을 했는지 알고 싶어 물었다.

"조선 이주민들을 위해 많은 일을 했는데, 조선 국권 회복을 위해서 무슨 일을 하였나요?"

"국권 회복?"

국권 회복이라는 말이 집사에게는 낯선 말인 듯했다. 무슨 뜻인지 잠깐 생각해보더니 말했다.

"일본에게 망해가는 조선을 위해 무슨 일을 했느냐는 것입니까?"

지금 조선이 일본에게 망해가고 있다는 사실을 알고 있는 듯했다. 아니면 망한 것임을 알고 있는지도 모른다.

"그렇습니다. 내 관심은 바로 그 점이라서…….."

"그건 좀 복잡한 일이라서 제가 함부로 말씀드릴 수가 없군요."

"뭐가 복잡합니까?"

"그건 최재형 도헌을 만나거나, 아니면 홍 씨 노인, 그것도 아니면 강난설헌 교장 선생님에게 물어보시죠."

"강난설헌 교장요? 교회 야학교 책임자도 교장이라고 합니까?"

"모르셨습니까? 그분은 통화고등중학교 교장 선생님입니다."

"통화고등중학교요? 동생이 다닌다는 그 학교 말인가요?"

"네."

"못 들었는데요."

"그럼 모두 그녀를 교장 선생님이라고 부르는 말은 못 들었어요?"

"그 말은 들었소. 그런데 그건 교회 야학당 교장을 두고 하는 말이 잖아요?"

"야학당 선생을 누가 교장이라고 합니까? 그녀는 정식으로 통화고 등중학교 교장 선생님입니다."

나는 그녀가 교장 선생이라고 호칭되는 것은 진작부터 알고 있었으나 그것이 야학당 책임자에게 붙여주는 것으로 알고 있었다. 사실은 통화현 고등중학교 교장이었던 것이다. 그렇지만 고등중학교에 출근하는 것을 본 일이 없어 알지 못했다. 그런데 나중에 알고 보니 비상주 교장 선생이었다. 교장으로 오라는 것을 시간이 없어 못 간다고 하자 비상주 교장으로 추대했다는 것이다. 일주일에 한두 번씩 참여하는 교장직이었다. 모스크바 대학교 인문학 박사라는 사실이 그 학교에서 그녀를 교장으로 앉힌 이유였을 것이다. 그건 그렇다고 치고, 나는 최재형에 대해서 더 자세한 이야기를 듣고 싶었다.

"최재형은 조선 국권 회복을 위해 무슨 일을 했는지 정말 모릅니까?"

"국권 회복이라는 게 무슨 말인지 정확히 그 개념을 잘 모르겠습니다만, 의병이나 독립군 양성 같은 것을 말씀하시는 것입니까?"

"네, 그렇습니다."

"그 일은 직접 물어보시죠. 우리는 자세히 모릅니다."

그는 여기서 더 이상 말하려고 하지 않았다. 그날 저녁에 최재형의 집에서 저녁 식사를 하기로 약속이 되어 있었다. 마차에 함께 탄 사람은 털보와 김상태, 그리고 강난설헌 교장 선생이었다. 소대장 민진호는 여학생 성애와 함께 저녁에 공연하는 연극을 보러 갔다. 연극의 제목은 '로미오와 줄리엣'이라고 하였다. 영국의 유명한 극작가 셰익스피어의 희곡을 연극으로 올린다는 것이다. 서로 사랑하는 젊은 사내와 젊은 계집의 연애 이야기인데 비련으로 막을 내린다고 하였다. 성애는 고등중학교에서 배우는 과목이며, 중국어로 번역된 희곡을 읽다가 울었다고 했다. 그 연극을 올린다는 간판을 보고 어떻게 해서든 가겠다고 했다. 밤에 혼자 내보내기 불안해서 내가 소대장에게 따라가 보호해주라고 했다. 그러자 소대장이 속으로 좋아서 미치려고 하면서도 겉으로 말했다.

"저도 최재형 도헌의 집 구경을 한번 했으면 했는데요. 그 집이 서양 왕궁처럼 화려하다면서요?"

"그럼, 성애보고 나중에 연극 보라고 하고 너도 최재형 집에 가자."

"성애가 오늘 안 보면 잠을 못 잔다고 꼭 가야 한다고 했는데요."

"그럼 네가 따라가서 지켜줘."

"뭐, 그러죠. 뭐, 제가 희생하죠."

속으로는 좋아서 손가락을 맞잡고 비틀면서 어쩔 줄을 모르면서도 태연하게 지껄였다. 이 엉큼한 놈을 믿어야 할지 의심스러웠으나 워낙 성품이 착한 놈이라는 것을 알기 때문에 두 사람을 극장으로 보내고 우린 도헌 최재형의 서양 왕궁 같은 집으로 갔다. 가면서 내가 난설헌 교장에게 물었다.

"아까 여기 핸리 브라운 목사인가 하는 사람과 홍 씨 노인과 함께 해삼위 항만에 다니러 갔다고 하던데 뭘 하고 오신 겁니까?"

"아, 네, 뭐 물건 좀 보고 오느라고요. 살 물건이 있어서요."

"그래요? 무역에 관여하는지 몰랐군요. 난설헌 교장 선생은 하는 일이 참 많은 것 같습니다. 그런데, 오늘 만나는 최 도헌이란 사람은 누굽니까? 간단하게 그 사람에 대해서 말씀해 주십시오. 우린 너무 백지 상태라서요."

"최재형 선생은 운강 선생님보다 두 살 아래일 것입니다. 지금 서른 일곱 살인가 해요."

"내 동생 벌이군요, 그런 나이에 어떻게 돈을 많이 벌었나요?"

"시베리아에서 최고 부자라고 하니까요. 부자라는 것이 중요한 것이 아니라, 그는 입지적인 인물이라서 여기서는 화제가 되곤 한답니다. 그의 러시아 이름은 최 표트르 세묘노비치인데, 그의 부친은 가난한 소작인이었답니다. 어머니는 재색을 겸비한 기생이었고요. 그 기생이 일패인지 이패인지는 나도 모르겠지만요. 최재형이 아홉 살 때 부친은 부인을 고향에 남겨두고 최재형과 형만을 데리고 훈춘을 거쳐 러시아 국경 마을 지신허(地新墟)라는 조선인촌에 정착했다고 합니다. 최재형의 가족이 이주했을 무렵에 대 흉년과 기근이 닥쳐서 굶어 죽는 사람이 많았습니다. 그때 함경도 농민 6천5백여 명이 두만강을 넘었다고 해요. 최재형이 11살일 때 형 알렉세이가 결혼하여 형수가 들어왔습니다. 형수가 이상한 성격 소유자로 시동생에게 밥을 주지 않고 학대했답니다. 학대를 피해 소년 최재형이 가출을 해서 무작정 걷다가 해변가에서 굶주림과 피로로 쓰러져 기절했다고 합니다. 그때 그를 구조한 사람들이 러시아 무역선의 선원들이었습니다. 최재형을 자기들의 배로 데려갔습니다. 그 배 상선의 선장과 부인이 소년 최재형을 보살펴 주었습니다. 최재형이 선원으로서 심부름하며 일할 수 있게 해주었습니다. 지금 러시아에서 사용하는 이름 표트르 세묘니비치는 선장의 이름을 따서 지은 것이라고 합니다. 선장의 부인은 어린 최재형에게 러시아어와 러시아 고전문학 등 다양한 분야의 지식을 가르쳐 주었습니다. 선장 부부는 대부와 대모가 되어 최재형이 러시아 정교회식의 세례를 받게 해주었어요. 정식 학교를 다니지 못한 최재형이 깊은 소양과 폭넓은 안목을 가질 수 있게 가르쳤던 것입니다. 무역선을 타고 다니면서 블라디보스토크에서 상트페테르부르크로 두세 번 왕복하는 등 서구 여러 나라를 둘러보며 문물을 배울 수 있는 기회도 얻게 되었던 것입니다. 6년 동안의 선원 생활은 최재형에게 학교이면서 생활의 현장이었습니다. 블라디보스토크로 돌아왔을 때 선장은 자신의 친구가 경영하는 상사(商社)에 소개해서 사업 기술을 배우게 했어요. 최재형은 상법을 공부하며 사업적인 소양을 길렀어요.

이후 최재형은 해군에 입대해서 장교가 되었고, 제대한 후에는 해군에 군납을 하는 일을 맡아 하면서 거부가 됩니다. 낙엽을 끌어 담듯이 돈을 모았다고 합니다. 한 해에 들어오는 수익이 조선의 일 년 예산에 맞먹는 돈이었다고 합니다. 다 왔군요. 저기 보이는 궁궐 같은 집이 최재형의 집입니다. 내가 말씀드린 이야기가 전부는 아니지만 더 알고 싶은 것이 있으면 최재형에게 직접 물어보십시오."

마차 밖으로 보이는 최재형의 저택은 소문 그대로 서양의 궁궐을 방불케 하는 저택이었다. 나무 숲으로 우거진 마당이 수천 평에 이르며, 그 마당을 지나 한동안 가야 옛날 서양의 고택 같은 집이 나왔다. 대리석으로 만든 그 고택은 전부 3층으로 되어 있는데, 방이 일백 개가 넘는다고 한다. 저택 앞 바로 앞의 연못에는 하늘로 치솟는 분수가 있었다. 하녀들인지 여러 명이 나와서 마차를 맞이했다. 나는 조선에서 천석꾼이며 만석꾼의 집도 방문해보고 그런 사람을 보았지만 부자도 이 정도는 돼야 부자라고 할만하다는 생각이 들었다. 마차에서 내리며 난설헌이 말했다.

"나하고 최재형은 사업관계로 알게 된 사람입니다. 사업은 여러 가지가 있고 종류도 많습니다만, 우리 사업은 군사 비밀이라서 함부로 발설할 수가 없군요."

무슨 사업이기에 군사 비밀일까 하고 나는 호기심이 더 동했으나 자꾸 꼬치꼬치 묻는 것도 실례일 듯해서 입을 다물었다. 그리고 문밖으로 최재형으로 보이는 키가 훤칠한 사람이 나오면서 미소를 지었다. 그는 먼저 난설헌을 끌어안고 서양식으로 포옹하였다. 난설헌이 털보와 김상태, 그리고 나를 소개했다. 우리는 최재형과 악수를 나누었다. 그의 손아귀 힘은 강했고 무엇인가 강한 의지를 보여주는 힘찬 기운을 느끼게 했다. 돈을 많이 번 부호라는 점이 그를 강력한 사내로 보게 했는지는 모르겠으나 큰일을 해낼 것만 같은 느낌을 주는 인물이었다. 나는 그가 이주민들의 영웅이 되는 것도 중요하지만, 무엇보다 쓰러져 가는 조국을 위해 큰일을 하였으면 싶었다. 그래서 그와 식사하는 동안 그 점에 대해서 질문했다. 작금의 조선을 어떻게 보는지 알고 싶었다. 그런데 그는 조선이라는 국가에 대해서, 좀 더 세부적으로 보면 국왕에 대해서 나쁘게 생각하고 있었다. 형편없는 임금을 모시고 있는 조선의 불행은 거기서부터 시작된다고 말했다. 국왕을 비난하는 말을 듣고 그에 대해 약간 실망하지 않을 수 없었다. 그의 말투를 짐작하면 결코 조국을 위해 일을 할 생각은 추호도 없어 보였던 것이다. 형편없이 망하고 있는 조국을 무슨 힘으로 구제하겠느냐는 것이었다.

**2**

"오늘날의 무기력한 국왕을 만든 것은 아버지 흥성대원군 탓입니다. 모든 정치를 대신 함으로써 백성의 목소리, 여론을 경청하는 태도는 아예 없었습니다. 그러니 고종에게는 처음부터 아무 것도 없는 무에서 시작한 것이니, 그에게서 뭘 기대한다는 것은 잘못된 일입니다."

"나이 어린 왕이 된 임금은 누구나 섭정을 받게 마련이고, 그렇게 하면서 임금의 자질을 길렀습니다. 중국의 예를 보면 옛날 진시황도 어린 나이에 왕이 되면서 여불위의 섭정을 받으며 성인이 될 때까지 컸습니다. 그렇지만 진시황은 천하통일이라는 의지를 내걸고 강력한 정치를 했습니다."

"섭정을 했던 여불위도 성공적인 임금을 만들어내지는 못했습니다. 폭군을 탄생시켰으니까요. 그렇다고, 고종이 폭군이 못된 것을 탓하는 것은 아니시죠?"

최재형의 반문은 다소 억지가 있어 보였다.

"어느 때는 폭군이 되어도 강한 나라를 만들어 주었으면 할 때도 있습니다만, 착한 군주만이 살길은 아니라고 생각합니다. 하지만 그 모든 탓을 아버지에게 돌리는 것은 잘못된 판단이라고 생각합니다."

"물론, 섭정자의 영향을 받는 것은 확실하지만, 임금의 자질은 개인적인 품성이 중요하겠지요. 이명복이 우유부단한 제왕이 된 것이 모두 아버지 대원군 때문이라는 것은 아닙니다. 대원군이 아들을 제대로 훈련시키지 못했음을 탓하는 것입니다. 방금 진시황과 여불위를 비교하였는데, 내가 알고 있기로는 여불위는 실제 진시황의 생부입니다. 진시황 정(政)의 생모 조희가 조나라에서 기생으로 있었는데, 그때 대상 여불위가 조희를 첩으로 데리고 있었지요. 진나라 왕자 자초가 조나라 인질로 와서 살았는데, 여불위가 첩으로 데리고 있던 조희를 인질로 있는 자초에게 시집을 보내 같이 살게 합니다. 시집간 지 일곱 달 만에 조희는 자초의 아들 정을 낳습니다. 그다음 진나라 왕실에서 회오리바람 같은 정변이 꼬리를 물고 일어나고, 자초는 태자가 되면서 왕위를 이어받아 장양왕이 됩니다. 자초의 아내 조희는 왕후가 되고, 그 아들 정은 태자가 됩니다. 왕이 된 장양왕이 3년 만에 죽자 정은 왕으로 등극합니다. 이 모든 것을 여불위가 돈과 계략으로 꾸민 것으로 보고 있습니다. 13살에 정이 왕이 되자 여불위는 섭정을 하면서 진나라 정권을 움켜쥡니다.

진시황도 13살인가에 왕이 되었으니 고종과 비슷한 연령대에 임금이 되었지요. 여불위는 진나라 승상(영의정)이 되어 정권을 휘두르면서도 어린 진시황을 교육시켰습니다. 두 가지를 중점적으로 가르쳤다고 합니다. 하나는 진이 다른 춘추 전국 나라를 통합시켜 통일천하를 만드는 강권한 제왕의 기질이고, 다른 하나는 돈을 버는 상술을 가르쳤다고 합니다. 여불위 자신이 전국시대의 유명한 대상이었기에 장사꾼 기질을 가르친 것은 당연했습니다. 그로 해서 진시황은 나라를 부자로 만드는 일과 군대를 강화하며 정복자의 기질을 배웠던 것입니다. 진시황이 나이가 성인이 되어 여불위가 섭정을 손놓고 진시황이 실권을 잡을 무렵, 정권 내부에서 하나의 소요가 일어납니다. 그것은 진시황이 실제 왕손이 아니고, 생부가 여불위라는 소문이 돌았던 것입니다. 그때 여불위는 그것을 막기 위해서, 어떻게 보면 자신이 희생하더라도 아들을 성공한 군주로 만들기 위해 그랬는지, 아들에게 자신을 죽이라고 했습니다. 그렇게 하므로써 왕족과 백성들에게 진시황이 왕족이 아니라는 의혹을 없앨 수 있다고 본 것입니다. 진시황은 그 일을 못한다고 거부했지만, 여불위는 그래야지 네가 살아남는다고 했습니다. 진시황은 여불위가 은퇴하고 귀양을 떠난 후에 자객을 보내 여불위를 살해합니다. 그리고 진시황은 울었다고 합니다. 그도 여불위가 생부라는 것을 알고 있었다는 것이지요. 여불위를 죽이자 왕족이며 모든 신하, 그리고 그를 의심하던 백성들까지 그가 여불위의 아들인 혼외자가 아니라 왕족의 씨를 받은 것을 확인한 것이고, 그 이후 그런 의혹은 다시 제기되지 못했습니다. 그 이후 그는 생부의 죽음에 보상하는 의미에서, 춘추 전국 통일을 실천하는 꿈을 달성합니다. 물론, 이 이야기는 야사라서 사마천의 사기에는 이렇게 나오지 않습니다만.

  왜 진시황의 숨겨진 비밀을 이야기하느냐면, 바로 책임을 상기하기 위해서입니다. 아버지에게 책임이 있다는 것을 시사하는 일입니다. 구걸하는 자에게 빵을 주기보다 빵을 만드는 방법을 가르쳐 주라는 말이 있습니다. 12살부터 십 년이 되도록 22살까지 정치는 아버지가 하고, 그다음에는 아내 민자영이 옆에서 국정농단하면서 좌지우지했습니다. 자신의 의지나 신념으로 정책을 결정할 기회조차 없이 이십 년이란 세월이 흘러갔습니다. 정치를 배우지도 못했고, 배우려는 의지도 없었던 것으로 보입니다. 아내가 죽고 없는 지금은 일본 공사가 내정간섭을 하면서 자신의 의지로 하는 일이 하나도 없습니다. 그것을 비통하게 생각하며 책임을 통감하고 자결이라도 하면 그 의지나 기백은 높이 사겠으나, 그것도 못합니다. 그 하잘것없는 생명줄이 뭐라고 움켜잡고 바둥거리고 있습니다. 재수 없이 임금이 되어 이 고

생인데, 이렇게 된 바에야 나라가 망한데도 나하고 아들만은 무사하게 살아남아야 할텐데 하는 생각만 하고 있습니다."

나는 그 말을 듣고 벌컥 화가 치밀었다. 그의 따귀라도 후려치고 싶은 충동이 일어났으나 억지로 참았다.

"그건 너무 심한 억지 같습니다만, 그래도 임금인데 나라 일을 왜 걱정하지 않겠습니까? 왕비 민씨가 시해된 이후 아무 정책도 내놓지 못하고 있다고 말씀하셨지만, 그동안 아관파천해서 궁리한 것이 황제국을 만들었습니다. 일본 정부는 못마땅했으나 이제 곧 망할 나라 황제국이 되든 왕국이 되든 무슨 상관이냐 하고 내버려두는 것 같은데, 어쨌든 고종이 독단적으로 세운 것이 제국을 만드는 일이었습니다."

"그게 고종 혼자 생각한 것으로 아세요? 어림없는 소리. 러시아가 옆에서 속닥거린 것을 알고 있습니까. 러시아의 황제가 그렇게 하면 어떠냐고 의견을 물었답니다. 물론, 직접 대면하지는 않았으나 공사를 통해서 의견을 물었겠지요. 러시아를 믿고 고종이 모처럼 한번 튕긴 것인데, 일본도 국제 정세가 워낙 복잡한 것이 많았는지 못 본 척하는군요."

"어쨌든 조선이 이렇게 약소국가가 된 것은 하루 이틀에 생긴 일이 아니지 않습니까. 약 삼백 년 동안 당파 싸움에 찌들고, 관리의 부패가 관습화되어 내려왔기 때문이 아니겠습니까."

"위정자들에게만 탓을 돌리지 마십시오. 소위 선비라고 하는 선택

받은 양반 계급이 성리학에만 몰두하고 다른 모든 정치이념이며 체계를 멀리하며 사대사상에 못박혀버린 생태에서도 원인이 있습니다. 임진난 이후 그것을 경험 삼아 국가를 튼튼하게 하고 강하게 해야 하는데, 나태한 선비들의 생활 태도는 한치도 반성함이 없었습니다. 임진난 이후 조선의 왕부터 시작해서 모든 위정자들은 와신상담(臥薪嘗膽)의 교훈을 깨닫고 실천했어야 합니다."

"나는 개인적으로 서원철폐가 과연 옳았는지 의문입니다."

나의 말에 최재형이 억양을 높이며 말했다.

"기득권 양반 유생들의 부패 온상이 서원이었습니다. 대원군의 서원철폐는 잘한 일입니다."

"뭔가 잘못 되었으면 정책적으로 고치면 될 것을 아예 없애버리는 강수를 쓴 것이 심하다는 뜻입니다."

나는 대원군이 서원철폐령을 내리면서 전국의 거의 모든 서원의 건물을 허물어 버리고 없앤 것을 두고 한 말이었다. 잘못된 제도를 철폐하는 것은 옳은 일이었으나 서원은 조선의 유일한 교육관이었는데 그것을 철폐하면 조선의 청소년 교육은 어디서 하란 말인가.

"근본적으로 부패해 있는데 고쳐서 되었겠습니까? 서원철폐하면서 대원군이 한 말이 있습니다. 진실로 백성에게 해가 되는 것이 있으면 비록 공자가 다시 살아난다 해도 나는 용서하지 않겠다 라고 했습니다."

"서원은 우리나라의 교육기관으로 유일했습니다. 물론, 성균관이 있었지만, 그곳은 고등교육기관 대학이나 마찬가지일 뿐이고, 한정되어 있어서 전체 국민의 교육을 받쳐주지 못했습니다. 각 고을에 서당이라고 있지만 그곳은 기본적인 한자를 해독하는 초급 교육기관에 불과했을 뿐입니다. 소학교나 보통학교, 고등중학교 같은 청소년 교육기관이 없을 때 서원은 그 교육기관을 대체하는 곳이었습니다. 그것을 없앤 것은 백성의 교육기관을 박탈시킨 것입니다."

"서원이 백성의 기본적인 교육기관이라고요? 천만의 말씀입니다. 서원에 들어가서 공부할 수 있는 사람이 모두 양반 선비들에 국한되어 있었습니다. 양반이 아닌 평민이나 중인, 쌍놈은 그 어디에도 공부할 수 있는 기관이 없었습니다."

최재형과 나는 세상을 보는 눈은 물론이고, 가치관조차 많이 다르다는 것을 알 수 있었다. 나의 견해와 다른 것은 출생부터 시작해서 살아온 과정이 다른 데서 생기는 이질적인 체질 때문이라고 하더라도, 그가 조선의 이주민을 돕고 있는 자세는 어떻게 해석해야 할지 알 수 없었다.

"최 공은 조선이란 나라에 대해서도 못마땅하고, 더구나 임금을 탐탁하게 여기지 않는 듯한데, 그러면서도 조선인 이주민들을 돕는 이유는 무엇입니까?"

"조선이란 나라가 못마땅하다는 말씀을 드린 일은 없습니다. 좋든 나쁘든 조선은 내 조국입니다. 나는 지금 러시아 국적을 가진 최 표트르 세묘노비치입니다만, 내 본명은 최재형입니다. 그리고 생긴 모습도 러시아 사람이 아니라 조선 사람이 아니지 않습니까? 운강 공, 나는 고종을 돕는 게 아니고 조선을 돕는 것입니다. 의암 선생은 나에게 그게 같은 말이라고 하지만, 고종과 조선은 다릅니다. 고종은 죽어 없어지면 다른 누군가 임금이 되겠지만, 조선은 망해 없어지면 아무 것도 남지 않습니다."

나는 할 말이 없어 그를 멍하니 바라보았다. 이야기가 자꾸 대립되는 양상으로 나가자 듣고 있던 강난설헌이 끼어들었다.

"조선의 현 상황은 국내에 계시는 분과 국외에 계시는 분 사이에 견해차가 많습니다. 운강 선생의 말씀도 정당하고, 최 도헌의 말씀도 일리가 있습니다. 개인적인 견해차는 있을 수 있으니 그것은 차츰 논의하도록 하고 오늘은 첫 만남이니 즐거운 이야기나 나누시죠."

"조선이 일본에게 먹혀 나라가 없어질 판인데, 어떻게 즐거운 이야기를 나눌 수 있겠습니까? 여기 있는 우리 셋은 일본군과 싸운 의병들입니다. 죽지 않고 살았기에 지금 두 분을 만날 수 있는 것입니다." 잠자코 음식만 먹고 있던 털보가 불쑥 끼어들었다. "저는 형님 말씀보다 여기 오늘 처음 뵙는 최 도헌의 말씀이 더 지당하다고 생각합니다. 흥성대원군은 아들을 잘못 가르쳤습니다. 꼭두각시 왕으로 만든 책임은 흥성대원군에게 있습니다. 십 년 동안 제대로 된 학습을 했다면 아내에게 휘둘리지도 않았을 것입니다. 정부 요직에 인물을 임명하는데 흥성대원군이 여러 명의 인물 가운데 한 명에 조그만 표식을 해놓으면 고종은 그 인물을 선정해서 발표했다고 합니다. 그런 일을 십 년

간 해온 것입니다. 그러나 실제는 왜 이 인물을 선정해야 하는지 그 이유를 알려 주어야 하는데, 그것은 생략한 채 그냥 지적된 인물을 발표하는 역할만 시켰던 것입니다. 이와 같이 아들의 능력을 키워주지 못한 것은 아버지 잘못입니다."

"그 말씀에 동감입니다." 동지를 만난 기분을 내면서 최재형이 말을 받았다. "그리고 저는 또 다른 의견이 있습니다. 차라리 흥성대원군이 아들에게 왕위를 주기보다 자신이 임금이 되었으면 더 좋은 정치를 했을 것으로 보여지며, 어쩌면 지금과 같은 난국이 초래되지 않을 수도 있을 것이라는 기대를 해봅니다."

"그건 안동 김 씨의 세력이 용납하지 않았을 테니 불가능했겠지요."

김상태가 말했다. 최재형이 나서면서 말했다.

"조대비와 안동 김 씨 탓이라고 하지만, 자신이 임금이 되려면 못 될 것도 없었을 것입니다. 처음에는 아들에게 임금을 시켰다가 권력을 잡은 다음 아들을 폐위시키고 자신이 나서는 것입니다. 핑계야 만들면 그만이오. 아들이 임금 노릇 못하겠다고 내놓았다고 하면 그만이요."

"그렇게 되면 흥성대원군은 제2의 수양대군이 되는 것이 아니겠습니까?"

"조카를 폐위시키고 왕이 되는 것이나, 아들을 폐위시키고 왕이 되는 것이나 뭐가 상관입니까? 역사의 심판은 다음 일이고, 당장 중요한 것은 작금의 시대 상황입니다."

"아들을 폐위시키고 아버지가 왕이 된다? 이건 거꾸로 된 일인데 조선 역사에서 없었던 일이군요."

"중국이든 조선이든 그런 일은 희박한 일이요. 아버지가 멀쩡한데 아들이 임금이 된 일도 드문 일이고요. 실제 그런 일이 있었나요?"

"글쎄요, 조선이든 중국이든 그런 경우는 보지 못한 일이군요."

우리는 현 시국의 조선 상황을 논하며 식사를 마쳤다. 처음에 나와 최재형 간에 의견이 대립해 팽팽하던 분위기도 흥성대원군이 직접 왕이 되어야 했다는 말로 바뀌며, 전체 의견이 수렴되면서 상황이 평정되었다. 그 점에 대해서 모두 동감을 표했다. 안동 김씨 세력이 계속 권력을 가질 욕심으로 약간 어리벙벙한, 이를테면 담장 안에 들어간 연과 같은 일화 속의 아들을 왕으로 옹립시킨 것이 실수라고 하였다. 그 실수는 안동 김 씨의 작품이었다. 그러나 그런 일이 나라를 망하게 하는 지름길을 걷게 하는 결과를 초래했다고 말할 수 있을지 알 수 없다. 흥성대원군이 왕이 되었다면 조선의 운명이 좀 더 나아졌을 것이라는 점은 모두 동감하지만, 흥성대원군에게 문제가 없었던 것은 아니었다. 가장 큰 문제는 외국과의 문호를 여는 외교정책과 개혁을 막은 일이다. 물론, 국제적인 추세로 대원군이라 할지라도 외국의 문물을 계속 막을 수 없었을 것으로 보기 때문에 그의 쇄국정책은 깨어졌을 것이다. 다만, 뒤늦게라도 조선을 개혁하는 쪽에 섰을 것으로 기대하고 있었다. 그리고 이야기 끝에 우리가 모르고 있던 이야기 하나가 관심을 끌었다. 최재형이 의암 류인석과 강난설헌 세 사람이 의견을 모아 추진했으나 일을 진행시키지 못한 일이 있었다. 그것은 고종을 러시아로 망명시키기 위해 작업을 했던 일이다. 조선이 일본에게 망한 것이 확실시 되면서 국왕이 언제 시해될지 모르는 급박한 상황에 처하자, 일단 국왕을 구하여 러시아에 망명 정부를 세우기 위해 강난설헌이 러시아 황제에게 요청하고, 러시아 황제의 승낙을 받은 다음 고종을 설득해서 러시아로 망명시키려고 했다. 그래서 의암 류인석이 몰래 고종을 만나 망명 요청을 했으나, 한참 고민하던 고종은 못 가겠다고 거절했다. 고종의 망명 거절과 그 사실이 일본 첩자들에게 탐지되어 고종을 감시하는 경계가 더욱 삼엄해지면서 그 계획은 수포로 돌아갔다. 그러나 고종을 해외로 망명시킨다고 해서 해결될 일은 아니었다. 일본은 고종이 도망을 가면 순종이나 다른 왕족을 국왕으로 내세우고 조선을 정복하는 일에 더욱 박차를 가할 것이기에 국왕의 망명이 해답은 아니었다. 고려촌 교회로 돌아온 우리는 각기 마련한 방에서 잠을 청했다. 최재형의 집에서 술을 마신 탓에 모두 취해 있었다. 그가 대접한 술은 프랑스 포도주와 중국산 고량주, 그리고 러시아산 보드카였다. 포도주는 너무 약해서 피하고, 주로 고량주와 보드카를 마셨다. 밤에 온다고 했던 홍범도는 무슨 사정이 있는지 오지 못했다. 들리는 말로는 새벽에 도착한다고 하였지만, 그에 대해서 우리는 관심이 없었다. 그렇게 잠에 빠졌다가 자정이 지나고 나서 소피를 보려고 일어나 변소간에 다니러 나갔다. 교회 회관 속소에는 긴 복도가 있는 끝에 미국 식으로 된 변소가 있었다. 변소는 수세식으로 되어 있었다. 내가 소변을 보고 나오는데, 복도 창을 통해 마당 저편에 횃불을 든 마차 일행이 도착하고 있는 것이 보였다. 깊은 밤에 횃불을 밝히고 마차가 십여 대 줄지어 들어왔다. 무슨 물건이 도착한 것으로 생각하고 그냥 지나치려다가 그 마차와 함께 강난설헌과 홍 씨 노인, 그리고 교회 목사가 함께 있는 모습을 보고 걸음을 멈추었다.

 단순한 호기심으로 나는 창가에서 지켜보았다. 마차는 교회 뒤편의 마당에 멈추고 나서 물건을 하차했다. 내리는 물건은 나무 상자에 싸여 있어서 무엇인지 볼 수 없었다. 그런데 강난설헌이 상자 중에 하나를 뜯어내서 안에 있는 것을 꺼내 들고 들여다보았다. 횃불에 비친 그 물건은 소총이었다. 지금 십여 대의 마차에 실려 들어온 것은 모두 소총과 탄약, 그리고 다른 포탄 등의 장비들로 보였다. 교회에서 무기를 들여오다니, 이게 무슨 일인가. 언뜻 보기에는 볼트액션 단발 소총으로 러시아식 베르단 소총이었다. 이 소총은 현재 러시아 최신식 모신나강 전에 개발된 것으로 수명이 매우 긴 소총이었다. 이 소총은 아관파천 이후 조선 정부에서 구입한 주력 소총 무기였다. 러시아 군사 고문단이 오면서 이 베르단 소총 7천여 점과 상당량의 탄약을 고종에게 선물했다. 이때 마침 말 울음소리가 들리더니 교회 마당에서 뒤뜰로 말 한 필이 왔다. 말에 탄 사람은 최재형이었다. 최재형은 말에서 내려 무기를 실은 마차 쪽으로 왔다. 인부 여러 명이 무기를 내려서 산에 있는 지하 동굴에 들여놓고 있었다. 최재형이 열려 있는 상자에서 다른 소총 한 자루를 집어 들더니 강난설헌에게 말했다.

"소총을 땅속 동굴에 넣어놓으면 단번에 녹이 쓰는지라 자주 기름칠을 해줘야 합니다. 아무리 안 해도 육 개월에 한번 정도는 기름에 듬뿍 묻혀 녹쓸지 않게 해야 합니다."

"알고 있습니다. 사실 제가 원한 것은 베르단보다 모신나강을 원했는데요."

"모신나강 소총은 지금 생산 중인 총이라서 러시아군들도 모두 휴대하지 못할 만큼 모자랍니다. 밀수로 빼돌리기는 힘든 소총이니 우선 이것으로 했다가 나중에 모신나강 소총으로 바꿔요. 재래식 볼트액션 단발 소총은 노리쇠를 90도로 돌려야 하는데, 이것은 노리쇠를 45도만 돌려도 됩니다"

최재형이 말하면서 소총 노리쇠를 젖혀 보여주었다.

"다른 단발 볼트액션 소총보다 더 빠르게 노리쇠를 젖힐 수 있어 속도만은 빠릅니다. 다만 불발탄이 가끔 나오는 안정성은 조금 떨어지지만요. 이 총은 추운 러시아에서 생산되고 사용되는 것인만큼 조선의 함경도나 평안도 같은 곳에서 사용하기 좋고, 남부지방 더운 데서는 고장이 잘 날 수도 있어요."

"그러니까 모신나강 소총으로 구해줘요."

"다음 번에는 그렇게 하도록 하겠습니다."

두 사람은 총알이 들어있지 않은 소총으로 노리쇠를 걸었다 풀었다 하면서 격발 연습을 몇 번 하고 나서, 지하창고 안에 무기를 넣는 것은 홍씨 노인에게 맡기고 목사와 함께 교회 안으로 들어갔다. 나는 내가 본 것이 무엇인지 감이 잡히지 않아 한참 복도에 서 있었다. 이들이 지금 하는 일은 무기 밀수였는데, 왜 무기를 밀매하는 것인지 감이 잡히지 않았다. 강난설헌이 아버지의 일을 돕기 위해 모스크바 대학에서 교수로 초빙하는 데도 거절했다고 하였다. 결국 무기 밀매를 하려고 좋은 일자리를 거부했던 것일까? 그뿐만이 아니라 그녀는 러시아 황제가 제의한 관직도 거절했다.

복도에서 지하땅굴에 무기를 들여보내는 것을 지켜보다가 밖으로 나가 한쪽 계단에 앉아서 나는 강난설헌이 준 궐련을 피워물었다. 그녀가 준 성냥으로 불을 켜서 피웠다. 처음 부싯돌로 불을 켜려고 했으나, 여러 차례 실패하자 그녀가 자신이 가지고 있던 성냥을 나에게 준 것이다. 당신은 뭘로 담뱃불을 붙이냐고 묻자 여분을 가지고 있다고 하면서 가지라고 했다. 담배 연기를 몇 모금 빨았다. 궐련 양담배가 처음에는 싱거워서 피우지 않았으나, 이제는 입맛에 맞아 자주 피워물었다. 연기를 깊이 마신 다음 내뿜고 일어나려고 하는데 눈앞에 강난설헌이 서 있었다. 그녀를 보자 나는 깜짝 놀랐다. 놀랄 일도 아니었으나, 그녀를 보자 놀란 것은 무기를 몰래 숨겨놓는 것을 보았기 때문일 것이다. 나보다 그녀가 놀라야 하는데 거꾸로 된 것이다.

"많이 취하셨지요?"

"한숨 자고 나니 괜찮습니다. 중국 고량주와 러시아 보드카는 알아줘야 하네요. 모두 독하기는 최고입니다. 털보와 나는 어지간한 술에도 끄덕 없는데 단번에 취하는 것을 보니…….”

"바쁘지 않으시다면 저와 잠깐 거닐면서 이야기를 나눠도 될까요?"

"담배 피우러 나왔던 것입니다. 지금 들어가 보았자 자는 일밖에 더 있겠어요. 무슨 말씀인지 하시죠."

"교회에서 담배 피우시면 안 되는데요."

"아, 그렇군요. 미안합니다. 십리평에서도 그 말을 들은 일이 있지만, 깜빡 잊어버리고 피웠습니다."

"아니, 괜찮습니다. 낮에 신도들이 보는 앞에서는 참으세요."

"교장 선생은 신도가 아닙니까?"

"저는 무신론자에요."

"무신론이라면?"

"제 아버지가 믿는 하나님의 존재는 없다고 생각하는 사람입니다."

내가 오히려 당황스러웠다. 목사의 큰딸이 당당하게 그렇게 말하니 나로서는 할 말이 없었다. 어쩐지 그녀가 교회에 들어가 예배를 보거나 기도하는 장면을 단 한 번도 본 일이 없었다. 그녀의 동생 성애는 기도도 하고 교회를 출입하였지만. 그러나 신기한 것은 교장 선생이 주일학교 아이들이 대부분인 야학당의 학생들을 가르치는 것은 분명했다.

"술도 깰 겸 저하고 밤 산책을 좀 하시겠어요?"

"자고 나니 술은 이미 다 깨었습니다."

제9장 마적단 인질 사건

그녀는 다음 말을 못하고 머뭇거리며 서 있었다. 산책하자는 단순한 말을 하는데 나는 자꾸 딴소리를 하고 있었다. 그제야 그녀의 말을 제대로 이해하고 고개를 끄덕이며 대답했다.

"그러시죠. 달밤에 걷는 것도……."

청승맞다는 말을 하려다가 나는 얼른 입을 다물었다. 그녀와 함께 나란히 걸어서 교회 뒷동산을 돌아 오솔길을 걸어갔다. 언덕에서 보면 블라디보스토크 시가지가 눈에 들어왔다. 시가지에는 가스등 불이 거리에 줄을 지어 켜져 있고, 길가의 상점에서는 밤이 깊은데도 불을 켜놓고 있었다.

"아까 무기 들여 놓는 것을 목격하고 좀 놀라셨나요?"

"놀랐다기보다, 무슨 사연이 있나 하는 생각을 하였지만 괜찮습니다. 말씀하기 어려우면 아무 말씀을 안 해도 좋습니다."

"어차피 모두 말씀드리려고 생각하고 있던 일입니다. 저의 아버지가 세 분과 같이 가라고 했을 때는 이미 모든 것을 의논하라는 것으로 이해했고요."

"무슨 의논을요?"

"무기 밀매에 대해서요."

"나는 밀매 같은 것은 잘 모릅니다. 우리 털보는 경험이 있지만."

"그런 장사를 뜻하는 것이 아니고요. 그 무기들은 모두 조선 독립군 청년들에게 지급될 것입니다."

"독립군을 돕고 있다는 뜻입니까?"

"네, 돕는 것이 아니라 우린 독립군 부대를 만들고 있습니다. 최강의 독립군 부대를요."

"부대 규모가 어느 정도입니까?"

"약 10만 명 양병할 것입니다."

그게 어느 정도의 규모인지 알고 하는 말인지 모르겠다.

"십만 명이면 조선 청년들을 징집해야 가능할 수 있는 규모입니다."

"아닙니다. 만주와 시베리아에 있는 이주민들의 수가 지금 70만 명이 넘어섰다고 합니다."

나는 그렇게 이주민이 많다는 사실을 처음 들었다. 의암 류인석 선생처럼 조선에서 의병활동하다가 그냥 몸을 피해 넘어온 이주민들이 아니다. 그들은 상당히 오래 전부터 조선에서 살기 힘들어 압록강과 두만강, 그리고 우수리강과 아무르강을 건넜다. 이주민들의 수가 일백만 명을 넘어설 날도 멀지 않았던 것이다. 그렇다면 그들 가운데 청장년 일십만 명은 쉽게 모이게 할 수도 있을 것이다.

"그렇지만 숫자만 채운다고 될 일이 아니고, 무기도 필요하고 그들을 지탱할 군량도 확보해야 합니다. 간단한 일이 아닙니다."

"간단하지 않으니 그동안 못한 것이죠. 개인이 하기에는 힘이 달려서 어려워요. 그래서 국가 차원의 지원을 받기로 했어요."

"어느 국가의 지원을?"

"러시아요."

"러시아 황제가 승낙했나요?"

"네, 원칙은 9년 전에 저의 남편이 황제로부터 승낙을 받은 일이었는데, 남편이 죽으면서 일이 차일피일 미뤄지다가 최근에 황제가 바뀌고 나서 제가 다시 황제를 만나 타협을 보았어요."

"어떤 협상을 했나요?"

"저의 남편이 살아있을 때는 러시아는 조선을 일본과 반 나눠 가지려고도 생각했어요. 모두 먹지 못하면 반이라도 차지해서 부동항의 약점을 없애려고 했어요. 39도 선을 가로질러 북쪽은 러시아가 차지하고 남쪽은 일본에게 주려고 했던 것이죠. 그러나 저와 제 남편이 이 사실을 알고 격렬하게 막았어요. 그러자 황제는 일본을 격퇴해서 몰아내는 조건으로 함경도를 달라고 했어요. 저는 그것도 안 된다고 했고, 이 사실을 안 왕비 민씨도 안 된다고 했어요. 그래서 황제가 양보한 것이 원산항만이었어요. 원산항을 러시아 해군 전진기지로 만든다는 계획을 승낙한 것이죠. 이 비밀 지령은 왕비 민씨도 알고 있었어요. 그 이후 청일 전쟁이 끝나면서 이홍장의 항복 휴전회담이 있었고, 요동반도 삼국 간섭도 왕비 민씨와 내가 만들어서 성사시켰어요. 그리고 남편이 살아있을 때 계획했던 만주와 시베리아에 있는 조선 이주민들을 결집시켜 대규모 부대를 만들기로 한 것을 다시 시작했어요. 러시아는 우리에게 무기와 군량미를 대주고 우리는 조선에 있는 일본군 부대를 쫓아내기로 했죠. 그때는 일본군이 청군을 이겨 승승장구하고 있었던 시기라서 만만치 않았지만, 청군과 싸우느라 일본군은 약해질 대로 약해진 형편이라 러시아만 도왔다면 성사되었을 거에요. 그런데 그때 저의 남편이 죽어서 없었던 관계로 계획이 뒤로 밀려버렸어요. 뒤로 밀렸다기보다 강력하게 이끄는 러시아 내부의 각료가 없다보니 일이 진행되지 못한 것이죠. 처음 그 일을 할 때도 저는 모스크바에서 대학원을 다니느라 정신이 없었고, 그러다가 지금까지 시간이 흘렀는데, 최근에 새로운 황제가 등극하면서 저는 그 황제를 만나 지나간 일을 언급하며 도와달라고 했죠. 그러자 러시아 황제는 일본군을 몰아내주면 원산항뿐만이 아니라 인천항도 달라고 했어요. 그런데 두 군데 항만을 주더라도 일본군을 몰아내야 한다는 생각에 저는 혼자, 조선 국왕에게 물어보지도 않고 혼자 결정해서 그렇게 하자고 했어요. 두 해 전부터 저는 군사를 모으는 한편 무기도 구입해서 감췄습니다. 이 일을 최재형 도헌이 도왔어요. 무기 밀수는 최 도헌이 맡아서 돈을 주었고, 지금 세 곳의 비밀 창고에 약 삼천 정의 소총을 가지고 있습니다. 우선 대규모 병력 이전에 앞서 소규모 군인들만이라도 직접 무장시키기 위해 필요한 무기입니다. 군대를 만들려면 무엇보다도 지휘관이 필요해서 무관 양성소를 저의 집과 가까운 통화에 두려고 준비하고 있어요. 조선반도에 살고 있는 부호 가운데 몇 명을 교섭해서 그들이 돈을 내기로 하고, 먼저 흥성학당을 세우고, 단계적으로 중학교로 승격하고, 그다음 무관학교를 세운다는 계획입니다. 우리가 병력을 만들어 일정한 틀을 잡으면 러시아 황제는 무기를 공급하고 군량미를 비롯한 군복 등 군비를 지급하기로 했어요. 일본군을 몰아낸다는 기본 전략은 세워졌습니다. 그날이 언제 올지는 모르겠고, 그것이 무산될 수도 있는 일이지만,"

"러시아 황제 알렉산더 3세가 약속한 일인데 왜 무산되겠습니까?"

"그 황제는 작년에 서거했어요. 이제 후임으로 니콜라이 2세가 등극했지만, 러시아 정부 내에도 파가 여러 파가 있어요. 조선을 돕자는 파도 있고, 그 조그만 나라를 도와서 무슨 이득이냐고 포기하자는 자들도 있고, 그렇게 패를 갈라 싸워요. 러시아가 우릴 돕든 말든, 우리는 군대를 양성할 것이고, 결국 우리 손으로 조선 반도에서 일본군을 몰아낼 것입니다."

거기까지 말하는 강난설헌의 눈에서 불이 번쩍이는 듯했다. 야심에 불타오르는 그녀를 보자 어설픈 한 지식인 여자로만 생각했던 나의 생각이 틀렸다는 것을 알았다. 만약 이 일을 성공시킨다면 그녀는 위대한 조선의 여자 영웅이 될 것이다. 일의 성사를 떠나서 이미 그녀는 위대한 구상을 품고 있었다. 어떻게 보면 섬뜩하리만큼 무서운 느낌마저 주는 여자였다. 그녀의 주변에 있는 측근들, 이를테면 홍 씨 노인과 최재형은 그녀를 돕는 동지였다. 새벽에 온다는 홍범도 역시 그녀의 동지임에 틀림없었다. 어쩌면 앞으로 나를 비롯한 털보, 그리고 김상태와 소대장 역시 그녀의 동지가 될 수밖에 없을 것이다. 그날 밤 그녀로부터 그런 비밀 계획을 듣고 나서 나는 가슴이 마구 뛰었다. 좀 황당한 계획 같아도, 그것은 나의 가슴을 뛰게 할만큼 감격을 주는 일이었다.

# 3

강난설헌은 이야기를 마치자 산책을 중단하고 돌아서면서 말했다.
"오늘 긴 여행을 오셨는데, 쉬지도 못하고 바쁘게 다니셨습니다. 그런데 새벽에 홍범도가 해삼위 항만에 도착한다고 해서 저는 나가 봐야 할 것 같습니다. 그래서 이만 들어가 쉬어야 하겠습니다. 오늘 밤에 보았던 저 무기에 대해서는 그 누구에게도 비밀로 해주세요."
"그 누구라고 하면 동행한 세 친구에게도 해당합니까?"
"아닙니다. 그 세 분은 운강만큼 믿음이 옵니다. 말씀하셔도 좋습니다. 저의 아버지가 그 세 분도 여기 함께 오게 한 것은 동지가 될 수 있다는 확신을 했기 때문일 것입니다."
"강 목사님은 훌륭한 분입니다. 나는 기억나지 않지만 우리 털보는 갑신정변 때 같이 활동했다고 합니다."
"아마, 그러실 거예요. 십여 년 전의 동지인데 당연히 믿죠. 내일 새벽에 일어나야 하는데 일찍 주무세요."
"오늘 여러 가지로 고마웠습니다. 그럼 안녕히……."
그녀와 헤어지고 회관으로 돌아왔다. 그녀는 주임 목사 브라운의 목사관으로 갔다. 나는 숙소로 들어가려고 회관 복도로 들어섰다. 문 앞에서 문손잡이를 잡고 열려고 하는데 뒤에서 인기척이 들려 후닥닥 돌아보았다. 털보가 팔짱을 끼고 서서 나를 보면서 웃었다.

"그렇게 소리 없이 서 있으면 어떻게 하오?"

"뭘 그렇게 놀라십니까. 형님. 방금 안드레이 크리스티나와 산책하다가 헤어져 들어오는 길이지요?"

"산책은 무슨……."

"자정이 넘어서 깊은 밤에 단둘이 산책을 하면서 무슨 비밀 이야기를 나누셨나요?"

"비밀 이야기라니?"

"군대 양병에 대해서 말입니다."

"그걸 어떻게 알았소?"

나는 놀라면서 그를 쳐다보았다.

"저는 며칠 전에 여기 해삼위를 방문할 것이라는 결정이 나던 날, 강 목사에게서 모두 들었습니다. 강 목사는 나에게 모든 것을 털어놓으면서 김상태와 소대장, 그리고 운강에 대해서 물었습니다. 그에게 모든 것을 말해 주면 우리 동지가 될 수 있겠는지 말입니다. 그래서 내가 말했지요. 나에게 말해주는 순간 그들에게도 말한 것이나 마찬가지라고. 그러자, 나중에 해삼위에 가면 자기 큰딸이 모두 말해 줄 것이니까 그때까지 침묵하라고 하더군요. 강 목사가 한때 정변에 가담한 일이 있어선지 비밀 엄수에 신경을 많이 쓰더군요."

"그렇다면 나와 강난설헌과 여기서 주고받은 이야기도 들었소?"

"물론이죠. 깊은 밤에 단 둘이 산책하니…… 연담을 나누는지 알았는데."

"쓸데없는 소리. 깊은 밤에 단둘이 산책한다는 둥 그런 말로 사람을 혼란하게 하지 마시오. 장난이겠지만 듣기에 따라 오해할 수도 있으니까."

"오해한다고 해서 뭐가 문제입니까? 그냥 첩으로 들이면 될 일을. 오해해 보았자 형수님이나 오해할까 다른 사람은 관심도 없습니다."

"이 사람 자꾸? 농담도 누가 들으면 진담으로 알 것이니 말 조심하시오."

"사실 형님보다 제가 더 급합니다."

"뭘 말이요?"

"아무래도 제가 쌍놈이었다는 사실을 밝히고 평양 강 씨라는 족보는 가짜라고 말해야 될 것 같습니다. 그 기회를 보고 있지만 여간해서 오지 않는군요."

"그게 왜요?

나는 여자의 문제는 워낙 무감각한 편이라서 무슨 말인지 몰라서 물었다. 묻고 나서 묘하게 웃는 그의 얼굴을 보자 무슨 뜻인지 알아차렸다. 그의 어깨를 주먹으로 때리고 같이 웃었다.

"제가 안드레이 크리스티나와 같은 평양 강씨라고 하면 동성동본은 부인으로 맞거나 첩이 불가능하잖아요. 그래서 성이 다르니 아, 나는 성이 없는 힘줄이라는 이름이니 안심하라고 말해 주려고 합니다."

"잘 밝혀 보시오. 난 관심 없으니까."

그렇게 말하고 그와 헤어져 방으로 들어가려고 문을 열자 이번에는 복도 다른 쪽에서 소대장과 김상태가 나서면서 한 마디씩 했다.

"두 분만이 오순도순 비밀 이야기하고 우리들은 뒷전입니까?"

"어르신들은 모두 비밀이 많군요."

"모두 들었다면 그렇게 알고 들어가 잠이나 자요. 내일 새벽에 일어나야 할 듯해. 홍범도라는 자가 온다는 모양인데, 오면 오는 것이지 뭐, 교장 선생까지 나서서 항만까지 가서 마중하는 모양이야."

"나르는 홍범도 정도 되니까 마중 나가나 보지요. 나르는 홍범도라면 날아오지 왜 배를 타고 오실까?"

소대장도 이죽거리는 것이 그에 대해서 조금의 존경심도 없는 듯했다. 우리 역시 그 못지 않은 의병장으로 활동했던 터였기에 그의 영웅담 같은 나르는 홍범도에 반할 리가 없었다. 어쨌든 우리는 헤어져서 숙소로 들어갔다. 다른 사람은 모르겠으나 나는 숙소로 들어가서도 좀 채 잠이 오지 않았다. 그것은 강난설헌의 모험에 가까운 군대 동원의 포부 때문이다. 러시아가 돕는다고 하니 불가능할 것 같지는 않지만, 러시아를 믿을 수 있을지 모를 일이다. 러시아를 믿다가 틀어지면 강난설헌의 상처가 깊을 것이 걱정이다. 강난설헌을 생각하니 왜 그렇게 애처러운지 모르겠다. 그녀는 나보다 더 강하게 세상을 헤쳐 나가고 있었으며, 아버지를 따라서 독립운동에 참여하고 있었다. 그런 강한 여자라면 나보다 더 강한 심장을 가지고 있을 것만 같다. 그리고 저녁 식사하면서 만났던 최재형을 잠깐 생각했다. 식사를 하는 동안 그의 생각이 마음에 들지 않아 싫은 느낌이 들었다. 좋고 싫은 사람

가리는 것이 남달리 철저한 편이었던 나로서는 그를 싫은 편에 놓고 보았던 것이다. 돈 많은 부자라고 하면서 으스대는 듯해서 최재형이 싫었는지, 아니면 조선의 임금을 격하시키는 태도가 마음에 들지 않아 그가 싫었는지 그것은 잘 모르겠다. 조선 이주민을 위해 일하는 것은 좋은 일이었으나, 조선 국왕을 비난하고, 조선을 망한 나라로 포기해버리는 태도가 마음에 들지 않았던 것은 사실이다.

  그런데, 자정이 넘어 그가 교회에 나타나서 무기 밀매에 돈을 대는 자이고, 군대 병력을 모집하는 데 핵심을 맡고 있다는 말을 듣고는 그를 경시했던 그동안 나의 태도에 반성했다. 그는 7년 전부터 연해주 조선인 마을에 소학교를 세워주었는데 모두 32개 학교라고 하였다. 교회 집사가 최재형을 교장 선생이라고 호칭해서 어느 학교 교장인데, 교장 선생이 왜 이렇게 많으냐고 내가 물었다. 많아야 강난설헌과 최재형이었지만. 집사는 그에 대해서 설명했다. 최재형이 연추에 우신고등중학교(又新高等中學敎)를 설립하고 학교 교장으로 운영을 맡았다. 이 학교를 졸업한 조선인들은 거의 모두 각지 도시의 사범학교나 사관학교를 유학하며 고등교육을 받은 다음 러시아 각처에서 활발하게 활동하거나 조선인 마을에 있는 학교에 돌아와서 선생으로 복무하였다. 현재 4백여 명의 조선인 졸업생이 각계 각처에서 활동하였다. 최재형에 대해서 더 이상 할 말이 없게 만들었다. 그는 이주민들로부터 페치카(벽난로)라는 별명으로 불려졌다. 페치카는 시베리아 같은 추운 곳에서 없어서는 안 되는 생활용품이다. 조선 국왕을 비난하고 조선에 대해서 실망해서 망했느니 어쩌니 하는 것은 자기의 업적을 감추려는 일종의 반대 회화법이었다. 어쨌든 부자라고 나서며 뽐낸다고 생각한 나의 판단은 잘못 되었다. 그의 웅장한 집은 예외지만. 그것도 말을 들어보면, 서양 사람들은 부호가 되면 집부터 웅장하게 짓는데 왜 우리 동양인은 그렇게 못하는가 하고 생각하다가 결심한 저택이라고 하였다. 마치 아이들이 생각하는 것처럼 유아적인 발상이었지만, 자기가 번 돈으로 자기가 갖는데 뭐라고 할 것인가. 그것마저 탓할 수는 없는 일이었다. 그는 철저하게 자신의 공적을 감추고 말하지 않고 있었다. 내가 알지 못하는 다른 일이 더 있을 것이다. 그러나 누군가 말해 주지 않는 이상 그는 스스로 밝히지 않았다.

이 생각 저 생각을 하다가 나는 꼬박 뜬눈으로 밤을 보냈다. 잠이 오지 않은 것은 여러 가지 이유가 있겠지만, 잠 못 이루게 하는 장본인 중에 한 명이 강난설헌이었다. 강난설헌은 상당히 평범한 한 여자에 불과하지만, 뛰어나게 아름다운 외모와 그녀의 두뇌 때문에 사람들의 관심을 받는다. 만약 그녀의 운명이 그녀의 말처럼 기생으로 끝났다고 하여도 황진이 못지않은 명기가 되었을 것이다. 명기란 색을 쓰는 명기가 아니라 학문을 논하고 시를 쓰는 문필가로서의 기생 말이다. 나는 평소에 기생을 별로 좋아하지 않았다. 기생을 좀 깔본다고 할까. 경시하는 편이었다. 그래서 선전관으로 있을 때나 화서회 영남 선비 모임에 어쩌다가 기생을 불러 장구치고 북치는 것을 지켜보는 일도 나는 탐탁하게 여기지 않았다. 기생과 사귀거나 가까이 한 유명한 선비들도 많이 있지만, 선비의 본령은 그런 색의 놀이에 취해서는 안 된다고 생각하는 터였다. 그런데 만약 강난설헌 같은 기생을 만난다면 이야기가 달라질 것만 같다. 지금 기생이 아닌 교장 선생인 강난설헌을 만났으니 관심이 아니 가지 않을 수 없었던 것이다. 그러나 거기까지이다. 그냥 밤잠을 못 이루고 생각은 할 수 있지만, 그 어떤 일도 나에게는 허용되지 않았다. 그것은 스스로 잘 알고 있는 나의 성품이다.

밖에서 시끄러운 소리가 들려왔다. 사람들이 지껄이는 말소리였다. 벌써 새벽이 되었던 것인가. 날은 아직 어둡지만, 교회 사방에 전등불이 켜지면서 밝아졌다. 이윽고 교회에서 찬송가 소리가 울려왔다. 아마도 새벽 기도를 하는 모양이다. 십리평의 강 목사 교회에서도 매일 새벽 4시가 되면 기도를 올렸다. 묵상 기도하고 목사의 짧은 강론을 듣고, 통성 기도(소리내어 하는 기도)하고, 그리고 찬송가 등을 부른다. 그렇게 한 시간 정도 기도를 마치면 사람들은 다시 집으로 돌아가는 것인데, 어느날 새벽에 일어나서 지켜보니까 기도에 참가한 사람이 백 명이 넘어 보였다. 교회 신도는 오백 명이라고 하는데, 새벽마다 백 명이 넘도록 와서 기도한단 말인가. 이 사람들은 밤잠도 자지 않는단 말인가. 내가 절에 잠깐 머물 때 보니까 승려들도 새벽 4시경이 되면 도량을 돌며 목탁을 치고 다녔다. 그렇게 하고는 법당에 들어가 기도를 올리고 암송을 하는 것이다. 암송의 끝은 항상 반야심경을 외우는 것으로 끝냈다. 교회에서는 주기도문이라고 해서 짧은 암송을 하는 기도문이 있었다. 예수가 직접 가르쳐 준 기도문이라고 한다. 새벽마다 여러 날 듣다 보니 나도 외울 정도였다. 하늘에 계신 우리 아버지, 그 이름을 거룩히 빛나시며, 뭐 이렇게 시작하는 기도였다. 중들은 반야심경을 외우고 마지막에 나무아미타불 관세음보살로 끝내는 것에 비교해서 기독교 사람들은 아멘 하고 말하는 것으로 마친다.

교회 마당 뒷뜰에 홍 씨 노인이 끌고 다니는 포장 마차가 와서 멈추었다. 홍 씨 노인이 내려서 수레바퀴라든지 상태를 점검하였다. 나는 잠도 안 오고 해서 밖으로 나가 홍 씨 노인에게 다가갔다. 홍 씨 노인은 나를 보더니 반갑게 인사했다. 나도 그와 동시에 허리를 굽히며 인사했다.

"잘 주무셨습니까?"

"잠은 한숨도……."

못 잤다고 하려다가 내 속마음을 들키는 기분이 들어 다른 말로 돌렸다.

"잘 잤습니다. 충분히 자고 나니 일찍 일어났군요."

거짓말도 하면 할수록 는다더니 정말 그런가 보다. 괜한 일로 거짓말을 하는 듯해 새벽부터 기분이 별로였다.

"깨셨으면 저와 함께 블라디보스토크 항만이나 가보시겠어요?"

"항만에 가면 볼 것이 있습니까?"

나는 홍범도를 마중한다는 사실을 알면서도 시침을 떼고 다른 말로 물었다.

"그럼요. 새벽의 항만은 풍경이 색다릅니다. 고기잡이배가 나갔다가 새벽에 돌아오기도 하는데, 만선인 배는 휘청거릴 정도로 한가득 싣고 옵니다. 그리고 부두의 장사꾼에게 내놓고 경매를 붙이죠. 새벽 경매를 구경하는 일도 색다른 일입니다. 그리고 새벽에 도착하는 여객선도 여러 척 있습니다. 주로 일본이나, 중국이나 조선에서 오는 여객선들이죠. 가까이는 주로 조선 여객선들인데, 청진, 좀 떨어진 곳은 원산에서 밤에 출발해서 새벽에 도착합니다."

"그 새벽에 도착하는 손님 가운데 홍범도 장군도 있습니까?"

내가 시침을 떼고 물었다. 홍 씨 노인은 대답하려다가 고개를 들고 다가오는 강난설헌에게 인사를 한다.

"어서 오세요. 교장 선생님. 어제 밤까지 일이 겹쳐 잠을 못 잤을 텐데, 홍 장군 모시는 일은 내가 혼자 다녀와도 될 텐데요."

"날아다니는 호랑이인데 마중 안 하면 어떻게 해요. 그리고 운강 선생님도 나오셨네요? 함께 부두에 가보시게요?"

나는 부두에 나갈 생각이 없었다. 더구나 홍범도가 온다고 우르르 몰려나간다는 것도 격에 맞지 않았다. 그러나 강난설헌이 가자는데 뿌리칠 수가 없었다.

"그래서 나도 이렇게 나와서 운동 삼아 몸을 좀 풀려고 합니다."

"몸풀기는 바다가 최고예요. 포구에 가면 그 독특한 냄새가 아주 사람을 이상하게 합니다."

"이상하게 한다는 것은 어떤 경우입니까?"

"냄새가 지독하죠. 고기 비린내요. 그리고 바다만이 가지는 묘한 내음이 있어요. 기름 냄새와 미역 냄새, 바닷물이 주는 짠 냄새라고 할까. 그런 물 냄새, 온갖 냄새가 평소에 맡지 못한 내음을 우리에게 안겨 주워서 몸이 가만 있지 못하고 뛰어야 한다고 할까요. 헉헉거리면서 뛰면 바다 냄새가 없어집니다."

"나도 그 독특한 체험을 한번 해볼까요?"

그렇게 해서 우리는 결국 홍 씨 노인의 포장마차에 오르게 되었다. 포장마차 안에는 천장 고리에 호롱불이 걸려 있어 안을 비추었다. 당연히 그녀의 얼굴도 비쳤다. 호롱불에 비친 그녀의 얼굴이 왜 그렇게 아름다운지 제대로 쳐다보기도 힘들었다. 나는 고개를 창밖으로 돌리고 밖을 열심히 내다보았다. 마차 안에 단둘이 있자 그녀의 몸에서 분 냄새도 났다. 전보다 더 짙게 바르고 나온 듯했다. 마차는 고려촌 언덕 아래로 뻗친 큰길을 내려갔다. 그리고 약간 휘면서 항구 쪽으로 굽어진 길을 찾아 달렸다. 블라디보스토크의 여름밤 거리는 한산하였다. 자정 때까지만 해도 상점에 불빛이 남아있었으나 새벽이 되자 모두 꺼지고 없었다. 다만 길가에 서 있는 가스등 불빛이 줄을 지어 서 있을 뿐이다. 개 한 마리가 코를 킁킁거리고 냄새를 맡으며 골목 저편으로 사라지는 게 보였다. 그곳에 블라디보스토크 시가지에는 없는 빈민촌이 있었다. 항구에 가까워지는 곳에 빈촌이 당연한 것처럼 있었는데, 판자촌이 즐비했고, 상점이 있었으나 노점상이나 다름없는 허술한 가게들이었다. 판자집 골목에는 다리를 껑충하게 내놓은 여자들이 서성거리고 있었다. 그 여자들이 지나가는 남자들을 붙잡는 것이 보였다. 어둠침침해서 여자들이 동양인인지 러시아 여자인지 잘 구별되지 않았다. 뒤섞여 있는 듯했다. 최근에는 우리나라 부산과 제물포에도 유곽이 생겨서 흥청거린다고 하였다. 어느 경우는 일본에서 개척하러 온 유녀들이 장사를 한다고 했다. 일본 여자들이 조선 여자들을 고용해서 유곽을 운영하기도 하였다. 블라디보스토크는 일본과 조선, 중국, 그리고 러시아를 잇는 항구인만큼 유곽이 없을 리가 없었다. 강난설헌은 항구에 가면 유곽이 있다는 말은 빼버리고 말했다. 제일 먼저 눈에 띄었는데 그 말을 뺀 것은 내가 항구에 가지 않으려고 할까 보아 미리 말하지 않은 느낌을 주었다. 항구 가까이 다가가자 불빛이 휘황찬란하게 비쳤고, 부두에 정박하는 배들이 보였다. 막 들어오는 여객선인 듯 뱃고동을 울리며 들어서는 것이 보였다. 조금 돌아야 화물선이 보이는 부두가 있어 그곳에서 풍기는 생선 냄새가 풍겼으나 고기잡이배는 볼 수 없었다.

청진에서 오는 여객선인지 한 무리의 승객들이 쏟아져 나왔다. 승객들이 조선 말을 하는 것을 보니 청진 배임에 틀림없다. 홍범도가 도착하는 시간에 맞춰 우리도 항구에 도착했던 것이다. 항구의 큰길 쪽에는 승객들을 맞이하기 위해 호객꾼들이 몰려 있었다. 호객꾼이란 사람을 실어 나르는 인력거꾼이나, 짐을 싣는 마차, 지게꾼들이다. 더러는 말을 빌려주는 곳도 있었고, 객점을 알선하는 소년들도 보였다. 유곽의 유녀들도 섞여 있었으나 그녀들은 정복 경찰들이 여기저기 서서 지켜보았기 때문에 쉽게 접근하지 못하고 조금 떨어진 곳에서 멍하니 바라보았다. 청진에서 내리는 승객들은 비색이(여권) 검사도 생략한 채 그대로 나왔다. 비색이 검사는 배 안에서 한다고 한다. 없는 사람은 일정한 돈을 받고 그 즉시 여권을 만들어 주었다. 특히 조선인 승객들의 편리는 최재형이 손을 써놓아서 쉽게 통과된다고 한다. 어떻게 무엇을 손써 놓았는지 물어보지 않아 자세히 알 수 없었지만, 비색이 검사를 하는 세관원이나 경찰에게 돈을 주어서 조선인들에게 특혜를 주라고 했던 것을 알 수 있었다. 그것은 조선인들이 쉽게 블라디보스토크로 이주해 올 수 있는 장치이기도 하였다. 최재형이 도헌으로 있는 동안 약 10년에 걸쳐 조선인 이주민들이 계속 늘어 신한촌(고려촌) 인구가 십만 명에 이르게 된다.

나오는 승객 가운데 홍범도의 모습이 보이자 지켜보고 있던 강난설헌이 자리에서 일어서 밖으로 나갔다. 마부석에 앉아 있던 홍 씨 노인도 강난설헌을 따라갔다. 나 혼자 마차 안에 앉아 있을 수도 없어 나도 내려서 그들의 뒤를 어슬렁거리고 따라갔다. 강난설헌과 홍 씨 노인이 홍범도와 인사하는 것이 보였다. 홍범도는 한눈에도 알아볼 만큼 몸집이 큰 사내였다. 그는 상자곽인지 보따리를 하나 등에 메고 왔다가 그것을 풀어 땅에 내려놓고 이야기를 하였다. 장군 상이라고 할까, 늠름한 기세는 한눈에 알아볼 정도였다. 내가 다가가자 강난설헌이 나를 홍범도에게 소개했다. 내가 그에게 악수를 하려고 손을 내밀며 말했다.

"안녕하십니까? 내가 이강년이올씨다."

"아이구, 대 선배님, 저는 의암 선생님을 통해서 선배님의 존함은 많이 들었습니다."

홍범도가 갑자기 땅바닥에 무릎을 꿇으며 엎드리더니 큰절을 했다. 그와 나 사이의 나이 차이는 열 살이었다. 더구나 의병장으로 활동해서 명성을 얻은 터라 나에게 큰절까지는 할 필요가 없었다. 내가 황급히 그의 몸을 잡아 일으키며 말했다.

"뭐, 같은 의병장끼리 왜 이러십니까. 누가 선배라고 이러시오. 우린 모두 을미년에 의병을 일으켰으니 같은 의병장이 아니겠오."

"나이로 따져도 그렇고, 배운 것을 봐도 선배님을 따라가지 못합니다. 저는 쌍놈 출신입니다. 그래서 의암 선생님이 저에게 교육하시기를 앞으로 양반 의병장을 만나면 먼저 예를 취하라고 분부하셨습니다."

"뭐요? 이거 참, 그 선생님은 쓸데없는 지도를 하셨군요. 그렇지 않습니다. 여기서 반상을 논할 처지 아니니 다시 그런 말씀 마시오."

처음부터 자기가 쌍놈 출신이라고 하며 큰절을 하는 사람을 나는 처음 본다. 실제 노비조차 길거리에서 나에게 큰절을 올리지 않는다. 자신이 쌍놈이라고 말을 할 뿐이지 절할 생각을 하지 않았다. 약간 과장된 몸짓이기는 했으나 나를 민망하게 만드는 일을 의암이 한 듯했다. 그 광경을 옆에서 지켜보던 강난설헌과 홍 씨 노인은 웃기만 할 뿐 아무 말이 없었다. 홍범도는 실제 평안도 양반집 머슴인 아버지에게서 태어났다. 그가 태어나자마자 어머니가 출산 후유증으로 죽었고, 노비 아버지마저 홍범도가 9살 때 죽었다. 그래서 홍범도는 어렸을 때부터 고아이면서 노비 신분이었다. 이웃에 살고 있는 포수 어른을 따라다니면서 사냥하는 법을 배웠다. 열 살 때부터 포수 생활을 했지만 실제 주인 집에 매여 있어 노비를 벗어난 것이 아니었다. 그러다가 15살이 되었을 때 주인 집에서 도망 나와서 떠돌았지만 배가 고파 견딜 수 없었다. 그는 할 수 없이 길거리에 붙어 있는 방을 보고 군대에 응모했다. 그것은 나팔수를 뽑는 일이었다. 17세 이상이어야 군에 입대한다는 원칙 때문에 그는 나이를 속이고 평양 감영의 군대 나팔수가 되었다.

부대 내 차별과 폭행이 심한 상황이었으나 갈 데가 없었던 그는 4년이나 버텼으나, 자신을 인간 이하 취급하며 괴롭히는 장교가 있었다. 악질 장교는 자기가 눈 똥을 치우라고 한다든지, 술만 먹으면 그의 몸에 오줌을 누웠다. 조금만 비위가 틀려도 매질을 했다. 어느 날은 매 맞다가 견디지 못하고 그를 때려죽였다. 도주한 후에 군대 동료의 말에 따라 황해도 수안의 제지 공장에 취직한다. 그러나 공장주가 일곱 달이나 임금을 주지 않았다. 임금을 받으려면 동학을 믿으라고 하면서 협박했다. 동학을 믿기 싫다고 하자 그럼 나가라고 했다. 돈은 줄 수 없다고 하여서 두 사람은 다투다가 그 주인을 밀쳤는데 나가자빠져 죽었다. 놀란 홍범도는 할 수 없이 그곳을 도망쳤다. 떠돌다가 금강산 신계사에서 머물며 승려 지담을 상좌로 모시고 출가했다. 사실

불교에 대해서 알고 귀의한 것이 아니고 배고파서 절에 입산한 것이지만, 이 절에서 그는 지담 승려의 지도를 받으며 글을 깨우쳤다. 지담이 학구파라서 서재에는 일본 서적을 비롯해 중국의 서적이나 조선의 서적이 쌓여있었다. 그는 천자문을 떼고 대학을 공부하여 한문 실력을 넓히면서 지담의 서재에 있는 책들을 독파했다. 거기서 그는 조선 역사를 비롯한 세계 역사를 공부하게 되었다. 절 내에는 비구니 이 씨가 있었다. 그녀는 공양주이면서 절을 돌보고 있는 여승이었다. 나이도 비슷한 스무 살 안팎이라 두 사람은 눈이 맞아 사랑하게 된다. 그래서 임신까지 한다. 할 수 없이 두 사람은 파계하고 같이 살기로 한다. 세상으로 나왔지만 오갈 데가 없어 두 사람은 이 씨의 친정 북청으로 갔다. 가는 도중에 화적들을 만나 두 사람은 생이별을 하였다.

 홍범도는 아내 이 씨를 찾아 헤맸으나 찾을 도리가 없었다. 죽은 줄 알고 떠돌다가 회양군 먹패장골에 남의 땅을 빌려 농사를 지어 돈을 모아 엽총을 구매했다. 어렸을 때 옆집 아저씨를 따라다니며 배운 사냥꾼이 된 것이다. 이 생활을 시작해서 그는 이 일대 포수 권익 단체의 포계(砲契)가 된다. 포수 모임의 대장이 된 것이다. 이 일은 후에 의병을 일으켰을 때, 그들 14명을 이끌고 일본군 간담을 서늘하게 한 전설적인 의병 활동의 계기가 된다.

 홍범도가 천민으로 태어난 출생의 이야기와 살아온 여정, 특히 그가 소년시절에 나이를 속이고 군대에 들어가 나팔수로 일했던 사연을 모두 강목사의 작은딸 성애로부터 들었다. 나팔수 하면 일본군의 아산 전투 나팔수에 대해서 생각난다.

　일본군 승전의 노래 가운데 위대한 나팔수, 또는 전진가라는 노래가 있다. 일본군이 아산에서 청군과 맞붙었을 때 한 나팔수가 진격의 나팔을 불며 종군했는데, 적탄에 맞아 죽었다. 종군했던 일본 신문사 기자가 강가에 죽어서 쓰러져있는 그 나팔수를 발견했다. 입에는 나팔이 물려 있었다. 그 장면을 사진 찍어서 신문에 내보냈다. 그러자 그 신문을 본 일본인들은 열광했다. 일본의 진정한 영웅은 나팔수라고 하면서 일개 한 나팔수가 일본 정국을 흔들었다. 그 나팔수의 동상이 세워지고, 나팔수를 찬양하는 노래가 전국에 퍼졌다. 그 노래는 아이들에서 어른까지 모르는 사람이 없이 불렀고, 이제는 그 나팔수의 노래가 구국의 전사를 찬양하는 대표적인 노래로 둔갑을 했다. 내가 보기에는 그 나팔수가 나팔을 불고 있을 때 적탄이 날아와 급소를 강타하자 즉사했을 것으로 본다. 그렇게 급사한 자가 언제 입에서 나팔을 뗄 수 있는 기회가 있을 것인가. 그냥 총탄에 맞아 죽은 것에 불과했다. 그들이 찬양하는 것처럼 총알을 맞았음에도 불구하고 죽어가면서 나팔을 불면서 숨을 거두었다는 것은 꾸며낸 이야기였다. 소문이라는 것은 허구가 많으며, 특히 유명해져 있는 영웅담은 대부분 가짜가 많다. 뒤의 사람들이 꾸민 이야기가 많다. 그러나 홍범도의 날아다니는 호랑이 전설은 그가 산악 지역에서 유격전을 펼치던 모습을 대변하는 전투 상황을 뜻할 뿐이었다. 십리평 교회 야학당에서 아이들이 〈날아다니는 호랑이〉라는 제목의 연극을 하면서 그 전설도 십리평 사람들의 입에 오르내리고, 결국에는 조선 반도에까지 퍼지게 되었다.

의병 활동을 할 때 홍범도는 함경도를 거쳐 압록강으로 퇴각하는 의암을 만났다. 그때 여러 곳을 출진하며 의암은 몇 안 되는 14명의 의병 부대가 적을 토벌하는 재주를 여러 차례 목격하며 홍범도를 다시 보게 된 것이다. 14명의 포수를 데리고 있었던 홍범도의 부대를 무시하면 안 된다. 나도 처음 의병을 일으켰을 때 문경 가은 도태시장에서 60명의 의병에서 시작했다. 그중에 반이 넘는 의병이 포수 출신이었던 것이다. 포수 박일교를 통해서 포수들을 포섭한 것은 포수가 총기와 탄환을 가지고 있었기 때문이다. 그리고 포수들은 수렵이 직업이기 때문에 매일같이 총기를 사용해야 하고, 맹수를 만나면 사생결단을 하는 전쟁이다. 포수에게 항상 노루나 사슴 같은 순한 동물만 잡히는 것은 아니다. 때로는 사나운 멧돼지와 마주칠 때가 있고, 드물기는 하지만 호랑이와 마주친다. 그런 맹수와 마주치는 순간 포수는 생명을 건 전쟁을 해야 한다. 때문에 포수 출신 의병은 최상의 군인이었다. 14명의 홍범도 부대는 죽창을 든 동학군 140명보다, 아니 1천4백 명보다 우수한 병력이다.

홍범도와 의암 선생은 함경도에서 함께 기거하면서 의견이 맞았고, 쌍놈 출신이라는 사실을 알면서도 의암은 그를 상당히 아꼈던 것 같다. 후에 나에게 꼭 만나보라고 한 것은 의암의 마음에 들었기 때문일 것이다. 의암은 그래서 나를 그에게 추천했다면 강난설헌은 왜 홍범도를 소개하며, 이렇게 새벽에 마중을 나올 정도인가 궁금했다. 홍범도는 강난설헌에게 병력 모으는 일을 돕겠다고 약속한 것이다. 조선의 포수를 전부 모으면 10만 명이 된다고 한다. 나는 포수가 그렇게 많은지 미처 몰랐다. 하긴, 어딜 가나 포꾼들이 산을 누비는 것을 보면 많은 것을 알 수 있다. 독립군 병력을 외국에서만 모으려고 하지 말고 국내에서도 모아야 하는데, 일단 총포에 기술이 있는 자는 오직 포수뿐이다. 그래서 그들을 모으면 한 축이 되는 병력이 될 것이다. 무기를 공급해 주고 의복이며, 먹을 것을 충분히 대주면 포수들은 모일 것이다. 그들 10만 명을 홍범도가 책임진다고 했던 것이다. 강난설헌이 홍범도를 만난 것은 최재형을 통해서이다. 강난설헌의 군대 모으는 이야기를 듣고 홍범도는 자신이 할 일을 정한 것이다. 그래서 강난설헌은 홍범도를 한 명의 의병장, 전설같이 싸운 신출귀몰한 의병장으로 보지 않고 10만 명의 포수를 보는 시선이었다. 약간 허풍이 낀 것 같고, 과연 10만 명 포수를 모을 수 있을지 의문이지만, 국내에서 모으는 병력을 피할 필요가 없었다. 모병은 의암도 하겠다고 강난설헌에게 약속했다. 의암이 모으려는 군인은 모두 선비였다. 조선에 선비의 수가 얼마냐고 강난설헌이 물으니까 10만 명은 될 것이라고 대답했다고 한다. 실제 세어보지는 않았을 것이지만 그 정도는 될 것이다. 문제는 그들이 모이라고 하면 모일 것인가 하는 문제이다. 선비는 타고난 기질로 전쟁과는 무관한 족속이기 때문이다. 물론, 지난번 을미의병을 일으켰을 때 의암이 기치를 흔들었을 때 2만 명까지 운집했다. 거기에 선비가 많이 참여한 것은 틀림없었으나, 농민을 비롯한 평민과 쌍놈들도 적잖이 참여했다. 차라리 선비를 불러모을 생각을 하지 말고 동학군에서 전봉준이 남접과 북접 통합 20만 명까지 불러모았던 것을 생각하면 농민을 부르는 것이 더 정확한 병력이 될 것이다.

  2만 명이든 20만 명이든 당장 일시적으로 병력을 모이게 할 수는 있을지 모른다. 문제는 그 병력에 맞먹는 무기를 지급하고, 의복을 지급하고, 군대 생활할 수 있는 장비가 필요하며, 무엇보다 먹일 양곡이 필요하다. 전쟁은 군사의 수로만 되는 것이 아니다. 러시아가 마음먹고 밀어주면 불가능할 것도 아니지만 과연 러시아가 국제 정세의 부딪침 속에서 그렇게 할지 알 수 없는 일이다. 그렇게 해서 일본을 물리치고 나서 조선은 이제 내 것이라고 우겨도 어떻게 할 도리가 없는 일이다. 강난설헌은 그 점까지 생각해 두었는지 모르겠다.

  주변에서 홍범도를 만나라고 권고한 이유는 충분히 알겠는데, 그에게 붙여진 전설에 대해서는 의문이 많았다. 어떻게 해서 십리평의 교회 야학당 아이들이 홍범도가 싸우는 이야기를 연극으로 만들어 공연하게 되었는가 그 이유를 나는 모르겠다. 차라리 우리가 동학군으로 싸울 때 맥심 기관총을 구입해서 일본군 병력을 이십 분 만에 1천5백 명 죽인 이야기가 더 전설적인 이야기가 아닌가. 기관총을 소품으로 무대에 올려놓고 몇 분간 총성을 울리면서 일본군이 무자비하게 자빠지는 광경을 보여준다면 더욱 극적일 것만 같았다. 다음에 강 목사의 작은딸 성애에게 그 동학군 맥심 기관총 이야기를 들려주고 무대에 올려보라고 권하고 싶었다.

## 4

"우리 부대는 모두 14명입니다. 오랫동안 이 14명을 유지하고 있었습니다. 왜냐고요? 우리는 기습이 생명이고, 후퇴가 생존입니다. 빨리 기습하고 빨리 후퇴하는 것이 전술의 전부입니다. 14명의 우리 정예 포수, 포수라기 보다 의병이라고 합시다. 우리 14명의 의병 부대는 저마다 고도로 훈련받은 바대로 적의 병참부를 기습합니다. 헌병 주재소, 무기고, 전신전화 초대소, 지방 부대 분견소 등을 갑자기 들이닥쳐 마구 총을 쏘고 모든 것을 파괴합니다. 잠자다가 일어난 일본군 일개 소대 병력은 정신을 못 차리고 우왕좌왕하면서 반에 가까운 전상자를 냅니다. 어느 때는 전멸을 하다시피 합니다. 겨우 총기를 들고 우리와 교전하는 상태가 되면 우린 바람처럼 사라져 버립니다. 살아남은 일본군들은 우리가 사라진 숲속을 향해 총질을 하지만 상대방이 아무런 반응이 없자 그제야 퇴각한 것을 알고 숲에 들어와 찾지만 우리는 벌써 한곳에 숨겨놓은 말을 타고 그곳을 수십 리 벗어난 다음입니다. 그러니 그들이 보기에 우리는 번개처럼 나타났다, 바람처럼 사라지는 것이고, 여기저기 거의 동시에 나타나는 양상이라서 날아다닌다는 말을 하는 것입니다. 날아다니는 호랑이라는 말은 제일 먼저 일본군이 퍼뜨린 말입니다. 어느 일본군 병참부 소대장이 상부에 올린 보고에 날아다니는 호랑이라는 말을 쓰게 되고, 그 이후 날아다니는 호랑이라는 자를 잡아라 하는 것이 각 부대에 하달되면서, 나는 갑자기 날아다니는 호랑이가 된 것입니다. 내가 뭐 그런 전설을 만들고 싶어 꾸민 것도 아니고, 십리평 아이들에게 자랑하려고 한 말도 아니고, 그렇다는 것을 말한 것뿐입니다. 더구나 우리는 산속에서 먹을 것이 없으면 노루나 멧돼지를 사냥해서 먹는데, 때로는 호랑이도 잡습니다.

호랑이를 상대할 때는 노루나 멧돼지와 차원이 다릅니다. 호랑이와 우리는 서로 간에 목숨을 겁니다. 호랑이도 우리에게 목숨을 걸듯이 우리도 호랑이의 밥이 될 각오를 해야 합니다. 그런데 바로 그 첫 발이 중요하지요. 나는 부하 의병들에게 항상 그렇게 말합니다. 호랑이를 잡을 때는 그 첫 발이 중요하다. 산속에서 호랑이와 마주칠 때 포수든, 일반인이든, 가장 중요한 것이 당황하는 일입니다. 먼저 공포에 몸을 떨며 당황한 나머지 사정거리가 멀고 정조준이 되지도 않은 상태에 급하게 방아쇠를 당깁니다. 더구나 호랑이가 포효하면서 달려들면 정조준을 했다가도 흔들립니다. 그럼 그 첫 번째 한 방이 조준을 비껴가는데, 호랑이가 사람까지 달려오는 시간이 그렇게 길지 않습니다. 다시 한 방 장전할 기회를 주지 않아요. 호랑이 사냥에 실패하고 죽는 포수들 대부분은 먼저 한 방을 쏘고, 두 번째 장전할 때 죽습니다. 호랑이는 먹이 가까이 뛰어와서 사람이 걷는 거리 약 10보 지점에서 껑충 뜁니다. 좀 더 빨리 먹이에 다가오기 위해 비상하는 습관이 있고, 그렇게 껑충 뛰었다가 내려앉으면 그 몸무게 2백 킬로그램의 무게가 먹이를 짓눌러 압사할 정도가 됩니다. 동시에 호랑이는 먹이의 목을 무는 습관이 있습니다. 사람도 마찬가집니다. 그대로 한 번 목을 물면 숨이 넘어갈 때까지, 아니 호랑이도 사람의 맥박을 의식한다고 합니다. 맥이 뛰니까 진동을 느끼지요. 그래서 맥박이 멈추면 죽은 것을 확인하고 그제야 목을 놓고 살점을 뜯어먹어요. 아니면, 물고 그들의 안식처나 새끼 호랑이가 있는 곳으로 가져갑니다.

저는 호랑이를 지금 나이 29살까지 35마리 잡았습니다. 항상 호랑이를 잡을 때는 마지막 비상하는 바로 그 순간을 노립니다. 뛰어올 때 조준이 마쳐져도 절대 방아쇠를 당기지 않고 기다립니다. 기다린다고 하니 몇 초간 기다리느냐고 묻겠지만, 그렇게 몇 초가 아니라 일이 초 잠깐 한순간입니다. 한 번 숨을 들이셨다 내쉬는 정도의 순간입니다. 그리고 마지막 비상하여 나에게 덮치는 순간 아가리 안에 총알을 넣습니다. 내가 잡는 호랑이는 대부분 머리를 정통으로 맞으니 즉사하는 것입니다. 어느 때는 호랑이가 비상하면서 내 몸을 덮쳐 거기서 빠져나오는 데 애를 먹은 일도 있습니다. 땅의 엄폐물에 몸을 넣어서 압사하지 않았던 것이지 평지였다면 죽으면서 몸을 덮친 그 충격으로 내 몸도 장담 못 합니다. 그래서 나는 호랑이를 저격할 때는 먼저 움푹 파인 엄폐물에서 합니다. 나무 뒤라든지, 바위 뒤에 엎드리지요, 이렇게 호랑이를 잡다 보니 가죽을 벗겨 팔기도 하고, 가죽으로 우리 군복을 만들어 입습니다. 특히 나는 겨울철 전투 중에는 항상 호랑이 가죽으로 몸을 감습니다. 그래서 나를 멀리서 보면 호랑이처럼 보일 때도 있어요. 그래서 일본군들이 나를 호랑이라 운운하는 것입니다."

"전투를 재미있게 하는군요."

"일본군을 죽여도, 일본군도 사람인데, 사람을 죽이면서 재미있을 수가 있겠습니까. 내가 이야기를 좀 재미없게 하는 편이라, 아마도 일부러 재미있게 하려고 하다 보니 그렇게 되었습니다. 십리평 아이들에게도 내가 싸운 이야기를 해달라고 해서 가급적이면 재미있게 하려다 보니, 날아다니는 호랑이 명사수 이야기를 했던 것입니다. 나를 사람들은 명사수라고 하지만 명사수 되고 싶어서 명사수 된 것이 아니고, 호랑이를 잡는 심정으로 총알을 아끼다 보니 첫 방에 적을 죽이는 습관이 있습니다. 저는 적군을 겨냥해서 쏘면 거의 헛방을 쏘지 않습니다. 첫 방에 죽입니다."

"왜놈을 얼마나 죽였습니까?"

"왜놈? 저는 왜놈이라도 민간인은 절대 죽이지 않습니다. 군인만 죽이죠."

"내가 말하는 왜놈은 민간인이 아니라 왜병을 말하는 것입니다."

"글쎄요. 나는 내가 죽인 것을 모두 세고 있었습니다. 호랑이 35마리, 멧돼지 1백25마리, 노루 76마리, 그 밖에 토끼나 꿩은 창피해서 말할 수도 없고."

"사냥도 잘하는군요."

"사냥해서 먹고 살려다 보니."

"일본군은 먹고 산 것이 아닐 텐데 몇 명이나?"

"정확히는 모르겠습니다. 백 명이 넘고 나서는 세지 않았으니까요."

"뭐요? 백 명?"

"네, 그렇습니다. 의병으로 활동하던 2년 동안 백 명 이상 저격해서 죽였어요. 우리는 일당백이 목표입니다. 백 명을 채우고는 세지 않았습니다."

언뜻 들으면 살인마를 보는 기분이 들 수도 있으나 그는 의병이었다. 일본군과 싸우는 전사로서 상대방을 죽이지 않으면 자신이 죽으니 어쩔 수 없었다.

"다른 부하 의병들도 일본군을 그렇게 죽였나요?"

"그렇지 않습니다. 다른 부하 중에 명사수 한 명은 현재 95명이라고 하고, 적게는 열 명 이상 수십 명을 죽였어요. 그래서 우리는 14명이라는 소규모 부대인데도 불구하고 함경도 일대의 일본군 병참부대가 모두 신경을 쓰며 나를 잡으려고 혈안이 되었던 것입니다. 지금도 혈안이 되어 찾고 있어 산속에 숨어 있습니다. 우리는 소수이지만 모두 포수 출신으로 명사수들입니다. 우리가 겨냥하면 그냥 탕 하는 순간 일본군 하나가 죽습니다. 그렇게 생각하세요. 뭐, 총알을 사려면 호랑이 가죽을 팔아야 하는데 호랑이 가죽도 비싼 편이지만 총알은 더 비싸니 아껴야 했어요."

그는 마치 병정놀이처럼 전투 상황을 말하고 있었다. 나는 잠깐 회상해 보았다. 나는 동학군에 가담할 때나 의병으로 있을 때 과연 적군을 몇 명이나 죽였을까 하고 내가 직접 총으로 쏘아서 적군을 죽이는 장면을 확인한 일도 있었으나, 수를 세지는 않았다. 그리고 저격을 해도 맞았는지 맞지 않았는지 확인 안 되는 경우도 많았다. 굳이 수를 헤아려보면 열 명도 안 되는 인원이었다. 열 명도 죽이지 못한 내 입장을 그와 비교한다는 것은 너무 터무니없는 비교였다. 그러나 다시 생각해보니 나는 소총을 들고 저격하는 일보다 부대를 통솔하는 데 신경을 썼고, 지휘하는 일에 열중했기 때문에 직접 저격한 일을 단순 비교할 수 없다고 생각했다. 내가 태만해서 적군을 덜 죽인 것이 아니고, 서로 간에 처한 역할이 달랐기 때문이다. 나 역시 14명의 소수 인원을 데리고 유격전술로만 전투를 벌였다면 홍범도만큼 1백 명을 넘길 수 있는 저격을 했을까 생각해 보았다. 가능할지 모르지만, 나는 홍범도만큼 저격수는 아니었다. 그는 열 살이라는 어린 나이부터 포수 스승을 따라 산을 누비며 포꾼으로 활약했던 명사수였다.

교회에 들어와 홍범도를 포함한 우리 일행은 주임목사 핸리 브라운과 부목사 조용준, 그리고 전도사 엄한필, 교회 집사 등 십여 명과 아침 식사를 하였다. 핸리 브라운 목사는 지금으로부터 13년 전에 그의 나이 22살에 감리교재단 신학대학에 들어갔다. 거기서 조선인 강용준을 만났다. 강 목사는 마흔 살이 넘어 신학대학에 입학한 것이다. 둘이 신학대학 동기동창이었던 것이다. 두 사람은 모두 선교사 자격으로 중국과 러시아에 안주했다. 안주했다기보다 목회를 하면서 조선의 독립을 위해 일하고 있는 것이다. 강 목사는 한때 평안감사까지 지낸 관료였고, 조선인이기에 조국을 위해 일한다는 것은 타당했으나, 핸리 브라운 목사는 남의 나라 일에 발 벗고 나선 것이 감사할 뿐이다.

그날 저녁에 교회 별관 대강당에서 잔치가 벌어졌다. 이 잔치는 담임목사 브라운의 35번째 생신 축하였다. 생신 파티라고 하지만, 서양의 파티처럼 하지 않고 무슨 공연 같은 형식으로 치렀다. 강당은 5백 명까지 수용할 수 있는 대강당인데, 최근에 지은 것이라고 한다. 교회 신도가 급격하게 늘어나자 크게 행사할 장소가 없었다. 교회당도 십 년 전에 지은 것으로 신도 삼백 명이 들어갈 수 있는 크기였다. 당시만 해도 너무 커서 예배할 때마다 빈자리가 텅텅 비어 있었다. 그런데 지금은 오육백 명의 신도가 늘어나면서 한 번에 치를 수가 없어 일요 예배는 두 차례에 걸쳐서 한다. 오전 아홉 시에 하는 오전 예배와 열한 시경에 하는 본 예배였다. 오전 예배는 부목사 조용준이 하고, 본 예배는 주임 목사 브라운이 하였다. 그리고 아이들이나 학생들은 오후에 주일학교라는 형식으로 청소년 회관에서 했다. 주일학교는 전도사나 집사 등의 간부, 그리고 사범학교를 나와 학교 선생으로 있는 신도 중에 여러 명이 이끌었다. 대강당에 온 사람은 세어보지 않아 알 수 없으나 대충 3백여 명이 모인 것으로 추측되었다. 신도들이 가장 많고, 지방 유지들이 왔으며, 무엇보다 지방 수령인 최 도헌이 가운데 자리를 차지하고 앉아 있었다. 우리는 내빈으로 그 옆에 앉아 있었다. 우리 양옆으로 러시아인 내빈들이 앉아 있었는데, 누구인지 우리는 알 수 없는 유지들이었다. 별 두 개를 달고 있는 장군도 보였고, 경찰 복장으로 보이는 간부도 보였으며, 훈장을 가슴에 잔뜩 단 예비역 장군의 모습도 보였다. 무대에는 우신 고등중학교 여학생 백 명이 나와서 축가를 불렀다. 찬송가 일종의 노래였는데, 나는 처음 들어보는 것이었다. 축가가 끝나고 학생들이 모두 퇴장하자, 최 도헌이 무대로 나가서 생일을 축하한다는 축사를 하였다. 축사라기 보다 브라운 목사를 소개하는 형식을 취했다. 나의 옆에 앉아있던 강난설헌이 언제부터인가 자리를 뜨고 없었다.

　최 도헌이 축사를 하고 나자 교회 신도 수십 명이 무대에 나가서 성가를 불렀다. 생일 축하라기 보다 교회 행사 같은 느낌이 들었다. 그러나 그것이 무엇이든 나는 핸리 브라운을 고맙게 생각하는 사람이어서 끝까지 자리를 지키고 앉아 있었다. 한참 젊은 나이에 러시아 한 귀퉁이에 와서 조선의 독립을 위해 헌신하는 것이 얼마나 고마운지 모를 일이다. 신도들의 축가를 마치고 나자 사회 보는 여자가 무대 가운데로 나오더니 이번에는 특별 공연을 하겠다고 하였다. 핸리 브라운 목사의 생신을 위해 가까운 벗의 한 사람으로서 축하하기 위해 일찍이 다른 사람에게 보여준 일이 없는 특별한 공연 몇 가지를 브라운 목사에게 헌상한다고 말했다. 그러더니 무대의 조명이 바뀌면서 귀에 익숙지 않은 고전 음악이 흘러나왔다. 조명을 받으면서 몸에 늘어붙은 하얀 옷을 입은 여자가 무대로 나오면서 다리를 쩍쩍 벌리며 춤을 추었다. 그녀는 하얀 옷을 입고 있었는데, 보기에 민망할 정도로 옷이 몸에 늘어 붙어 알몸의 윤곽이 그대로 노출되었다. 저것이 발레라는 서양 춤이라는 것은 알았지만, 나로서는 처음 보는 춤이었다. 내 옆의 동료들도 처음 볼 것이다. 옆에 앉아 있는 소대장은 뭐가 좋은지 히힛 하고 웃음소리를 내었다.

"저것이 러시아에서 유명하다는 발레라는 것인 모양인데 춤추는 여자가 불쌍해 보입니다."

"왜?"

소대장의 말에 내가 반문하자 그가 대답했다.

"저기 입고 있는 옷을 보십시오. 사타구니 윤곽이 그대로 드러나지 않습니까? 젖퉁이도 그렇고."

"불쌍한 것이 아니고 저게 발레하는 여자의 옷차림일 거야. 우리나라도 언젠가는 저처럼 춤을 추게 될 거야."

"싫습니다, 저런 춤이. 한복을 입고 하는 우리나라 아리랑 춤이 얼마나 우아하고 좋습니까."

"조용히 해, 소대장. 지금 춤추고 있는 여자를 자세히 봐라. 우리 교장 선생님이다."

털보가 핀잔을 하자 나와 소대장은 무대 위의 여자를 자세히 쳐다보았다. 짙은 화장을 하고 있었으나 눈에 익은 얼굴이었다. 눈에 익은 얼굴이 아니라 실제 강난설헌이었다. 아니, 어떻게 강난설헌이 발레를 춘단 말인가. 평양 기생학교에서 춤을 배울 때는 발레는 가르치지 않았을 것인데, 어떻게 저렇게 잘 춘단 말이지. 그런 생각을 하며 소대장과 나는 바짝 얼어버린 기분으로 무대를 바라보았다. 지금 러시아는 발레의 대중화가 모색되면서 전에는 황실과 귀족들의 공유물이었던 발레가 이젠 대중들의 인기를 받고 있었다. 러시아 발레는 뮤지컬이나 오페라를 공연하면서 춤으로 장식되는 독특한 예술의 형태로 변신하면서 대중의 사랑을 받았다. 차이콥스키의 발레 음악을 비롯한 러시아 작곡의 음악을 안무하여 무대에 올리면서 러시아 춤 기법을 이용한 독특한 개발을 하면서 이탈리아나 프랑스와는 다른 러시아 유파를 형성했다. 발레가 끝나자 박수 소리가 진동했다. 특히 러시아 손님들이 환호성을 질렀다. 나는 발레에 대해서 과문한 탓으로 그녀가 어느 수준의 발레를 하는지 모르지만, 그것을 이해할 수 있든지 없든지, 관중들의 환호성은 대단했다.

뒤를 이어 단번에 한복으로 갈아입은 강난설헌이 이번에는 장구를 치면서 아리랑 춤을 추었다. 아리랑 장구춤은 여러 명이 단체로 하는 것이 보통인데, 혼자 나와서 독무하는 것도 새로운 감동을 주었다. 아리랑 춤은 우리에게 익숙한 것이어서 매우 보기 좋았다. 소대장이 나의 귀에 대고 속삭였다.

"저 무대의 여인이 불쌍하다는 아까 말을 취소하겠으니 이르지 마세요."

"아니, 자네가 그렇게 말했다고 이를 것이네."

"엥, 살려주십시오."

아리랑 춤이 끝나고 나자 또다시 박수가 울렸다. 핸리 브라운 목사의 생일 축하가 아니라 강난설헌의 춤 공연 행사 같은 느낌이 들었다. 아리랑 춤이 끝난 후 강난설헌은 가야금을 가지고 무대에 나와 앉더니 가야금 산조를 켰다. 가야금 산조란 가야금을 치면서 소리(唱)를 하는 것을 말하는데, 악기를 다루는 기술과 노래를 하는 기술이 동시에 있는 자만이 할 수 있는 어려운 국악이다. 춘향가 중에 사랑가를 불렀는데, 이 노래와 가야금은 병창(가야금 치는 사람과 노래 부르는 자가 다른)이었지만, 강난설헌은 두 가지를 동시에 자신이 소화해 냈다. 내가 음악을 깊이 있게 이해하지는 못했으나 그녀의 악기 다루는 솜씨는 장인 이상의 아름다운 음율을 보여주었다. 그것은 다른 관객들의 반응에서 확실하게 느껴졌다. 강난설헌은 우리나라 국악뿐만이 아니라 서양 음악 오페라에 나오는 아리아를 불렀다. 예능에 대한 타고난 재능이 있어, 동서양 음악을 모두 소화해내고 있었다.

이렇게 강난설헌은 일곱 곡 공연을 혼자 보여주었다. 춤, 기악, 노래 등 모든 분야에 전문가 이상의 기예였다. 그녀는 그쪽으로 나갔으면 세계적인 예술가가 될 수도 있었겠다는 생각이 들었다. 불행하게도 존망의 위기에 처한 조선에서 태어난 죄로 험난한 독립운동을 위해 목숨을 바쳐야 하는 억센 여자로 변신할 수밖에 없었던 것이다.

마지막에 다른 행사가 있었으나 강난설헌의 공연이 있고 나서는 모두 시들했다. 품격이 달랐고, 보기에도 민망한 공연이 줄을 이었다. 사람들의 표정에서 그것을 읽을 수 있었고, 강난설헌의 공연을 보고 나서는 다른 공연을 도저히 볼 기분이 나지 않았던 것이다. 곧 공연이 끝나고 브라운 목사 탁자 앞에 케이크가 나왔다. 케이크에 촛불이 켜 있고, 군중들은 생일 축가를 불렀다. 축가가 나오는 중에 브라운 목사는 촛불을 불어 껐고, 군중들이 박수를 쳤다. 마지막 순서로, 손님들이 들고 온 선물 상자를 무대 위에 올려주는 선물 행사가 있었다. 홍범도는 항구에서 메고 있던 보따리가 산삼이라고 한다. 그는 산삼을 상자에 넣어서 핸리 브라운 목사에게 선물로 올렸다. 우리는 목사의 생신 축하 공연이 있으며, 그리고 선물을 주는 행사가 있다는 사실을 몰라서 전혀 준비하지 못했다. 그러나 강난설헌이 자기가 준비한 우리들의 선물 4상자를 각기의 이름으로 써서 무대에 올려놓는 것을 보았다. 그 안에 무엇이 들었는지는 모르지만, 그 일을 대신해 주어서 나는 강난설헌에게 고맙다는 인사를 했다. 그날 행사가 끝나고 나서 숙소로 돌아와서 우리 일행 네 명은 강난설헌에 대해서 끊임없이 이야기를 나누었다. 그녀는 대관절 어떤 여자이기에 이렇게 기예에 출중할까 하는 점이었다. 역시 학교 교장을 하기보다 기생이 되는 것이 옳다고 생각한다고 털보가 말하자 일행은 웃었다.

 공연이 끝난 후 강난설헌이 우리가 있는 숙소로 와서 병력 소모(召募)에 대한 의논을 하였다. 우리는 교회 집사를 불러 중국 차를 부탁했다. 필요한 거 있으면 말하라고 하고 집사가 바로 옆방에 대기하고 있어 부탁했다. 실제 우리는 술을 마시고 싶었으나 교회 안에서는 술과 담배는 할 수 없었다. 담배는 방 안이나 한쪽 구석에서 적당히 피워도 가능했지만, 술만은 금기시했다. 통화현에 기거하고 있는 의암의 집

부근에 카톨릭 성당이 있었다. 그곳을 방문하고 중국인 신부와 술을 같이 마셨고, 맞담배도 피웠다. 같은 기독교였지만 차이가 있는 모양이다. 하나님은 같고 성경도 같은 것을 사용하는데 왜 행동지침이 다른지 나는 이해할 수가 없었다. 우리는 중국 녹차를 마시면서 병력 동원의 계획에 대해 그녀를 통해 들었다.

"제가 러시아 황제의 지원을 받으면서 우리 이주민들을 동원해서 병력을 모으려는 계획은 무모할지 모릅니다. 제일 먼저 러시아가 그 계획을 변함없이 밀어줄 것인가 하는 점이고요. 언제 정책이 바뀔지 알 수 없고, 황제 혼자 하는 일이 아니고 대신들과도 의논해야 하는 일이니까요. 그러나 러시아가 승낙을 한 이상 머뭇거릴 수는 없습니다. 10만 명의 군사를 통솔하려면 3천여 명의 장교가 필요하다고 합니다. 현대의 군제가 그런가 봐요. 그렇다면 그 장교들은 어떻게 만들지요? 러시아 장교들을 채용하나요? 그건 불가능합니다. 러시아 군사 고문은 필요하겠지만 장교 전체를 그들로 채우면 그건 조선 군대가 아니라 러시아 군대가 되는 것입니다. 그러니 우리도 병력을 모으는 동안 장교를 양성해야 해요. 그래서 저의 집에서 백 리 떨어진 유하연 대두자 산골짜기에, 그곳은 민가와 삼십 리 떨어진 골짜기로 사람의 통행도 없고 숨겨진 곳으로 군사 훈련을 하기에 적합한 곳입니다. 거기다 군사학교를 세울 것입니다. 사관학교라고 해도 되고 무관학교라고 해도 되지요. 그곳에서 3천여 명의 장교를 육성할 것입니다. 그런데 처음에는 중학교 형식의 학습소에서 시작해서 나중에 무관학교로 육성시킬 것입니다. 장교 3천여 명을 육성하는 데 몇 년이 걸릴까요? 오 년에서 십 년 사이로 보고 있습니다. 적어도 오 년 동안 반이라도 육성해야 할 것입니다. 여기서 중요한 것은 무관학교를 설립하고 운영할 돈입니다. 그것마저 러시아에 손 내밀 수는 없습니다. 최 도헌이 할 수 있을지 모르지만 최 도헌은 여기 시베리아에서 할 일이 많고 돈도 많이 쓰일 것입니다. 무엇보다 군사를 모집하고 무기를 사들이는 일만 해도 최 도헌의 전 재산을 내놓아야 할 형편입니다. 그는 모두 내놓을 결심을 하고 있습니다. 군사학교 자금은 조선 반도에 있는 뜻있는 사람을 찾고 있습니다. 조선인 부호 몇 사람이 물망에 올랐는데 그들도 재산을 모두 청산하고 이 만주로 오기에는 수년이 걸릴 것같아 쉬운 일이 아닙니다."

"병력도 모아야 하고, 장교도 육성해야 하고, 그것이 가능하겠습니까?"

내가 염려되어 그렇게 물었다. 그러자 강난설헌이 약간 격앙된 어조로 말했다.

"어렵다고 안 하면 이 일을 누가 합니까? 여러분들은 이 조선을 전쟁다운 전쟁도 하지 않고 일본이 삼키게 두시렵니까? 러시아가 돕겠다는 것도 하나의 기회입니다. 그냥 지나치면 아무것도 해결하지 못합니다."

"내 말은 안 하겠다는 것이 아니고 염려해서 하는 말입니다. 우리도 돕겠으니 우리가 할 일을 말씀해주십시오."

내 말에 강난설헌이 기분을 푸는 듯했다. 그녀도 성깔이 있어 못마땅한 말을 하면 발끈하는 것이 눈에 보였다. 성깔도 없으면 뭘 하겠는가. 조국을 위해 하는 일이라면 성깔을 부려도 받아주리라.

"여러분들이 할 일은 음성적인 세력 규합과 예비 부대의 육성입니다. 비밀리에 비밀 군사 병력을 가지고 있다가 만주에서 진공이 시작되면 반도 내에서 호응하고 맞부딪쳐 올리는 것입니다. 전에 을미의 병을 일으켰듯이 우리가 진공하면 내부에서 의병을 일으켜 유격전을 벌이는 것입니다. 그러기 위해서는 세포적이라고 할까, 점조직을 조직해서 준비해야 합니다. 의암 선생님이 선비들을 10만 명 모으겠다고 하였지만 그건 불가능할 것입니다. 그러나 선비들의 응집은 을미의병처럼 힘을 폭발시키는 원동력이 될 것입니다."

또 다른 큰 의병 봉기를 준비하라는 말 같이 들렸다. 나는 고개를 끄덕이며 그것은 가능할 것이라고 대답했다.

"또 다른 거병은 항상 이유가 분명해야 하는데, 아마도 일본이 정식으로 우리나라를 삼키는 순간이 아닐까 합니다. 지금도 먹은 것이나 다름없지만, 국왕을 폐위시키고 총독부를 둔다든지 하는 경우입니다."

나의 말에 털보가 나섰다.

"그때는 너무 늦지 않을까요? 전에 일내야지 나라가 망한 다음이면 더 힘듭니다. 러시아가 우릴 도와주려고 해도 이미 망한 나라라서 곤란하고요."

털보의 말에 나는 할 말이 없어 잠깐 생각했다. 그 말도 일리가 있지만 의병을 새로 봉기시키려면 민중들이 분노할만한 일이 터져야 한다. 그냥 모집하여 응집시키기는 어렵다. 내가 일을 해봐서 알지만 을미의병을 모을 때 포수들과 농민들을 열심히 모았지만 겨우 60명에 불과했다. 나중에 열 배로 늘어나고, 의암 진영에 가면서 불어나기도 했고, 털보가 도와주어서 세력이 커지기는 했지만, 의병 모집이 그렇게 쉬운 것이 아니다. 그리고 의병의 수만 늘어난다고 해서 군사를 모은 것이 아니다. 그들은 전쟁을 한 번도 겪어보지 못했기 때문에 한 번 전투를 하고는 모두 도망을 가서 소용이 없다. 우리는 밤늦게까지 병력 동원에 대한 회의를 하였으나 뾰족한 수가 나온 것은 아니다. 결국 다음 기회에 다시 의논하기로 하고 그날 이야기는 여기서 마쳤다.

### 5

    우리는 러시아와 중국 국경 아라지태 지역을 넘어서 중국으로 들어섰다. 러시아 국경 부근의 아라지태 객점에서 아침 식사를 하고 일찍 출발했으나 워낙 산악 지역이 많고 길이 험해서 저녁 무렵이 되자 백두산을 옆으로 돌며 수이후커우먼으로 향했다. 압록강을 따라 가면 길은 좋았으나, 그렇게 되면 혜산까지 갔다가 다시 북상해야 되어서 길을 빙 돌게 되었다. 우리는 질러가는 길로 통화로 향했는데, 그

거리로 보아 하루 만에 닿을 수 없는 길이다. 밤에 노숙하기 불편해서 수이후커우먼에 도착하기 전에 골짜기 입구에 있는 객점에서 잠을 자기로 했다. 지난번에 올 때는 쉬지 않은 곳으로 처음 와보는 곳이었지만, 홍 씨 노인과 강난설헌은 자주 들렸던 곳인 듯 객점 주인이나 일보는 하인들과도 인사를 나누었다. 그 객점은 이층으로 되어 있었다. 크고 작은 방이 수십 개 있었고, 한 옆에는 큰 규모의 마방이 있었다. 중국과 러시아 국경을 넘나드는 객들이 거의 말을 타고 움직이기 때문에 객점에서 마방 운영은 필수였다. 오늘 따라 말이 유난히 많고, 사람들도 방 가득 차 있다고 홍 씨 노인이 말했다. 가운데 공간 식당에서는 식사를 하는 사람과 술을 마시는 사람들로 가득했다. 술에 취한 일부 중국인들이 노래를 불렀다. 대부분 만주족으로 보였다. 만주에 살고 있는 중국인들은 한족이든 만주족이든 만주 말과 한족 말을 뒤섞어 하는 버릇이 있어 말씨로는 분간하기 힘들었다. 우리는 식사를 마치고 술을 약간 마셨다. 술이라고 하면 무조건 고량주밖에 없는지 독한 술을 내와서 단번에 취했다. 소대장은 술을 잘 못 마시는 처지에 많이 마셨는지 만취가 되어서 몸조차 가누지 못했다. 거의 비슷하게 술을 마신 학생 성애가 더 멀쩡하였다. 성애가 소대장을 놀리면서 아저씨는 사내도 아니라고 하자 소대장은 술을 더 가져오라고 해서 술통을 그대로 들고 마셨다. 내가 나서면서 더 이상 못 마시게 했다.

"왜 이래? 학생은 소대장을 죽이려고 하나? 고량주 많이 마시면 죽어."

"그럼 사내가 아니죠, 뭐."

"술을 많이 마셔야 사내인가? 술 잘 마시는 너는 사내냐 계집이냐?"

"나도 사내가 되었으면 싶어요."

"사내가 되어서 뭐하게?"

"전쟁하겠어요. 왜놈을 상대로."

너무나 뜻밖의 말이라 우리는 그녀를 쳐다보았다. 평소에는 조국에 대해서 전혀 관심이 없고, 애국심도 느껴지지 않았던 것이다.

"너의 언니는 여자이지만, 애국자이다. 전쟁을 준비하고 있지 않느냐. 그러니까 우리가 조국을 위해 싸운다는 것은 여자이냐 남자가 중요한 것이 아니다."

"이제 그만 일어나요. 내일 아침에 식사를 마치면 곧 출발할 것이니 모두 일찍 들어가 쉬어요."

강난설헌이 술을 계속 마시고 있는 남자들을 제지하며 자리에서 일어나게 했다. 모두 취해 있어서 더 이상 마시기도 힘들었다. 우리는 일어나서 이층 숙소로 비틀거리며 올랐다. 홍 씨 노인은 마차를 끌고 있는 말을 살핀다고 하면서 마방 쪽으로 갔다. 객점의 방은 두 개를 빌려서 작은 방 하나에는 강난설헌과 동생 성애가 자고, 다른 큰 방에는 홍 씨 노인을 비롯한 남자 다섯 명이 잤다. 모두 침대가 나란히 있는 구조인데, 침대가 있는 것은 만주식 주거 형태였다. 나는 잠들기 전에 밖으로 나가서 아래층 한쪽에 흐르는 냇물에서 세수를 하였다.

객점 옆으로 작은 냇물이 흘러갔는데, 그곳은 몸을 씻기도 하는 곳이었다. 세수를 마치고 수건으로 얼굴을 닦으면서 보니 산비탈 쪽에 한 무리의 사람들이 모여 있는 것이 보였다. 그들은 한쪽에 모닥불을 피워놓고 둘러앉아 마작 놀음을 하였다. 시끄럽게 떠들고 있었으나, 내가 지켜보자 갑자기 조용해졌다. 왜 조용해지는지 이유를 알 수 없었다. 사람들의 시선을 피하는 것 같지도 않았는데, 목소리를 죽일 필요가 없었기 때문이다. 나중에 알았지만 그들은 나를 의식하고 있었던 것이다. 그러나 그들은 다시 떠들었지만, 왠지 떠드는 것도 과장되게 보였다. 무엇인가 어색한 분위기를 주는 무리였지만 남의 일에 간섭할 이유는 없었다. 방에 돌아오니 취기 때문인지 다른 사람은 모두 잠들어 있었다. 뒤늦게 홍 씨 노인이 들어와서 나에게 말했다.

"밖의 분위기가 좀 심상치 않아 보이는데 나의 노파심인지 모르겠습니다."

"무슨 일인데 그러세요?"

"마방의 말들을 보니 백여 필이 넘는 말 모두가 목에 봉(奉)이라는 각인이 찍혀 있었습니다."

"같은 무리들의 말이라서 그런 가 보죠. 뭐, 군대 말도 그런 표식을……."

그렇게 말하다가 나는 깜짝 놀랐다. 군대가 이곳에 왔다면 다른 표식이 있을 것이니, 군대가 아니면 마적일 가능성이 있다. 문득, 중국에서 러시아 국경을 넘을 때 뒤따라왔다는 기병 무리들이 떠올랐다.

나는 기병이 따라오는 것을 눈치 채지 못했으나 야전에 경험이 많은 홍 씨 노인은 단번에 알아차렸던 것이다.

"무슨 일이죠? 저번에 국경을 넘을 때 따라오던 미행자들일까요?"

"그때는 십여 기에 불과했는데 지금은 백이 넘는 기병입니다."

"그렇다면 마적이 틀림없을 것 같은데요. 다른 중국군 부대가 아니라면."

"중국군 부대가 이동하면 떠들썩하면서 단번에 알아요. 군기를 앞에 세우고 떠들면서 다니는 자들이라서. 그리고 군부대 병력은 따로 야영하지 객점을 이용하지 않습니다. 마적단이 우연히 같은 객점에 머문 것인지, 아니면 놈들이 우릴 겨냥하고 있는 것인지 모르겠군요."

"우리한테 뭐가 생길 것이 있다고?"

그렇게 말했지만 갑자기 소름이 오짝 끼쳤다. 나는 홍 씨 노인에게 물었다.

"우리가 가지고 있는 총기는 마차 안에 있습니까?"

"네, 모두 그 안에 두었지만 만약을 생각해서 권총 다섯 자루는 가지고 왔습니다. 총탄 약간하고."

그는 푸대에 담겨 있는 것을 풀어 방바닥에 놓았다. 리벌버 권총인데, 나도 의병을 지휘하면서 가지고 다녔던 것이다. 새무얼 콜트가 발명해서 특허를 제출해서 세계적으로 널리 사용하게 만든 5연발 권총이다. 최근에 6연발 권총이 개발되어 성능이 향상되었다고 하지만 큰 차이는 없었다. 권총 탄약은 한 상자 가득했는데, 모두 2백 발이라고 하였다.

"이 정도면 무장이 될 수 있고, 우리 몸은 지킬 수 있겠군요."

나의 말에 홍 씨 노인은 고개를 흔들면서 부정했다.

"아닙니다. 놈들은 일백 명이 넘어서 우리가 권총을 가지고 응사해도 쉽게 물러가지 않을 것입니다. 놈들은 마차 안에 개틀링 기관총도 가지고 다니니까요."

"그럼 어떻게 해야 해요?"

엉뚱한 곳에서 마적단과 부딪쳐서 죽을지도 모른다는 생각을 하자 기가 찼다.

"이들을 깨울까요?"

내가 홍 씨 노인에게 물었다. 홍 씨 노인은 잠깐 생각해보더니 말했다.

"내가 미리 겁을 먹고 이러는지 모르니, 깨우지 마십시오. 깨어난다고 지금 교전을 할 수도 없는 일이잖아요. 술이 취해서 일어날지도 모르겠군요. 그냥 주무세요. 내가 잠이 없으니 불침번을 서겠습니다."

"아니, 노인장께서 주무세요. 젊은 제가 서겠습니다."

"지금 말하지 않았습니까? 늙으면 잠이 없다고요. 더구나 나는 술을 제대로 마시지 않았습니다. 나는 광동성 군단에서 평생 전투를 해본 사람이라서 조금 이상하면 잠을 못잡니다."

지금이 이상한 순간인가. 나는 전혀 알 수 없었다. 객점에 떠드는 사내들이 많고, 봉(奉)자의 문신이 박혀 있는 백여 필의 말이 있다고 해서 무슨 변란이 일어난 것도 아니다. 그런데 우리는 왜 겁을 먹는지 모르겠다. 그런 생각을 하며 나는 자리에 누웠지만 쉽게 잠이 오지 않았다. 잠이 오지 않으면서 상당히 졸렸다. 몸이 노곤해지면서 졸린데 잠이 오지 않는 이유는 무엇일까. 그리고 방바닥에 놓여있는 권총 한 자루를 집어 탄창에 총탄을 넣고 나서 침대 머리맡에 놓았다. 그렇게 하자 곧 잠이 왔다. 권총 때문에 잠이 온 것이 아니라, 계속 졸렸기 때문에 견딜 수 없었다. 나는 자면서 꿈을 꾸었다. 꿈속에 강난설헌이 보였다. 그녀는 어디론가 마구 뛰어가는데 그녀가 가는 곳이 낭떠러지였다. 위험하다고 내가 소리쳤으나 그녀는 듣지 못하였다. 그리고 그녀는 벼랑에 떨어졌다. 몸이 떨어지면서 조그만 상자 하나가 공중에 붕 떴다. 나는 황급히 그 상자를 잡았다. 상자를 열어보니 그 안에 여자의 머리가 들어있었다. 여자는 목이 잘려있었는데, 나를 보자 싱긋 웃었다. 그 웃음이 왜 그렇게 소름이 끼쳤는지 모르겠다. 상자 속의 여자는 강난설헌이었다. 핏기 하나 없는 하얀 얼굴이 너무나 아름다웠다. 마치 화선지에 그림을 그려놓은 것처럼 선명한 눈과 코, 뺨이 선명했다. 입술은 웃음기가 어려 있었으나, 웃는 것인지 우는 것인지 분간이 되지 않았다. 나는 놀라면서 잠에서 깨었다. 내가 깨었을 때는 상황이 종료된 후였다. 나는 놀라서 화들짝 일어났지만, 여러 구의 총구가 나를 겨누고 있었다. 옆을 보니 다른 침대의 동료들은 모두 묶여 있었다. 몸과 두 팔이 몸통과 함께 밧줄에 칭칭 감겨 있었고, 목에 목줄을 걸어 한쪽 끝을 한 사내가 잡고 있었다. 나의 몸도 두 팔과 함께 묶인 채 줄에 감겨 있었다. 이렇게 줄을 감을 때까지 모르고 있었다는 것은 아마도 술에 약을 탄 것이 분명했다.

  괴한들의 복색은 통일되지 않고 여러 가지 각각이었지만, 허리띠에 총탄을 맨 것과 들고 있는 소총이 통일되어 있었다. 총기는 모두 일본산으로 볼트액션 반자동 소총이었다. 다섯 발을 넣고 반자동으로 쏠 수 있다는 최신식 총기였다. 우리들에게 총기를 겨누고 있는 십여 명의 무리 뒤에 몸집이 홀쭉한 사내가 서 있었다. 바로 그때 나는 다른 옆방의 강난설헌과 동생 성애의 일이 걱정되었다. 그녀들은 이 일과 무관하고 우리들만 납치된다면 다행이라는 생각을 했지만 그것은 나의 생각에 불과했다. 몸이 홀쭉한 청년이 뭐라고 떠들었다. 그러자 총기를 겨누고 있는 자들이 총구로 나의 가슴을 쥐어박으며 뭐라고 소리쳤다. 무슨 말인지 몰라 옆에 포박되어 있는 홍 씨 노인을 돌아보자 그는 조용히 고개를 끄덕이며 말했다.

  "우리보고 일어나 걸으라고 합니다. 그냥 따라 하십시오. 여기서 저항하면 우릴 쏘아 죽일 것입니다."

  "우린 돈이 없는 사람인데 왜 잡아 가는 거야?"

  털보가 소리쳤다. 그러자 소총을 겨누고 있던 한 사내가 소총 개머리판으로 털보의 머리를 후려쳤다. 털보의 몸이 옆으로 쓰러지며 머리에서 피가 흘렀다. 홍 씨 노인이 다시 말했다.

"저항도 하지 마십시오. 해보았자 소용없을 것입니다."

총기를 든 자들이 뭐라고 꽥꽥하고 소리치면서 우리보고 나가자고 하는 몸짓을 했다. 우리 다섯 명은 하는 수 없이 밖으로 나갔다. 계단을 내려가서 아래층으로 가는데 수십 명의 괴한들이 도열해 서 있었다. 그들은 모두 총을 빼들고 우리를 겨냥하고 있었는데, 백 명의 사내들이 우리 다섯 명을 겨냥하고 있는 인상을 주었다. 객점의 주인이라든지 일하는 고용인들은 보이지도 않았고, 다른 객들은 방 밖으로 나오지 못하고 안에 그대로 갇혀 있었다. 객점 마당으로 나가자 그곳에 대기하고 있는 포장마차가 세 대 있었다. 그중에 한 대는 우리가 타고 온 홍 씨 노인의 마차였고, 나머지 두 대는 마적단들의 것으로 보였다. 우리 다섯 명은 홍 씨 노인의 마차에 올랐다. 우리가 마차에 오를 때 다른 옆의 마차가 있던 곳에서 강난설헌과 동생 성애가 소리치는 말소리가 들렸다. 그녀들이 잡혀 있다는 사실을 우리에게 알리기 위해 소리치는 듯했다. 강난설헌이 뭐라고 중국말로 소리쳤는데 나는 중국어를 몰라 알아들을 수 없었다. 그때 다른 마차에서 나이든 뚱뚱한 사내가 나왔다. 그는 환갑 정도 되어 보이는 나이로, 수염이 붉어 보였다. 물론, 허연 수염이었으나 그가 입고 있는 붉은 옷 때문에 그렇게 보인 것이었다. 그는 마적단의 마두(馬頭)로 보였다. 조금 전에 방에 들어와서 지휘하던 홀쭉한 청년은 중간 두목이었다. 마두가 마당에 우뚝 서면서 마차에 올라 있는 우리를 쳐다보았다. 우리를 물끄러미 보더니 뭐에 놀란 듯이 움찔하는 기색이었다. 마두가 돌아서더니 얼른 자기 마차 안으로 들어가버렸다. 마두가 무엇을 보고 움찔했는지 나는 알 수 없었다. 무엇인가 보고 표정이 변한 것은 틀림없으나 나로서 알 도리는 없다. 그렇게 해서 우리 일행은 뜻하지 않은 곳에서 일백여 명의 마적단에게 납치되어 어디론가 알 수 없는 곳으로 끌려갔다. 아직 동이 트지 않은 새벽길을 마차와 기병들은 열심히 달렸다. 길에 익숙한지, 아니면 어딘가 예정된 목적지가 있는지 잠시도 쉬지 않고 계속 달렸다. 수 시간 달리는 동안 우리 다섯 명은 우리를 포박해서 목줄을 잡고 있는 다섯 명의 사내들에게 물었다. 홍 씨 노인을 통해 그들에 대해서 물었으나 아무도 대꾸 하지 않았다. 너희들은 누구냐? 어느 부대이냐? 우릴 왜 잡아가느냐 하는 기본적인 질문이었지만 그들은 함구하고 한마디도 하지 않았다. 그동안 날이 새었으나 밖은 포장으로 가려서 보이지도 않았다. 밖을 본다고 해도 이곳의 지형을 몰라 어디로 가는지 모를 일이었지만. 마차 안에서 홍 씨 노인과 우리는 이들의 정체에 대해서 이야기했다. 우리가 지껄이는 조선말을 그들은 모르고 있으니 간섭하지도 않았을 뿐더러 알 수도 없을 것이다.

"이들이 누군지 혹시 짐작 가는 마적단이 있습니까?"

내가 홍 씨 노인에게 물었다. 마적단의 정체를 알면 왜 우리를 납치했는지 유추할 가능성도 있기 때문에 물어본 것이다.

"모르겠어요. 내가 알고 있는 상식으로는, 지금 서간도에는 세 무리의 마적단이 있습니다. 여기서 마적단이라고 하면 백여 명 이상의 마적단을 두고 하는 말입니다. 서간도의 곽송령파와 남부의 손전방파, 그리고 봉천파라고 있습니다. 그런데 최근에 봉천파와 곽송령파가 합쳤다는 말이 있는데 확인된 일은 아닙니다. 이들이 어느 파인지, 왜 우릴 잡았는지 알 수가 없군요."

"우리에게서 몸값을 받으려는 것입니까?"

털보가 물었다. 홍 씨 노인이 잠깐 생각해보더니 대답했다.

"글쎄요. 마적단이 사람을 납치할 때는 몸값을 받는 일 때문이라고 봐야 하는 게 정상입니다. 마적단이 주로 하는 일은 말을 타고 떼지어 다니면서 약탈, 납치, 살인, 방화가 주로 하는 일인데, 살인 방화가 주 목적이 되지 않고 약탈과 납치를 해서 돈을 받는 일이 목적입니다. 우리 죽이지 않고 이렇게 납치할 경우는 십중팔구는 돈입니다만, 우리 중에 누가 돈을 낼 사람이 있나요?"

"아무도 없어요." 하고 털보가 말했다. "지금 조선에서 무역업을 하는 내 아내가 있습니다만, 그 여자하고는 수년간 별거하면서 우리가 부부라고 아는 사람도 없을 뿐더러, 그녀는 내가 여기 만주에 온 줄도 모릅니다. 그러니까 나 때문은 아닐 것이고, 우리 운강 형님은 먹고 살 정도 전답은 있는 것으로 알고 있지만 부자가 아니고, 우리 백우는 가난한 선비로 이름난 분이고, 소대장은 젊은 단신으로 의지할 데도 없는 자이고, 결국 우리에게서 돈을 갈취할만한 사람은 없을 것입니다."

여기서 털보가 말을 멈추면서 약간 놀라는 기색이다. 거의 동시에 나도 놀랐다. 바로 강난설헌을 떠올렸던 것이다. 강 목사는 십리평에서 교회를 운영하면서 나름대로 세력을 가지고 있고, 무엇보다 야산 전체를 뽕나무 밭으로 일궈 양잠 사업을 하고 있어 일대에서는 부자라는 소문이 나 있다. 나는 그가 얼마나 많은 돈을 가지고 있는지 전혀 알 수 없으나, 그의 영향력이 크다는 것을 알고 있었다. 영향력이 큰 인물이라면 오히려 마적단은 피한다. 더구나 강 목사의 말을 들으면 마적단에게 일정한 상납을 하고 있어 십리평 조선 사람들을 건드리지 않는다고 하였다.

"나도 그 생각을 했습니다." 홍 씨 노인은 우리가 생각하는 것을 그도 생각했는지 말했다. "그렇지만, 서간도 일대에서 강 목사를 건드릴만한 마적단은 없다고 생각하고 있습니다. 이미 많은 돈을 주고 있기 때문에 서로 타협하고 있는 처지라서요."

"돈이 아니라면 왜 강난설헌과 성애를 납치했을까요?"

나의 질문에 홍 씨 노인은 대답 못하고 잠깐 침묵하다가 말했다.

"지금으로서는 나도 영문을 모르겠습니다. 우릴 어딘가로 끌고 가는 듯한데 곧 그들의 목적이 드러날 것입니다. 우릴 죽일 목적이면 어딘가로 끌고 가는 노고는 취할 필요도 없겠지요, 끌고 간다는 것은 다른 목적이 있는 것이니 두고 보도록 합시다."

"돈이 아니라면 무엇이란 말입니까?"

김상태가 숨을 씨근덕거리면서 말했다.

"만약 성애에게 무슨 변고가 생기면 내 평생 생명을 다해서 복수할 것이다."

 갑자기 소대장이 몸을 부르르 떨며 중얼거렸다. 그의 눈에 불똥이 튀는 느낌이 들었다. 아마도 성애를 애모하고 있는 듯했다.

 저녁 무렵이 되어서 우리는 어느 토성 산채에 멈추었다. 그곳이 어딘지는 아무도 알 수 없었다. 다만, 옛 성터 자리가 보였을 뿐이다. 골짜기에 천막을 치고 임시 숙소인지 군영을 설치해 놓았는데, 밖에 매여 있는 말은 거의 삼백 두 정도 되었다. 규모가 적지 않은 마적단이었다. 말의 수를 대충 세어보던 홍 씨 노인이 고개를 끄덕이며 말했다.

 "역시 봉천파와 합친 곽송령 파의 마적단인가 봅니다. 곽송령이라면 그놈이 무슨 목적으로 이러는지 모르겠네요."

 "곽송령을 아십니까?"

 "알지요. 내가 광동성 부대에서 십년 간 데리고 있던 부하였는데 모를 리가 있습니까? 이십 년 전에 헤어져 잊어버리고 있었는데 얼마 전에 서간도의 마적단 두령이라는 소문을 듣고 좀 놀랐습니다만. 사람이 순진하고 착한 사람이었는데 어떻게 이 지경이 되었는지."

 "만약 곽송령이란 자가 두령이라면 우리도 살 가능성이 있겠군요?"

 털보의 말에 홍 씨 노인이 히죽 웃으면서 말했다.

 "옛정이 남아있을지 모르겠네요. 그리고 처음부터 우리를 모르고 납치한 것은 아닐 것입니다. 알고 그랬다면 무슨 소용이겠습니까?"

 우리는 마차에서 내려 막사 안으로 끌려갔다. 안으로 들어가자 벽에 여러 개의 등불이 켜 있고, 단상에 세 명의 사내들이 앉아서 우릴 기다리고 있었다. 안에 들어갔을 때 강난설헌과 성애의 모습은 없었다. 가운데 앉아 있는 자는 스무 살의 갓 넘은 나이로 소대장과 비슷한 또래의 청년이었다. 그리고 그 옆의 두 사람은 나이가 들어 있었다. 한 사람은 환갑의 나이로 보이는 노인으로 처음부터 우리 일행을 납치해 온 마적단의 두령이었다. 그다음 한 사내는 마흔 살 정도되는 중년으로 얼굴이 험상궂고 마적다운 심술궂은 표정의 사내였다. 세 명은 동급의 두령인지 나란히 앉아 있었다. 그러나 가운데 있는 젊은이가 서열 위인지 먼저 입을 열었다.

그는 뭐라고 지껄이면서 계속 같은 말을 투덜거렸는데, 뭐라고 하는지, 왜 투덜거리는지 알 수 없었다. 옆에 있는 털보에게 저 자가 뭐라고 하느냐고 물었다.

"나도 잘 모르겠어요. 만주말과 베이징 말을 뒤섞는 바람에…… 히히 하고 자주 웃는 것이 좀 덜된 친구 같아 보이기도 하는데…… 뭐라고? 타마적, 타마적(他媽的)?"

"그게 무슨 말인데?"

"조선말로 통역하면 씨팔이란 소립니다. 말끝마다 이런 씨팔, 이런 씨팔하면서 욕을 하네요."

별 이상한 놈이 다 있다고 생각하면서 바라보았던 이 사내가 훗날 만주를 휘어잡고 베이징까지 점령한 군벌 장작림(張作霖)이었다. 내가 그를 만났을 때는 22살 때였는데, 그는 약 십년 사이에 마적단 마두에서 군벌로 발돋음하게 되었다. 손문이 신해혁명을 성공시키면서 중국 황실 정부가 무너지고 중화민국 북양 정부가 세워진다. 중화민국이 북양군벌과 공화 세력이 합쳐져서 세워진 정권이기 때문에 청나라 북양군이나 군벌의 지휘관들이 주둔지에서 행세하면서 봉건 영주처럼 정권을 휘둘렀다. 마치 20세기에 춘추 전국 시대가 다시 도래한 것같이 각지의 군벌들이 나서서 행세했다. 청나라에서 전에 장군으로 지냈던 홍 씨 노인과 같은 사람도 계속 군사를 이끌었으면 군벌이 되었을 것이다. 그렇게 다양한 군벌이 설칠 때 마적단 두목이었던 장작림도 마적에서 군벌로 우뚝 솟아 올라 베이징을 점령하고 중화민국 육군과 해군 대원수가 된다. 특히 장작림은 일본군과 밀착해서 그 힘을 이용해서 중국 전체를 가지려고 했다. 다시 황제가 되거나 대통령이 되는 일이었지만, 일본군 수뇌부에서는 그렇게 되면 만주를 제대로 먹을 수 없다고 판단해서 장작림을 죽여버렸다. 기차 타고 북경에서 봉천으로 오는 것을 폭파해서 죽인 다음 아들 장학량을 내세워 만주를 장악했다. 장작림은 열다섯 살 때 좀도둑이었다. 남의 물건을 훔쳐 와서 당시 보부상으로 있으면서 봇짐 장사를 하고 있던 아버지 장유재에게 물건을 주면 아버지가 그 물건을 팔았다. 이렇게 부자(父子)가 합작하여 돈을 벌자 재미를 붙인 소년 장작림은 동네에서 파당을 지어 도둑질 대장 노릇을 했고, 나중에는 고향 해성현을 벗어나 좀 더 넓은 지역으로 진출하였다. 스무 살이 넘었을 때는 일개 마적단을 운영하는 마두가 되어 있었다.

내가 장작림을 만났던 22살 때부터 그는 일본군과 밀착이 되었다. 이 납치 사건의 배후에 일본 육군 첩보부대 데라자키 다이키치(寺崎奉吉) 대위가 개입했다. 데라자키는 왕비 민씨를 시해하는 쉰두 명의 낭인 자객 중에 한 사람이었다. 그의 직업이 밝혀지기로는 약장수라고 했다. 약장수라고 하는 것은 신약 여러 종류를 가지고 지방을 다니면서 약을 팔았던 행상을 두고 하는 말이었다. 그런데 사실 그는 일본 육군의 첩보부대 장교였다. 지금도 마찬가지지만, 당시 일본의 육해군 첩보부대가 활성화되면서 갑자기 적국의 심리전에 대해서 첩보부대를 만들어 활용하기 시작했다. 그 첩보부대 사병이나 장교들은 밀정이 되어 국내외 모든 정보를 취합해서 상부에 보고 했고, 육군과 해군의 수뇌부에서는 그 정보를 토대로 국제 정세를 판단하고 작전을 짰다. 이 첩보부대는 외국 적성국에 국한된 것이 아니고, 자국 내의 정치인이나 관료들까지 사찰하게 되었다. 관료뿐만이 아니라 민간인 사찰까지 했다. 그래서 육본성에서는 내각에서 내리는 어떤 결정이 의논되기도 전에 군부의 정보망에 잡히면서 무효화되는 일이 빈번하게 발생하였다. 이를테면, 이번에 해군에서 새로운 군함을 만들기 위해 얼마를 책정해서 예산에 올렸는데, 돈이 너무 많이 든다는 이유로 반이나 깎인다. 그런데 그 돈이 깎이기 전에 이미 정보망에 접수되고, 해군 수뇌부에서는 수단과 방법을 가리지 않고 그것을 막는 것이다. 막기 위해 예산을 책정하는 각료들의 비리를 조사해서 협박하는 일까지 벌어진다. 이것을 막으려고 일단의 노력을 했다고 하지만, 외국과

의 전투가 빈번했던 당시의 일본 정국에서는 막기 어려운 일이었다. 결국 첩보부대의 활성화가 군국주의를 잉태하는 씨앗이 되었다. 약점을 잔뜩 쥔 군부의 일개 과장(대좌)이 각료 회의에 나타나서 책상을 치면서 각료들에게 삿대질을 하며 욕설을 퍼붓는 일까지 생겼다. 당신들은 이곳에 앉아 담배나 피우면서 이러쿵저러쿵 하면서 왈가왈부 하지만 우리 군인들은 적국에 들어가 수만 명이 죽어 자빠진다. 우리 군사들이 어두운 밤에 적국의 이국땅에서 싸우다가 피흘려 죽을 때 당신들은 따뜻한 게이샤의 안방에서 창가 다다미에 누워 이제 불을 끌까요 하는 게이샤의 목소리나 듣고 있다. 게이샤뿐만이 아니라 유부녀와 놀아난 것은 어떻게 설명하겠는가. 누가 누구와 언제 놀아났는지 여기서 모두 밝히지는 않겠지만 하고 협박하는 것이다. 각료들의 비리를 모조리 알고 있는 일개 과장이 이렇게 협박해도 속수무책인 각료 회의는 나중에 군국 지상주의로 치닫게 된다. 천황이 있다고 하지만 천황은 옛날이나 지금이나 상징적인 존재이지 정치에 직접 나서지 못했고, 권력자들이 결정한 것을 발표하는 것에 불과했다. 그리고 일본은 이상하리만큼 옛날부터 현재에 이르며 천황에게 무한대의 신적인 힘을 주는 듯하지만, 그것은 그를 이용할 때의 가치 기준이고, 실제 천황에게 그런 절대적 권력을 줘본 일이 없는 것이다. 천황은 일본 권력자에게는 항상 꼭두각시에 불과했다.

우리는 그날 장작림 마두(馬頭)를 만나고 나서 다음날 곧 풀려났다. 그런데 풀려난 것은 홍 씨 노인, 털보, 김상태, 소대장 그리고 나였다.

실제 풀려나야 하는 강난설헌과 동생 성애는 그대로 잡혀 있게 되었다. 우리를 풀어주기 위해 린장 토성 골짜기에서 십리평 외곽까지 마차를 태워준 부두령이 있었다. 그는 홍 씨 노인이 옛날 광동 시절에 데리고 있던 부하 장군이었다. 곽송령은 처음에 홍 씨 노인을 피했으나 나중에 떠날 때 같이 마차에 올라서 이야기를 하였다. 마차 안에서 갑자기 엎드려 예를 표하더니 곽송령은 모든 것을 사실대로 말했다. 마차 안에서 보니 그의 붉은 옷 때문에 수염이 붉게 보였다. 문득 붉은 수염, 홍호자(紅鬍子)라는 마적단을 조선에 있었던 기록에서 읽은 기억이 났다. 광해군 때, 나라가 전쟁 직후라서 그 후유증이 완전히 가시지 않고 어수선할 때, 경상도 서쪽에서 백마적(白馬賊)이라는 집단이 나타났다. 베(布)로 만든 말의 옷을 만들어 밤에 입히고 다녔다는 마적단인데, 마두가 붉은 수염이라서 홍호자 마적이라고도 하였다.

"장군님"하고 곽송령이 홍 씨 노인에게 한 말이고, 그 말을 털보가 나에게 통역해 주었다. "내가 마적단의 두령이 된 것을 비난하시겠지만, 그동안의 사연을 말하면 한도 없이 깁니다. 모든 것은 생략하고, 요점만 말하겠습니다. 봉천파의 젊은 두령 장작림과 봉천 남부의 세력 손전방, 그리고 이쪽 서간도의 중심부 세력인 내가 삼파가 되어 더러는 독단적인 작전을 하기도 하고 더러는 합작해서 작전을 폈습니다. 그러다가 이 년 전에 세 개의 단이 통합했는데, 내가 가장 나이가 많은 조직 마두라고 해서 내가 총대장이 되었습니다. 총대장은 중간 간부 서른 명이 투표로 뽑았습니다. 그런데 올해 큰 변화가 왔습니다.

장작림이 어디에서 났는지 많은 재물을 풀었습니다. 갑자기 각 단원에게 일천 테일(兩)의 돈을 풀었습니다. 어디서 났는지는 밝히지 않았습니다. 그러자 서른 명의 중간 간부들은 다시 투표해서 나 대신 장작림을 총두령으로 뽑았던 것입니다. 나는 돈을 많이 푼 것을 생각해서 그냥 넘어갔습니다.

  그런데 약 한 달 전에 장작림이 나와 손전방을 불러 한 가지 중요한 것을 말했습니다. 이제 한 사람의 인질을 잡아야 하는데 매우 중요한 인물이다. 그자는 여자이며, 우리가 그녀의 아버지 강 목사로부터 받은 돈을 생각하면 건드려선 안 되는 인물이지만, 이 건을 청탁한 인물이 거절할 수 없는 거금을 주었다. 거절할 수 없을 정도의 거금이란 얼마냐고 물으니 아직은 밝힐 수 없다고 하며 대답을 회피했습니다. 강난설헌이라는 통화고등중학교 교장 선생을 납치하라고 했습니다. 납치 목적은 물론 돈이지만, 그 돈을 치를 수 없을 것이라고 이상한 말을 했습니다. 여자의 납치 자금이 얼마냐고 물으니 은화 5백만 테일(兩)이라고 했습니다. 강 목사로부터 5백만 냥을 받으면 여자를 돌려보낼 것이고, 받지 못하면 우리들의 법에 따라 죽여야 한다고 말했습니다. 5백만 테일은 수년 전에 해군 북양함대가 청 정부로부터 타낸 총예산 자금과 거의 비슷한 거금인데, 그런 돈을 개인이 낼 수 있겠느냐고 물었습니다. 우리가 인질을 잡고 돈을 요구할 때는 모두 가능한 수치로 제시하지 불가능한 수치를 제시한 일이 없다고 했더니, 장작림은 그 히죽거리는 웃음 뒤에 씨팔 소리를 하면서 그건 자기도 모른다고 했습니다. 대관절 그런 요청을 누가 했느냐고 물었으나 그는 대답하지 않았습니다. 그러나 그 후에 우리 본영에 출입하는 일본인 한 명을 알아냈습니다. 알아보니 그는 일본인 약장수 데라자키 다이키치였습니다. 데라자키는 조선국의 왕비 민씨를 살해한 장본인이며, 그때 서너 명이 칼로 민씨를 베었는데, 그중에 자기도 한 명이었다고 자랑삼아 말하였다고 합니다. 그는 약장수로 활동했으나 실제는 육군 첩보부대 대위였습니다. 우리에게 거금을 주었는데, 일개 약장수로서는 감당이 안 되는 돈이었습니다. 직접 죽일 수 있으면서도 직접 그렇게 하지 못하는 것은 강난설헌이 러시아 국적을 가지고 있는 데다 러시아 황제와 잘 아는 사이라는 점 때문이랍니다. 그래서 우리 손을 빌리려고 청탁한 것입니다. 이제 모든 것을 알려드렸으니 알아서 하십시오. 우릴 공격해서 전멸시키기 전에는 그녀를 구할 도리가 없을 것입니다. 이게 내가 장군님 부하로서 마지막 옛정을 갚기 위해 드리는 말씀입니다. 이제 더 이상 저를 만날 수 없을 것입니다. 공격하려면 나도 죽이십시오. 그렇지 않으면 은화 5백만 테일을 인질 보상금으로 준비하든지요. 5백만 냥의 은화는 마차로 125대가 필요할 것입니다. 그래서 조선의 배동익 어음이나, 청나라의 송만청 어음으로 해서 가져오랍니다. 그런데 상황이 5백만 테일을 준비한다고 해도 강난설헌은 일본군이 죽일 거 같습니다. 왜 강난설헌을 일본군이 죽이려고 하는지 그 이유는 나도 모르겠습니다. 어쨌든, 상황을 아셨습니까?"

그의 말을 모두 듣고 우린 암담하지 않을 수 없었다. 우리는 한동안 다음 말을 잇지 못했다. 송만청은 상해에 사는 사람으로 현재 청나라 제일가는 부호였다. 그가 끊어주는 어음은 서태후가 인정하고 있었다. 그는 송미령과 인척 관계가 된다고 하지만 자세한 것은 알 수 없었다.

"좋습니다. 모두 솔직하게 알려 주어서 고맙다고 말해 주십시오. 우릴 납치한 일은 고맙지 않지만." 나는 그렇게 말하고 마두 곽송령에게 요구했다. "한 가지만 들어주십시오. 일단 장작림과 내가 만나게 해주십시오. 돈을 준비하는 것은 다음 일이고 일단 만납시다."

"돈을 준비하는 것이 먼저이고 만나는 것은 다음입니다. 그것이 우리의 원칙입니다. 보름간의 시간을 준다고 했습니다. 보름이 되었을 때 하루 전에 우리가 만날 장소를 통보한다고 하니 준비해주시오."

"돈이 준비되지 못하면 어쩝니까?"

"여자들은 죽습니다."

"돈을 준비하면 반드시 두 여자를 풀어줄 것이지요?"

"글쎄요. 원칙은 풀어주어야 하는데, 그렇게 되면 일본군이 손을 쓸 것 같습니다. 우리는 손대지 않아도."

곽송령이 마차와 함께 우리를 십리평에 풀어주고 떠났다. 그가 떠난 후에 우리는 머리를 맞대고 대책을 강구했다.

"장작림을 만나서 해결될까요?"

털보가 나에게 걱정스럽게 물었다. 나로서 대답할 말이 없었다. 잠자코 있자 김성태가 말했다.

"그 많은 돈을 어떻게 준비합니까? 강 목사에게도 그만한 돈은 없을 것입니다."

털보가 다시 말했다.

"최재형에게 부탁하면 어떨까요?"

"최재형도 한계가 있습니다." 하고 홍씨 노인이 말했다. "그만한 돈은 없을 것입니다."

"은화 5백만 냥은 십 년 전의 우리 조선의 한 해 예산과 맞먹는 돈입니다. 그런 돈을 한 개인이 어떻게 감당합니까? 그것은 처음부터 강난설헌을 죽이기 위한 작전입니다."

김상태의 말에 털보는 절망적인 표정으로 중얼거렸다.

"그렇다면 해결할 방도가 없다는 것인가?"

아무리 생각해도 방법이 떠오르지 않았다.

### 6

"은화 5백만 냥이 아니라, 50만 냥이라고 해도 구할 수 없습니다. 교회 재산이 좀 있지만, 그것은 나 개인 재산이 아닙니다. 또한, 교회 재산을 모두 합쳐도 50만 냥이 되지도 않을 것입니다. 양잠 공장은 나의 개인 것이기는 하지만, 수공업에 의존하는 시설이라 인부를 빼면 돈이 될 것은 없습니다. 뻔히 알려진 일인데, 무슨 근거로 은화 5백만 냥을 내라는 것인지 알 도리가 없군요."

강 목사가 절망적인 어조로 말했다. 우리는 강 목사의 목회실에 모여서 대책을 논의했다. 강난설헌 자매가 마적단에 인질이 되었다는 소식은 아직 공개되지 않아서 다른 사람은 없었다. 홍 씨 노인을 포함한 우리 다섯 사람과 강 목사뿐이었다. 강 목사는 개인적인 일을 가지고 교회 전체의 일로 번거롭게 하지 않으려고 교회 사람들에게 말하지 않았다. 그러나 이 문제는 개인적인 일이 아니다. 배후에 일본군이 개입한 민족적인 일이며, 고려촌 전체 주민과 밀접한 관련이 있는 사안이었다.

"최재형에게 부탁해서 돈을 마련할 길은 없을까요?"

털보가 강 목사의 표정을 살피며 물었다.

"최 도헌과 무슨 관련이 있다고 그에게 돈을 부탁할 수 있겠습니까? 이 문제는 제 딸에 국한된 단순한 인질 사건이라서."

"아닙니다." 하고 내가 강하게 부인했다. "아직도 파악이 안 됩니까? 이 일은 개인의 일이 아닙니다. 봉천파 마적단에 일본군 첩보 장교 데라자키가 관련되었다고 곽송령 두령이 밝혔습니다. 단순히 강 목사 집안의 일이 아니라 조선 독립과 관련된 일입니다. 그래서 마련하기 불가능한 거금을 걸었던 것입니다."

"그렇다면 어떻게 해야 됩니까?"

강 목사가 신음 같은 목소리로 물었다. 내가 결론을 내어서 말했다. 이 문제는 계속 의논한다고 해서 해결점을 찾을 것 같지 않았다.

"일본군 첩보부대에서 아마 큰따님이 추진하는 러시아와 결탁한 병력 동원 계획을 탐지했던 것 같습니다. 그것을 막기 위해 마적단을 이용하고 있는 것입니다. 이럴 경우는 돈 마련보다 적대적 방법을 취해야 합니다."

"적대적 방법이란 어떤 방법을 말씀하시는 것입니까?"

"우리가 먼저 마적단을 기습해서 두 따님을 구해내는 것입니다."

내 말에 사람들은 잠깐 침묵했다. 아주 당연한 말이었지만, 어떻게 기습한다는 것인지 방법은 없었다. 그리고 지금 봉천파 마적단이 어디에 있는지 알 수 없다. 워낙 만주가 넓은 땅인데다 산악이 많아서 어디 한 구석에 은거하고 있으면 찾아내기 어려웠다. 마적단은 모두 말을 타고 움직이기 때문에 기동성이 빠르고 일정한 근거지를 가지고 있다기 보다 수시로 위치를 바꾸어서 토벌이든, 기습이든 쉽지 않았다. 그렇지만, 이번 사건을 일으킨 봉천파는 그 두령들의 정체가 밝혀져 있고, 그 규모도 파악된 상태이다. 장작림은 서간도 일대를 크게 벗어나지 않고 주로 압록강을 끼고 오르내리면서 강도짓을 했다. 더구나, 곽송령이라는 늙은이가 홍 씨 노인의 부하였던 사실이 확인된 일이라 그렇게 어렵지 않다고 생각했다. 그래서 나는 결론을 내어 일행에게 말했다.

"앞으로 시간이 보름밖에 없습니다. 꾸물거릴 시간이 없으니 즉시 작전을 시작하도록 하죠. 나하고 홍 씨 노인장하고는 봉천파 마두 장작림을 만나는 일에 열중하겠습니다. 열쇠는 홍 씨 노인장께서 옛날 부하였던 곽송령을 알고 있으니, 그에게 다시 간곡한 부탁을 해서 장작림을 만나게 해보십시오. 우리가 장작림을 만나면 시간 여유를 달라고 해서 시간을 끌고, 그 여유를 기회로 만들어 기습 공격할 준비를 하는 것입니다. 돈은 준비 못하더라도 시간을 끌 수 있을 것입니다. 털보와 김상태, 그리고 소대장은 당장 말을 타고 블라디보스토크로 가서 최재형에게 이 사실을 알리십시오. 돈을 부탁하든지, 강 목사님 따님들을 구할 수 있는 방법을 물어보십시오. 돈이 되더라도 기습 공격 준비는 해야 합니다. 최 도헌을 통해서 함경도 갑산에 있다는 홍범도를 불러오도록 하십시요. 그는 유격 전투에 뛰어난 전사이니만큼 기습할 때 그의 도움이 필요합니다. 여기 올 때는 포수들을 많이 데리고 와 달라고 하십시오. 그리고 최 도헌에게 부탁해서 러시아제 맥심 기관총 세 자루를 마차 세 대에 장착해서 가져오십시오. 기관총 탄약도 충분히 준비하고, 다이너마이트 등의 폭약도 준비해 가져오십시오. 아, 그리고 세 대의 마차에는 사면에 철판을 대어서 방탄장치를 하세요. 철판을 두 겹으로 대고, 가운데는 솜을 넣도록 하세요. 털보가 그 일을 잘 하니 당신이 해보시오.”

"기습한다는 것은 알겠는데, 그 과정에 혹시 강 목사님의 따님들이 당하면 어떻게 하지요? 우리가 기습하면 따님들을 죽일 가능성이 있습니다."

소대장이 걱정스런 표정으로 물었다.

"그럴 기회도 없이 기습해야지. 먼저 두 딸을 구하는 일이 우선이고, 그다음 기습해서 놈들을 전멸시키는 것이야."

말은 쉬운데 그것이 그렇게 될 수 있을지는 알 수 없었다. 그러나 내가 낸 결론은 우리가 할 수 있는 최상의 일이었다. 다른 방법은 없는 것이다. 그리고 강 목사에게는 교회 사람들에게 이 사실을 말하지 말라고 했다. 교회 사람들이 이 일을 안다고 해서 도움이 될 일은 없었다. 그들이 믿는 신에게 강 목사의 딸을 살려 돌려달라고 기도할 수는 있겠지만, 그것은 어디까지나 기도에 불과할 뿐 실천될 것이라고 믿지 않았다.

밤이 되었으나 나는 잠이 오지 않았다. 홍 씨 노인으로부터 소식을 들은 의암 선생이 밤에 교회에 왔다. 그에게도 별다른 대책이 없었으나, 한동안 걱정을 하고 집으로 돌아갔다. 은화 5백만 냥이란 말을 듣자 돈으로는 해결할 수 없다는 것을 알고, 마적단이 강 목사 딸들을 죽일 것이라는 것을 알았다. 어떻게 구할 것인가 의논했으나 방법이 없다. 무엇보다 지금 마적단이 어디에 있는지조차 알 수 없었고, 그들과 연락을 취할 수 있는 방법도 없었다. 홍 씨 노인이 옛날 부하였던 곽송령을 찾았으나 그것도 쉬운 일이 아니었다. 마두(馬頭)가 행방을 쉽게 드러내고 다닐 리가 없었다. 교회 교당에는 밤새도록 불이 켜져 있었다. 강 목사가 가까운 집사 몇 명에게 그 사실을 알려준 것이다. 집사들이 교회 안에서 철야 기도를 한다고 하였다. 철야 기도란 밤을 꼬박 새우면서 하는 기도를 말하는 것이다. 나는 잠이 오지 않아 밖으로 나가 교회 뜰을 지나 산으로 걸어갔다. 목사가 있는 목회관에도 불이 환하게 켜져 있었다. 그 역시 잠을 자지 못하고 철야 기도 하고 있었다. 목회관 앞을 지나며 불이 환하게 켜있는 안을 보니, 강 목사가 바닥에 엎드려 기도하는 모습이 보였다. 일어났다가 다시 엎드리기를 반복했다. 자리에서 일어나 거실 안을 서성거렸다. 왔다갔다 하는 것은 초조 때문인지 아니면 기도하는 습관인지 알 수 없었다. 앉았다 일어났다 하는 것도 반복해서 보였는데, 왜 그러는지 알 수 없었다. 창가에서 지켜보다가 더 이상 보기 민망해서 나는 숲으로 걸어갔다. 숲 아래로 샛강이 흐르고 있었는데, 그곳에는 자갈이 많아서 얕은 수면이 달빛을 받아 반짝거리고 빛났다.

음력 보름이 여러 날 지났으나 아직 달이 밝아 숲을 비추었다. 나뭇잎이 바람에 흔들리며 달빛을 받아 거울처럼 반작거렸다. 샛강 변에 버드나무가 줄지어 서 있고, 그 아래로 반딧불이 반작거리며 돌아다녔다. 반딧불은 물에 비친 달빛과 어울리며 온통 불티를 튕겼다. 마치 나무가 타면서 불티가 날리는 것처럼 휘날렸다. 긴 수풀 속에서 개구리가 울었다. 덧없이 걷다가 다시 교회 숙소로 돌아왔다. 방에 들어갔으나 잠이 오지 않았다. 갑자기 강난설헌의 모습이 떠올라서 다시 밖으로 나갔다. 뭔가 알 수 없는 혼미한 감정이 마음을 혼탁하게 했다. 나는 샛강으로 가서 세수하였다. 찬물로 얼굴을 씻자 약간 정신이 들었다. 그러나 그것이 무슨 소용인가. 나는 지난날 동학군이나 의병들을 이끌고 전쟁을 하면서 항상 죽음에 직면했다. 일본군이 쏘는 빗발치는 총탄이 옆을 스치고 지나갈 때 어느 한 순간 나의 생명도 끊어질 수 있다는 사실을 각오하였다. 그것은 죽음을 초연하였다는 것이 아니라, 항상 죽음을 의식하면서 그 죽음의 그림자와 더불어 살았던 것이 전쟁 중의 상황이었다. 지금은 전쟁이 아닌데도 그때처럼 전쟁을 느끼는 것은 무엇 때문일까. 그녀를 보호했어야 하는데 너무 방기하고 있었다. 의암 선생은 아직도 움직일 때는 다섯 명의 경호원을 대동하고 다녔다. 최근에 그에 대한 수배는 소멸되었으나, 조선의 선비들을 선동할 수 있는 대표적인 인물로 그를 꼽고 있었기 때문에 일본군의 표적이 될 수밖에 없었다. 강난설헌이 독립군을 모병한다는 첩보가 어떻게 해서 새어나갔는지 모르겠다.

블라디보스토크로 떠난 일행이 십리평으로 돌아온 것은 일주일이 지나서였다. 앞으로 남은 날이 겨우 일주일 정도밖에 없었다. 인질 보상금 날짜를 급하게 잡은 것도 다른 의도가 있었다. 마적단은 인질 보상금을 받을 것으로 생각하지도 않고 있다. 예측했던 대로 최재형 역시 그 돈을 마련할 수 없다고 하였다. 은화 5백만 냥은 나라의 임금이라도 만들기 힘든 돈이다. 그 은화를 수레로 가득 실으면 125대가 넘친다고 한다. 그런 돈을 어떻게 구할 수 있는가. 최재형은 상트페테르부르크 궁전에 러시아 황제의 생일 축하연에 초청받아 가는 바람에 털보 일행과 함께 오지 못했다. 축하연이 끝나면 시베리아 열차편으로 십리평에 오겠다고 하였지만 그가 온다고 어떤 수가 생기는 것은 아니었다. 그는 돈을 써서 세 대의 마차에 방탄을 입히고, 세 점의 기관총을 장치해서 보냈다. 기관총 탄약도 모두 3만 발 가져왔다. 폭약과 다이너마이트도 가져왔는데, 세 대의 마차에 가득 실리고 무쇠로 막은 방탄이 무거워서 두 필의 말이 끌지 못해 마차 한 대당 네 필의 말이 끌게 했다. 마차에 맥심 기관총을 장착하고 마차를 무장시키는 일은 블라디보스토크 러시아 해군 참모부의 조르바 대좌가 맡아서 해 주었다고 하였다. 조르바 대좌는 최재형이 해군부대의 통역관 장교로 있을 때 함께 근무했던 장교였다.

털보가 십리평에 도착한 지 이틀 후에 홍범도가 포수 140명을 이끌고 십리평에 도착했다. 모두 말을 타고 왔는데, 그가 구한 말은 최재형의 개인 목장에서 기르던 이백 마리의 말 중에 선발해서 타고 온 것이었다. 홍범도 부대가 봉천 마적단 눈에 띄면 곤란하기 때문에 교회로 오지 않고 산 너머 골짜기에 대기했다. 양잠 공장을 하는 뽕나무 야산을 넘어가면 길게 뻗친 골짜기가 나왔다. 그 아래로 샛강이 흐르고 있었다. 강물이 발목 정도 잠기는 깊이의 얕은 수심이었다. 그곳에 부대를 두고 홍범도가 교회로 왔다. 그는 항상 혼자 다니는 것을 즐기고 있다. 교회 안으로 들어와서 나를 보자 그는 얼른 말에서 내려 땅에 엎드려 큰절을 하였다.

"홍 장군, 왜 이러시오. 장난 그만 하시오."

"절하는데 무슨 장난입니까? 의암 선생님께서 당부하셨기에 예를 지키고 있는 것입니다."

"그런 예는 지키지 않아도 좋으니 앞으로 나에게 큰절을 올리지는 마시오."

"절하는데 싫다는 분은 처음이네요."

"포수들을 데려왔습니까?"

"내 동지들은 모두 포수들입니다. 동원하기로 하면 당장 1만 명도 동원할 수 있습니다. 먹여주고 입혀주는 것이 어려워서 그렇지."

"교장 선생이 지금 생사를 알 수 없는 지경이 되었습니다. 어떻게 하든지 구해야 합니다."

"물론이지요. 당장 쳐들어 갑시다."

"지금 어디 있는지 모릅니다."

내 말에 홍범도가 어이없는 표정을 지으며 나를 쳐다보았다.

"마적단인데 출처를 남기며 다니겠습니까? 지금 홍 씨 노인이 계속 찾고 있는 중이니 기다려봅시다."

"인질금 납부 기한은 얼마나 남았지요?"

"닷새 정도."

"너무 급박하네요. 그런데 봉천 마적단 패들이라고 했습니까?"

"봉천파, 곽송령파, 손전방파입니다. 세 파가 하나로 뭉쳐 있어요. 은화는 조선의 배동익 어음이나 중국의 송만청 어음으로 바꿔서 달라고 합니다."

"돈을 받을 것으로 생각하나요?"

"그건 모릅니다. 일단은 하루 전에 통보해준다고 했습니다."

"하루 전에 통보라면?" 홍범도는 무엇인가 곰곰이 생각하더니 말했다. "알았습니다. 놈들은 여기서 하루 거리 지역에 있습니다."

"나도 그 생각은 하였지만, 하루 거리 지역이라도 워낙 광범위해서 알아내기 힘들어요."

그날 밤이 되어 출타 중이던 홍 씨 노인이 교회로 돌아와서 반가운 소식을 전했다. 현재 마적단은 세 무리로 나눠서 따로 있는데, 봉천파 마적단은 어디 있는지 모르고, 곽송령 마적단은 린장 토성에 있고, 손전방 마적단은 장백산 아래 수이후커우몐에 있다고 하였다. 그런데 교장 선생 자매는 어디 있는지 모른다고 하였다. 추측하는 것으로는 장작림 마적단 무리 속에 있을 것으로 보았다.

"곽송령은 자기는 교장 선생 자매를 데리고 있지 않다고 나에게 확실하게 말했습니다. 손전방 무리 속이 아니면 장작림 무리 속에 있을 것입니다. 아마, 장작림이 데리고 있지 않을까 합니다."

"그렇다면 장작림을 공격해야 하는데 어디 있는지 모르니 아무 소용이 없겠군요." 하고 홍범도가 곰곰히 생각하더니 말했다. "분명히 우리를 만나려고 할 때 세 무리가 한 곳으로 모일 것입니다. 그때 한꺼번에 공격해서 전멸시킵시다."

"만약 우리가 공격한다는 사실을 알고, 아니, 바로 공격할 때 교장 선생 자매를 죽이면 어떻게 하지요?"

"공격 전에 먼저 구해야죠."

그것은 당연한 말이지만, 말처럼 쉬운 일이 아니다. 우리는 그렇게 논의하면서 며칠을 허송세월했다. 하루 전이 오자 한 통의 편지가 종이쪽지로 접혀서 전달되었다. 그것을 가져온 자는 나이 든 할머니였다. 길에서 누군가 만났는데 그 종이쪽지를 교회에 있는 강 목사에게 전해 주라면서 은화 한 냥을 주었다고 한다. 쪽지에는 다음과 같은 글이 쓰여 있었다.

〈내일 밤 자정에 어음을 가지고 다음 장소로 나오면 두 여자와 교환하겠다. 만약 병력을 동원한다든지, 어음을 지참하지 못하면 교장 자매는 죽는다. 장소는 유하현 대두자(大肚子) 갈대 언덕.〉

우리는 즉시 십리평에 살고 있는 교회 사람 가운데 대두자 지역을 잘 아는 사람을 찾아서 그에게 그 부근의 지형을 자세하게 들었다. 노인은 그곳에 밭을 가지고 있으면서 농사를 짓고 있었다. 주로 수수를 심어 수확했는데, 땅이 워낙 척박해서 무엇을 심든지 잘되지 않았다. 그래서 그곳의 땅은 황무지 상태이고, 아무도 경작하지 않고 버려진 땅이 대부분이었다. 그곳은 야산을 중심으로 넓은 구릉이 있어 사방이 십 리 벌판이고, 주변 삼십 리 안쪽에는 인가가 전혀 없었다. 그곳이 아무런 장애가 없는 벌판이라는 점과 주변 삼십 리 안에는 마을이 없다는 점이 마적단들의 활동 거점으로 안성맞춤이었다. 마적단은 말을 타고 움직이기 때문에 산이나 골짜기보다 벌판을 선호한다. 사방이 시야에 들어오는 벌판이기 때문에 적을 감시할 수 있고, 말을 타고 도주하기도 쉬웠다. 지형에서 언덕과 하천은 어디에 있으며, 갈대 언덕은 어떤 형태인지 구체적으로 설명을 들었다. 그곳은 십리평에서 백리 정도 떨어진 곳으로 저녁에 출발해서 가면 자정 전에 도착이 가능했다. 홍범도의 부대는 미리 출발해서 돌아서 반대 방향으로 갔다. 골짜기에 들어가서 잠복을 하고 있다가 전투가 벌어지면 뒤에서 공격하기로 하였다. 나를 비롯한 우리 다섯 명은 세 대의 장갑 마차를 끌고 대두자 갈대 언덕으로 갔다.

　달은 초승달이라서 어차피 사위가 잘 보이지 않았으나, 구름이 잔뜩 끼어있어서 밤은 더욱 어두웠다. 마차 앞에 횃불을 밝혀 들고 길을 밝히면서 갔다. 우리 일행은 대두자 언덕의 지형을 잘 아는 노인도 같이 데려 갔다. 대두자 부근에 가서 그 노인은 마차에서 내려 집으로 돌아가게 했다. 갈대 언덕이라고 했지만 갈대의 모습은 보이지 않고 잡풀만 무성했고, 키 작은 관목이 가득 있었다. 자정은 되지 않았으나, 우리가 갈대 언덕에 도착했을 때 멀리 보이는 벌판 한쪽에 횃불이 보였다. 그 횃불 무리는 우리가 가고 있는 언덕 위의 마차를 보고 가까이 다가 왔다. 일정한 거리까지 와서는 더 이상 오지 않았다. 아마도 소총의 사정거리 밖에서 멈추는 듯했다. 정확히 셀 수는 없으나 기병들은 대충 백여 명으로 보였다. 우리는 세 대의 마차를 삼각 진형으로 놓았다. 세 대가 주위를 둘러싸고 있는 모든 방향을 막을 수 있는 진형이었다. 기관총 배치를 위해서 그렇게 진형을 짰던 것이다. 말들을 마차 고리에서 모두 벗겨냈다. 그것은 이제 곧 전투가 벌어지면 말들이 총탄에 맞아 날뛰게 되고, 그렇게 되면 마차를 뒤엎을 수도 있기 때문에 마차와 말을 격리시키는 것이다. 마차에 무쇠 방탄이 있고, 탄약이 쌓여 있는 데다 폭탄까지 있어 마차는 쉽게 움직일 수 없었다. 마차가 엄폐물이 된 것이다. 조금 있자 마적단 무리에서 한 사내가 말을 타고 다가왔다. 어느 정도 다가 오더니 멈추었다. 그리고 큰 소리를 내며 중국말로 말했다. 홍 씨 노인이 그 사내가 하는 말을 통역했다.

"어음을 가져 왔는가? 가져왔으면 우리가 확인하고 나서 여자들을 돌려보내겠다."

나는 홍 씨 노인에게 말하라고 하였다.

"먼저 두 여자가 살아있는지 확인해야 한다. 우리 앞에 모습을 보여 주기 바란다. 우리와 대화를 나눈 다음 이상이 없으면 어음을 건네겠다."

그 말을 듣더니 말을 탄 사내가 아무 말 없이 돌아서더니 자기들 진영으로 돌아갔다. 아마도 그곳에 있는 두령에게 내가 한 말을 보고 하는 듯했다. 조금 시간이 지체하였다. 이때, 다른 마차에 타고 있던 털보가 나에게 소리쳤다.

"형님, 뒤에서 또 한 무리의 마적단이 오고 있습니다. 사정거리 밖에 쭉 늘어서는 것이 우리를 포위한 것 같습니다."

"예측했던 대로군. 그대로 경계하고 있으시오."

"이쪽으로도 한 무리 기병들이 옵니다. 이들도 일정한 거리 밖에서 대기하네요."

김상태가 다른 마차에서 이쪽으로 소리쳤다.

"경계 상태로 대기해. 우릴 둘러싸서 죽이려고 하는 듯하군."

앞에서 기병이 다시 다가왔다. 그는 두령의 말을 우리에게 전했다. 홍 씨 노인이 기병의 말을 전했다.

"먼저 어음을 확인해야 한다. 확인하기 전에는 여자를 보여 줄 수 없다."

"여자들을 볼 수 없으면 우린 그녀들을 죽인 것으로 간주하고 어음을 불태운 다음 죽을 때까지 싸우겠다."

홍 씨 노인의 말을 듣고 그 기병은 다시 되로 돌아 무리 속으로 갔다. 조금 있자 그 기병이 다시 나왔다.

"여자 중에 한 명을 먼저 보여주겠다."

"여자 중에 한 명을 먼저 보내달라. 먼저 한 명을 보내주면 어음을 건네주겠다. 그리고 다음 여자를 보내라. 이것은 마지막 통첩이다. 우린 어음을 불태우고 결사 항전할 각오가 되어 있다."

기병이 돌아갔다가 다시 나와서 내 말을 받아들이겠다고 하였다. 먼저 교장 선생을 돌려보냈으면 했으나 그렇게 하지 않고 동생 성애를 내세웠다. 성애가 말에 타고 모습을 드러냈다. 우리를 보자 울음을 터뜨리는 것이 보였다. 성애가 탄 말의 엉덩이를 채찍으로 후려치자 말이 껑충 뛰었다가 달려나왔다. 성애는 묶여 있지 않았으나, 말에 엎드리면서 말잔등에서 떨어지지 않으려고 애썼다. 그녀가 탄 말이 왔을 때 내 옆에 대기하고 있던 소대장이 뛰어나가 말고삐를 잡았다. 성애를 말에서 내리게 하자 엉하고 울음을 터뜨렸다. 성애는 소대장 품에서 한동안 소리내어 울었다. 그녀의 옷은 처음 인질로 끌려갈 때 그대로였고, 땟국이 묻어 시커멓게 바래 보였다. 그녀는 세수도 안 시키고 그대로 방치한 듯 몰골이 말이 아니었다. 울자 얼굴에 묻은 검정이 눈물과 함께 얼굴을 뒤덮었다. 소대장이 수건을 꺼내 물을 묻혀 그녀의 얼굴을 닦아 주었다.

"고생했지? 언니는 무사하지? 같이 있었니?"

내 질문에 성애는 나를 쳐다보며 고개를 설레설레 흔들었다.

"아뇨, 첫날 보고 언니를 한 번도 보지 못했어요. 우리를 서로 떼어 놓고 만나지 못하게 했어요."

"지금 언니 저 무리 속에 있니?"

"모르겠어요. 보름 동안 내내 언니 모습은 보지 못했어요. 저기 있는지 없는지 몰라요."

우려하고 있던 일이 일어난 것을 알았다. 놈들은 교장 선생을 이미 죽인 것이다. 그런 생각을 하며 나는 홍 씨 노인에게 말하라고 했다.

"나머지 한 여자도 같이 보내주기 바란다. 그렇게 하면 어음을 즉시 건네겠다."

"다른 여자는 보여줄 수 없다. 어음을 먼저 보내라."

보내줄 수 없다고 말하지 않고 보여줄 수 없다고 말하는 것으로 보아 기병이 실언을 한 것을 알았다. 보여 줄 수 없다는 것은 이미 죽인 것을 시인한 것이었다. 나는 더욱 강경하게 말하라고 했다.

"다른 여자를 보내주지 않으면 어음을 줄 수 없다."

"안 된다."

"그럼 모습이라도 보여달라."

"안 된다."

"전투 준비."

나는 털보와 김상태가 있는 마차를 향해 소리쳤다. 그리고 홍 씨 노인에게 폭죽으로 만든 조명탄을 하늘로 쏠 준비를 하라고 했다. 잠복해 있는 홍범도에게 공격을 알리는 신호였다. 내가 계속 남은 여자를 보여달라고 하자 다가와 있던 기병이 뒤로 돌아가는 것이 보였다. 조금 있자 심상치 않은 분위기가 전개되었다. 앞의 진영에 있던 마적단 무리에서 횃불을 빙글빙글 돌리는 모습이 포착되었다. 그러자 뒤와 옆에 둘러싸고 있던 마적단 기병이 점차 다가오는 기척이다. 나는 소대장에게 성애를 데리고 마차 안으로 들어가라고 지시하였다. 그리고 기관총 사격 준비를 하라고 했다. 소대장이 성애를 데리고 마차 안으로 뛰어 들어갔다. 이때 앞에서 기병 한 명이 말을 달려 이곳으로 다가왔다. 이번에는 저번처럼 일정한 거리에서 멈춰 말하는 것이 아니고 앞까지 왔다. 내가 서 있는 위치에서 열 보 정도 떨어진 곳에 무엇인가 상자 하나를 놓고 뒤돌아 달아나듯이 도망갔다. 예감이 좋지 않았으나 그 상자를 가지러 가자 홍 씨 노인이 막으면서 말했다.

"잠깐, 폭탄인지 모르니 잠깐만. 이 노인이 그래도 많이 살았으니 난 괜찮을 거요."

"많이 살면 폭탄도 피해 갑니까?"

내가 상자를 열려고 했으나 그가 대신 앞을 막고 상자를 열었다. 그 안에는 유리 용기 하나가 들어 있었는데, 포르말린 액으로 가득 차 있는 용기 안에 여자 머리 하나가 들어 있었다. 그녀는 교장 선생 강난설헌이었다. 횃불에 비쳐서 그녀의 얼굴이 붉게 번쩍거렸다. 예측하였지만 그녀의 머리를 보자 소름이 오싹 끼치면서 가슴이 철렁 내려앉았다. 나는 땅바닥에 주저앉을 뻔한 것을 가까스로 참으면서 우두커니 서 있었다.

홍 씨 노인이 그 유리병을 들고 마차 안으로 들어갔다. 바로 이어 그것을 본 성애가 악 하고 비명을 지르며 울음을 터뜨렸다. 바로 그와 동시에 마적단 쪽에서 찡 하고 징소리가 났다. 홍 씨 노인이 폭죽을 쏘아서 잠복해 있는 홍범도에게 신호를 보냈다. 그때는 이미 쌍방간에 총탄이 오고 가기 시작했다.

마적단 3개 무리는 우리가 있는 세 대의 마차를 중심으로 둘러싸고 빙글빙글 돌면서 소총을 쏘아대었다. 사정거리 안으로 들어오자 우리의 마차에서 기관총이 불을 뿜기 시작했다. 그것은 아주 짧은 순간이었다. 마차에 장착된 기관총은 러시아제 최신형 맥심 기관총이었다. 미국에서 개발한 맥심 기관총을 모방해서 개발한 것으로 미국 제품보다 성능이 조금 떨어지고 1분에 5백 발 발사되었다. 마차 안에 장치된 기관총은 손잡이를 돌리면 기관총이 마차 위로 튀어나왔다. 사수의 위치도 위로 올라가지만 둘러싼 철판을 벗어날 만큼 위로 올라가지는 않았다. 혹시 몰라서 머리를 내밀지 말고 무작정 방아쇠를 당기라고 내가 지시한 대로 털보와 김상태, 그리고 소대장은 머리를 숙이고 쏘았다. 마치 소나기가 퍼붓듯이 총알이 빠져나가면서 말을 탄 마적단 기병들을 쓰러뜨렸다. 낙엽이 바람에 휘몰아치면서 쓸려나가듯이 기병들이 쓰러졌는데도 그것이 짧은 순간에 일어난 일이어서 어떻게 대비하지 못하는 것이었다. 그냥 소총을 쏘면서 마차 주변을 돌았으나, 대부분 기관 총탄에 맞아 말과 함께 땅에 곤두박혔다. 어, 이게 뭐지 라고 하면서 정신을 차렸을 때는 거의 전멸한 상태였다. 나중에 징을 치면서 후퇴 신호를 보냈으나 대부분 기병들이 쓰러진 후였다. 일부 도망을 갔지만 뒤에서 대기하고 있던 홍범도 부대가 들이닥치면서 몰살을 시켰다. 전투 시간이 이십 분 정도 경과 되었을까. 시간을 재어보지는 않았으나 마차 안에 있는 탄약 상자 열 개가 비어있는 것을 보면 이십 분 정도 사격을 한 듯했다. 총탄은 1만 5천 발 정도 소모했고, 다이너마이트나 폭탄은 손을 대지도 않았다.

  손가락으로 셀 정도의 소수가 도망을 가는 것이 멀리 보였다. 전멸을 한 것으로 보여졌다. 그러나 훗날 알아보니 두령들은 모두 살아서 도망을 갔다. 특히 장작림은 그 이후 마적단을 청산하고 군대에 들어가서 군대를 지휘하면서 군벌로 발돋음하였다. 강난설헌을 죽인 당사자인 그를 그때 죽였어야 했는데 놓친 것이 아쉬웠다. 지금도 눈에 선한 것은 마지막 그 순간에 마차 안에 있던 강난설헌의 동생 성애가 기관총 방아쇠를 잡고 미친 듯이 쏘아대던 장면이었다. 이미 마적단은 전멸 상태로 벌판에는 죽은 말과 기병들의 시체로 널려있었고, 살아 있는 사람이나 말의 모습은 거의 보이지 않았는데도 성애가 기관총 방아쇠를 잡고 악을 쓰면서 쏘아대었다. 소대장이 성애의 팔을 잡아내려 겨우 진정시켰다. 그때 성애 눈이 벌겋게 충혈되어 있었고, 그녀의 눈에 어린 독기는 지금도 잊을 수가 없다.

## 제10장

# 2차 거병(擧兵)

**1**

〈아, 슬프도다. 어떻게 차마 말하리. 역적배들이 나라 일을 제 마음대로 해서 은밀히 왕위를 내놓게 하는 계략을 꾸미고, 흉한 칼이 임금을 협박하여 갖은 모욕을 주고 있다. 조약을 강제로 맺어 조선의 국권을 빼앗고, 사문(赦文)을 반포하여 우리 백성에게 재갈을 물리며, 시랑(豺狼)이 밥을 다투니 백만의 생령(生靈)은 목숨이 물이 새는 배를 탄 것 같고, 밑 없는 항아리 같은 욕심을 채우기 어려우니 8도 강산은 형세가 가을철 나뭇잎 떨어지기보다 쉽게 되었노라. 사당의 신위가 크게 놀라고 궁궐 안이 처량하도다.

산림천택(山林川澤)을 제 것처럼 여기며 재물과 백성을 제 물건 보듯 하며 머리를 깎고 복색이 변하니 사람과 짐승을 구별할 나위 없고, 왕비를 시해하고 임금을 욕뵈니 원수를 어찌 남겨 두겠는가. 더구나 해외에 이민하려는 흉계는 점한철목(粘汗鐵木, 원나라 임금)도 그런 일이 없었다.

하늘이 노하고 사람마다 죽이려 드는지라, 한 번 죽을 결심을 하고 성토하니 누가 이 나라에 사람이 없다 하랴. 한밤중에 울리는 대포소리, 군대의 순절이 더욱 기특하도다. 진정 제 몸을 돌이켜 반성해 보라. 아마도 입장을 바꾸면 다 그러리라 할 것이다.

마침내 갈수록 더 포악하여 무엄하게도 하늘을 쏘려 대드니 나중에는 반드시 패하여 땅에 떨어지고 말리라. 아, 노예의 근성은 저 한나라 공경에도 있었지만 간악한 심장은 어찌 모두 여진의 참군(參軍) 같을쏘냐. 앞잡이가 많이 생기고 연맥이 멀리 뻗쳐 제 주인을 적에게 주어 사나운 범의 창귀(倀鬼) 노릇을 하고 왜(倭)에 결탁하여 영화를 도모하는 것은 마치 교활한 토끼가 굴을 만드는 것 같다.

우리나라는 소중화(小中華)의 문명과 열성조(列聖朝)의 배양(培養)으로서 아름다운 정치는 저 중국의 한(漢), 당(唐), 송(宋), 명(明), 낙(洛), 민(閩)의 근원을 입증할만 하였다. 때문에 신주(神洲, 중국 중원을 가리킴)가 몰락된 후에도 예의의 명맥이 이 땅에 붙었던 것이다. 슬프도다. 죄 없는 우리 만백성이 마침내 모두 죽게 된 참변을 만났도다.

천리가 엄연한데 누가 죄를 짓고 도망한 것이며 인정이 분노하니 한 번 굴하면 반드시 펴지기 마련이라, 여기서 옷소매를 걷고 깃대를 드니 한 부대 군사로 옛땅을 회복할 수 있고, 옷자락을 찢어 발을 감으니 약한 힘으로 강한 적을 물리칠 날이 있다.

염파(廉坡)와 이목(李牧) 같은 중국 춘추시대 유명한 장군들이 초야(草野)에서 일어나니 찬바람이 엄습하고, 한세충(韓世忠)과 악비(岳飛) 같은 송나라 충신들이 유림에서 나오니 칼 빛이 하늘에 솟구친다. 오랑캐의 머리로 술잔을 만드니 원수 갚을 날이 멀지 않았고, 동탁(童卓)의 배꼽을 불태우니 광복하기 무엇이 어려운가. 서울 안의 부로(父老)들은 예전 관원의 모습을 다시 보게 되고, 개선가를 부르는 군사들은 왕실의 기업(基業)을 중흥하였도다.

  무릇 모집에 응한 우리 충의의 군사들은 누구나 나라에 보답할 강개한 마음이 없겠는가. 고래와 새우를 합하여 함께 수용하니 계책이 빠짐없이 의리를 위하여 죽음을 택했으니 사사로운 생각 모두 버렸도다. 관중이 아니었으면 좌임(左衽)의 오랑캐의 옷을 면하기 어려울 뻔했는데, 중국 초나라 장수 요치(淖滋)를 베자는데 누가 우단(右袒)을 아니하랴. 산천초목도 적개심을 먹음은 듯한데 천지신명인들 어찌 순리를 돕지 않으리오. 이 어찌 일시의 전공만이랴. 실로 만고에 중화 명맥을 붙들 것이다. 제각기 노력하여 후회하는 일이 없도록 하라. 상과 벌은 모두 산하(山河)를 두고 다짐한다.

  이렇게 충성을 다하여 포고하는 데도 불구하고 만일 영을 어기고 도망을 하거나 태만하는 자가 있으면 이것은 곧 적당으로 볼 수밖에 없으니 단연코 먼저 군사를 옮겨 토벌할 것이다. 이미 선에 어두우면 뉘우친들 소용있으랴. 말은 여기에 그치는 것이니 잘 생각하기 바란다.〉

무안 군수는 격문을 모두 읽고 나서 동행하고 있는 어숙심과 나를 쳐다보았다. 그가 들고 있는 격문이 약간 떨렸다. 격문의 내용을 보고 나서 그는 겁을 덜컥 내면서 말했다. 목소리도 약간 떨려 나왔다.

"이, 이게 뭐요? 역적질하자는 것이요?"

"이제까지 읽고도 모르오? 을미년 의병 때 내가 쓴 창의격문(倡義檄文)이요."

"이게 창의격문인 것은 알겠는데, 또 의병을 일으키려는 것이요?"

"거 참, 군수는 내 말을 귀로 듣는 거요, 코로 듣는 거요? 몇 번 말해야 알아듣겠소. 을미의병 봉기 때 내가 쓴 것이라니까."

"이걸 왜 가지고 다니시오."

"그건 내 맘이지요. 내가 쓴 것이니까 기록은 남겨야 하지 않겠소."

"다른 이것은 뭐요?"

"보다시피 화서(華西) 이항로의 문집을 출간하려고 하는 거요. 여기 호남에서도 문집을 출간하려고 하는데, 무안 고을에서도 좀 보태시오."

"뭘 보태라는 거요?"

"문집 출간하려면 돈이 들잖소. 당신도 유생 출신이면 좀 내라는 것이요."

"난 화서학파 유생이 아니오. 난 호남 사람이요."

"호남 사람이든 충청이나 영남 사람이든 이항로 같은 대 선비의 문집을 낸다는데 남의 일같이 말해서 되겠소."

"당신 수배 당하고 있다는 사실 모르고 이렇게 큰 소리요?"

"수배? 내가 을미년에 의병을 일으킨 것을 가지고 수배된 것은 알지요. 나에게 현상금도 걸렸다는데 얼마더라. 천 냥인가? 의암 선생은 만 냥인데, 다른 제장들은 모두 천 냥이라고 하더군. 그런데 이제 삼 년이 지나면서 임금께서 모두 수배령을 취소해 주었소. 다시 말해 나는 수배 당한 사람이 아니외다."

"그건 그래도, 이런 문건을 가지고 있는 것은 곤란하오. 임금은 취소했지만 일본군 헌병대는 아직도 잡아들이려고 혈안이 되어 있소."

"그럼 당신은 조선 관리요, 아니면 일본 헌병대 끄나풀 친일배요?"

친일배라는 나의 말에 기분이 나쁜지 군수는 자세를 바로 가지면서 큰소리쳤다.

"여기가 당신 안방인 줄 아나? 어디다 대고 함부로 친일배 여쩌구 하나."

목소리가 커지자 우리를 둘러싸고 있던 포졸들이 들고 있는 창을 추켜들었다. 군수의 명령이 떨어지면 당장이라도 달려들어 찌를 것만 같았다. 어숙심이 나에게 바짝 다가앉으며 귓속말로 말했다.

"이놈을 죽일까요? 내가 가지고 있는 권총은 아직 빼앗기지 않고 있으니 사용해서 제압할까요?"

"아니야. 무안 군수가 친일배는 아닌 것 같아. 친일배라는 말에 저렇게 성을 내는 것을 보니. 그리고 여기 포졸들이 무슨 죄인가. 그들을 제압하려면 몇 명을 쏘아 죽여야 하는데 이들은 죄가 없지 않은가.

잠자코 있게."

"여봐라, 이것을 당장 불에 태워라."

군수가 소리치자, 뒤에서 지켜보고 있던 이방이 얼른 앞으로 나와서 군수가 내미는 나의 격문 두루마리를 가져갔다. 그것을 마당에 놓고 성냥으로 불을 켜서 태웠다. 격문은 집에도 여러 장 있고, 기록을 남기기 위해 다른 곳에 여러 장 남겨 두었으니 그가 없앤다고 없어지는 것이 아니어서 그냥 두었다. 그러나 그의 태도가 괘씸해서 한마디 했다.

"나라를 구하려고 의병을 일으킨 나를 죄인 다루듯이 하고도 모자라 글마저 불태우는가. 진시황의 나쁜 버릇 오늘 다시 보겠구나."

"여봐라, 이 두 사람을 옥에 가두어라."

군수가 소리치자 포졸들이 우르르 몰려와서 우리 두 사람을 끌고 옥으로 갔다. 옥은 동헌의 뒷쪽에 있는 나무로 막은 허름한 헛간 같은 곳이었다. 그곳에는 아무도 없었다. 그러나 일단 그곳에 가두고 열쇠로 문을 걸었다. 어숙심이 포졸들에게 군수와 할 이야기가 남았다고 불러오라고 했지만 포졸들은 들은 척도 하지 않고 가버렸다. 옥문 앞에 두 명의 포졸이 남았으나 그들은 우리가 하는 말을 듣지 않으려고 멀직 떨어져 저편 모퉁이로 돌아갔다. 옥문 앞에는 지키는 자도 없었다. 동헌이라고 하지만 뒤뜰에는 잡초가 무성하고 담장 흙담이 일부 무너지고 폐허처럼 허술했다. 관아가 이렇게 허술한 것은 위에서 수리하라고 돈을 내려보내도 그 돈을 다른 데에 쓰면서 관헌은 수리하지 않고 방치해 두었기 때문이다. 수령이 관헌을 수리하지 않는 것은 얼마 지나면 어차피 다른 곳으로 가든지, 떠나야 하기 때문에 수리할 생각을 하지 않는 것이다.

하루가 지나면서 국밥이라고 하면서 밥을 가져다 주긴 했으나 마치 돼지우리에 먹이를 던져 주듯이 던져 주는 것이다. 배가 고프니 먹지 않을 수 없었다. 이틀이 지나서 이방이 와서 사또가 부른다고 하며 우리를 데리고 나갔다. 저번과는 달리 군수 진 씨는 우리를 대청 위로 올라오라고 해서 방석까지 내밀면서 앉으라고 하였다. 자리에 앉자 군수가 우리에게서 빼앗은 봇짐을 내놓으면서 말했다.

"그동안 실례가 많았소이다. 내가 알아보니 운강 공이 유명하시더군요. 여기 호남에까지 이름이 알려진 분을 몰라보고 실례를 했소이다. 여기 문집은 모두 그대로 돌려드리겠습니다. 요즘 하도 세상이 어수선하여 무슨 교다 무슨 교다 하고 사이비 종교가 판을 치고 있어 단속하라는 지시가 내려와서 조사하는 과정에 그만 실례를 범했소. 그리고, 그 창의격문은 가지고 다니지 않는 것이 좋을 것입니다. 혹시 일본군 헌병주재소나 병참부에서 불심검문에 그것이 노출되면 죽습니다. 그리고 내가 그 격문을 불태웠다는 말은 아무 곳에서도 하지 마시오. 나는 운강 공을 만나지도 않았습니다. 내 이름도 모르는 것으로 하시오."

"사또 이름이 진성충이란 것을 이미 알고 있소이다만."

"그러니 모른 척해 달라는 것이요. 나는 그 창의격문을 보고 얼마나 가슴이 떨렸는지 혼났소이다. 아직도 그런 격문이 돌아다니는 것이 말이외다. 또 의병을 일으키려고 합니까?"

"글쎄요. 내가 일으킨다고 하면 상부에 보고할 것이요?"

"내가 보고하면 그 의병들을 이끌고 날 먼저 죽이러 올 것이 아니요? 우리 피차 모르는 것으로 하고, 이것으로 끝냅시다."

그렇게 말하며 군수 진성충은 입맛을 다시면서 나를 문밖까지 배웅했다. 그곳을 나서면서 나는 지방 수령들의 모습을 한눈에 보는 기분이 들었다. 그들은 나라에 충성할 마음은 조금도 없었고, 그냥 수령으로서 녹봉이나 받으며 기회가 있으면 백성들을 착취할 궁리만 할 뿐이었다. 그들은 나라가 어떻게 돌아가는지 무감각하다고 할까, 되는 대로 되라는 식으로 방관하는 것이었다. 한심스러운 일이었으나 대궐을 비롯해서 중앙 정부가 썩을 대로 썩고 친일배로 가득 차 있으니 지방 관리들이 나라에 충성할 마음을 먹지 않는 것도 당연한 추세였다. 물론, 모두 다 그런 것은 아니지만, 대부분 수령들이 한심하였다.

그 무렵에 나는 화서집 출간을 도우면서 서간도 통화현에 있는 의암 선생에게 안부 편지를 올렸다. 평소에 나는 그를 부모로 생각하고 있어 그의 수양아들은 아니지만 자식의 도리를 취했다.


강년 삼가 문안 올립니다.

요동에서 임금님의 윤음(綸音)을 받으셨고, 다시 서쪽으로 오셔서 비답을 받으셨으나 서로 상거가 만 리 길이오며, 두어 달 후에야 소자가 이 소식을 전해 들었으니 우러러 탄식하고 옷깃을 여미며 통한하지 않을 수 없나이다. 세월은 빠르고 길은 막혔으되, 어느새 돌아가신 어머님 선대부인(先大夫人)의 대상이 지나 갔사오니 애통하고 허전한 마음 날이 갈수록 더욱 새로워지실 것입니다. 그동안 옛댁에 돌아오셔서 대절(大節)을 지키시며 애체후(哀體後) 안녕하시온지요, 엎드려 사모하고 사모합니다.

 소자는 9월 24일에 비로소 이 소식을 듣고(류 의암이 고국에 돌아 온 소식), 시월초에 한성으로 가서 부지런히 신우(申友, 신지수)가 있는 곳을 찾아다니다가 마침내 사동 여관에서 만나게 되었습니다. 인사가 끝나자마자 같이 있는 여러 사람이 압록강을 건너기 전의 일을 매우 궁금히 여겼지만, 이야기할 시간이 없기에 한성에 온 이후 지낸 일을 대략 말해 주었더니, 처음부터 끝까지 듣고는 모두 현란(眩亂)하게 여겼습니다.

 이 친구는 평소 담력이 남보다 커서 적정을 탐지하러 갔다가 도리어 적의 술책에 떨어졌습니다(신지수가 요동에서 류의암과 같이 돌아와 친일 조정을 탐지하러 한성에 갔었는데, 조정은 그를 이용하려고 충청도 어사를 시켰다. 이 소식을 듣고 내가 한성에 간 것이다). 첫째는 가석한 일이며, 둘째는 한성을 떠나야 하겠기에 밤새도록 함께 돌아가자고 권하였습니다. 다만, 신(申)은 조금만 기다리면 같이 가겠다고 말하였습니다. 아무리 말해도 안 될 것 같아 부득이 이대재(李뷔承)를 황해도로 보내어 그로 하여금 선생님을 맞이하도록 하였습니다.

소자는 오로지 신우(신지수)를 한성에서 떠나게 할 목적으로 양주에 사는 친척 집에 가서 며칠 동안 묵다가 다시 나와 돌아가기를 청하였습니다만, 신우(신지수)는 세탁한 옷이 되지 않아 함께 갈 수 없다고 하여, 스스로 탄식하고 곧 고향으로 돌아갔습니다.

다시 선생님께서 본댁에 돌아오시는 날을 헤아려 만사를 제쳐서 가서 뵙고 모든 실정을 말씀드리고 옆에서 모시고 호위해 드리기로 계획하였지만 불의에 열흘 전부터 어머니께서 편찮으시더니 지금은 위태로운 지경에 이르러 잠시도 떠날 수가 없으니 황송한 말씀을 어떻게 아뢰겠습니까.

다시 아뢰옵건대 선생님이 고국에 돌아오신 의는 오로지 효도를 실행하시는 대절(大節)에 관계되므로 스스로 정산(定算)이 있을 터인즉 어리고 어리석은 소자 따위가 감히 군 말씀을 올릴 수 없사오나 나라 일이 날마다 잘못되고 인심이 점점 변함을 보니 금일 정지(停止)한 화가 전보다 배나 되고 고식(枯息)하는 적이 한결같이 시비를 얼버무려서 거짓 충성의 말로써 모든 일을 제멋대로 결정하고 그럴싸한 방법으로 백성들이 지향하는 목표를 흐리게 함으로써 인심은 날이 갈수록 더욱 흩어져 지사로 하여금 진취하게 해도 다시는 여망이 없습니다. 이는 진실로 위급 존망한 때로서 어찌 밝게 분석하여 가려내야 할 때가 아니겠습니까.

한갓 답답한 근심만 더할 뿐 기막힌 탄식을 이길 수 없습니다. 한두 동지들과 선후책을 의논해 본즉, 선생님께서 삼년상을 마치신 후 일을 죄다 말씀드리는 것이 마땅하고 남몰래 행동할 수는 없다고 합니다. 그러나 소자는 홀로 그렇지 않다고 생각합니다. 호좌에서 의병을 일으킬 때의 대의(大義)를 격고문(檄告文)에서 밝혔고, 강원도에서 의병이 패했을 때에는 상소문에 이미 진정을 다 말씀드려서 명백히 조리를 천명하였으니 행동함에 무슨 미진함이 있어 남몰래 다녀야 하겠습니까.

대저 만고의 대변에 처해서 만고의 대권(大權)을 사용하여 온 조정의 벼슬아치들에게 권려(勸勵)하였고, 팔도의 선비들을 궐기시켜 한 가닥의 양맥(陽脈)을 홀로 보전하셔 만세의 원수를 쳤으니 난적의 무리들은 점차 그 무기를 거두어들일 줄을 알았으며 개돼지 같은 오랑캐의 무리들은 칼날을 늦추어 피할 바를 알았으니 늠름한 그 위엄은 밤중의 우뢰보다 더 엄하였고, 열렬한 그 빛은 장자방(張子房)의 철퇴보다 더 빛났습니다.

그러나 전자(前者)에 하늘이 돌보지 않고 사람이 향응하지 않아 이 땅에 있어서는 요기(妖氣)와 악염(惡焰)에 가리워 막혔고, 저 땅에 있어서는 또 사람을 해치는 귀역(鬼蜮, 악귀와 불여우)과 요얼(妖蘗)에 희설(戲渫, 흘려서 망하게 하는 것)되어 요계(遼薊, 요동) 지방의 풍설에 선생님을 따라가 모시지 못하였고, 압록강을 넘나드시는 뱃길에서도 서로 어긋나 좌우에서 모시지 못하였습니다. 계획은 궁하고 길은 머나 우리 옷을 입고 우리들의 예속으로 오히려 옛 땅을 지켜 스스로 한 구역의 문명한 지역을 만들어서 길이 천하 후세에 말할 수 있으니 어찌 쾌하지 않으며 어찌 다행하지 않겠습니까. 하늘이 주심을 기쁘게 받아들이면 지극히 원함을 이기지 못하겠습니까.

정유년(1897) 11월 소자 이강년(小子 李康秊) 상서(上書)


모상(母喪)으로 일시 귀국한 스승 류 의암을 만나지 못한 이유를 서신에서 설명했다. 조국이 위급할 때 답답하고 근심된 탄식을 이길 수 없어 지난번의 의병으로 벼슬아치들을 권려하였고, 선비들을 궐기시켜 양맥(陽脈)을 보전하여 원수를 치려고 했으나 마음에 흡족한 결과는 아니었다. 그러나, 의암 선생이 서간도 등지에서 활동하며 민족의 정신을 고양시켜 후배들에게 용기를 주어서 다행하다고 글을 올렸다.


## 2

화서집 간행과 배포에 참여한 나는 일을 마치고 그 다음 해 봄에 화전민이 살던 깊은 살골에서 벗어나기 위해 단양군 영춘면 남천 마을로 옮겼다. 그 집은 김상태의 친척 고택이었다. 지은 지 삼백 년이 되었다고 하니 아마도 임진왜란이 끝나고 바로 건축한 집으로 보였다. 당시만 해도 명문 집안이었던 김상태의 친척은 일백 년 전에 무슨 역모에 얽히면서 멸문지화되었다. 역모 혐의는 무고라는 것이 밝혀져 풀렸으나 가세는 기울어질 대로 기울어졌다. 김상태 집안까지 영향을 미쳐 백 년 동안 일어서지 못하고 몰락한 양반 가문으로 살아가는 일에 급급해야 했다. 백 년 동안 이렇다 할 벼슬을 한 사람도 없었다. 백 년 동안은 아니지만, 오랫동안 비워둔 집을 약간 수리해서 내가 들어간 것이다.

 남천 마을에서 특별히 할 일도 없어서 나는 마을 아이들을 모아 한문을 가르치는 훈장 노릇을 했다. 나에게도 막내아들 명제가 여덟 살로 한창 공부를 해야 할 나이라 마을 아이들과 함께 공부하도록 했다. 그런데 이놈은 공부할 생각은 하지 않고 작대기로 총 쏘는 시늉을 하며 뛰어놀기를 좋아했다. 총 쏘는 시늉은 어디서 배웠느냐고 물으니 동네 아이들과 병정놀이를 했다는 것이다. 모두 왜놈을 잡는 놀이를 한다는 것이다. 동네 아이들의 놀이조차 왜놈 잡는 것임을 보면 국민 전체의 반일 감정은 끝이 없이 치솟고 있는 것이 분명했다. 국민의 그러한 감정과는 달리 일본은 시간이 지날수록 더욱 조선을 핍박해 왔다. 이때는 경제적인 압박이 가장 심할 때인데, 일본의 제일은행에서 경성전원국이나 인천전원국을 통해 조선 화폐를 찍어 저희 마음대로 발행하고 있었다. 물론, 임금의 칙령으로 공표되고는 있으나 모두 일본의 공사관에서 조종하는 일이었다. 주로 고액 엽전을 발행했는데, 먼저 주화를 금도금해서 20원 금도금 금화를 찍어냈다. 개국 495라고 표기된 것은 조선이 개국된지 495년째(서기 1886년)라는 표기이고, 이십원(二十圜)이라는 한자문이 가운데 박혀있다. 이 금도금화는 그 후에 십원 금도금화, 오원 금도금화, 그리고 이원 금도금화로 가격을 낮

춰서 발행했으나 모두 가격이 높아서 유통이 되지 않았다. 당시 논 한 두락(마지기) 가격이 10원(1백 냥)인데 20원 금도금화로 논 2두락을 살 수 있는 돈이 유통될 리 없었다. 그 후에 일원 은도금화를 찍어냈고, 오량 은도금화, 2량 은도금화, 한 량 은도금화로 일제히 가격을 낮추었으나, 국민들의 경제 수준을 고려 하지 않고 남발한 고액 엽전으로 물가 상승만 초래했다. 은화와 청동화를 남발한 것은 왕실의 왕비 민씨의 탓도 많이 작용했다. 내탕금이 부족하자 고액 도금화를 찍어내어 사용했던 것이다. 민씨가 죽은 다음에는 경성전원국이나 인천전원국에서 제조되던 화폐가 아예 일본으로 넘어가서 오사카 조폐국에서 제조되기 시작했다. 그곳에서 처음 발행한 돈은 금화였는데, 20원 금화로 은본위화폐에서 금본위화폐로 껑충 뛰어오른 것이다. 이 돈은 러시아인 알렉세이프 경제 고문이 건의해서 만들었다고 하지만, 실제는 일본의 입김이 더 컸다. 일본 오사카 조폐국에서 만든 이 금화는 광무 십년(서기 1906년) 러일 전쟁이 끝나고 경제권과 외교권이 일본으로 넘어간 이후 만든 화폐였다. 그런데 금으로 돈을 찍어냈으니 그 가격이 실제 높아서 일반인들은 그 금화를 만져보지도 못하게 되었다. 금화 십원화와 오원화를 잇달아 제작했으나 유통이 안 되고 국제 무역하는 상인이나, 돈 많은 부자들의 금고 안에 틀어박히게 되었다. 은화로 돌려 반 원화와 이십전 짜리 은화를 찍어서 유통시켰다. 은화 십전 짜리와 오전 짜리는 어느 정도 유통이 되었는데, 반원 짜리 은화는 광무 9년(1905년)에 66만 개, 다음 해 135만 개, 그리고 반전 짜리 은화는 1백만 개 유통시켰다. 오사카 조폐국에서 대량으로 만든 엽전은 오전 짜리 백동화로 광무 9년(1905년)에 2천만 개, 광무 11년에 1천6백만 개를 찍어서 돌렸다. 그렇게 되자 조선의 경제는 피폐해지고 일본은 피폐해진 조선의 물가 틈새를 파고 들어 경제권을 장악했다.

　돈 이야기는 그만하고, 내 집안 이야기를 좀 할까 한다. 나는 18세 되던 1877년에 안동 김씨 풍균(豊均)의 딸과 결혼해서 1남 2녀를 두었다. 그런데 첫 아내 안동 김씨는 본래 몸이 허약한 편이라서 잔병이 좀 있었다. 내가 선전관으로 있었던 1881년 한성 남촌에서 집들이를 할 때였다. 연회 중에 아내가 갑자기 졸도해서 쓰러지는 일이 발생했다. 아내가 쓰러지자 집들이에 초대되어 왔던 의원 민성규가 나서서 진맥을 했다. 특별한 병이 있는 것이 아니고 허약체질이라 졸도했던 것이었다. 그 이후 힘든 일이 있으면 자주 졸도하는 일이 발생하더니 결혼 11년 만인 1886년에 부인이 사망했다. 그 후 2년이 지나서 1888년에 나는 주변의 권고에 따라 안동 권씨 인호(仁浩)의 딸과 다시 결혼하였다. 재혼한 아내와는 2남 1녀를 두게 되었다. 동학군 종군이니 의병 전쟁이니 하고 전쟁을 하면서도 할 짓은 다 했구나 라고 할지 모르겠으나, 나름대로 금욕을 실천하느라고 전투 중 중간에 집에 들어가면 아내와 별거하기까지 하면서 투지를 살렸다. 사람들은 그것을 보고 전쟁에 나가서 싸우다가 혹시 고자가 되었는가 하고 빈정거렸지만, 나의 투지를 다지기 위한 것일 뿐이었다. 그리고 두 번째 아내 안동 권씨는 내가 동학군 참여부터 시작해서 1차 을미의병 봉기와 2차 정미의병에 이르는 동안 나의 어머니와 자식들을 보살폈다. 맏아들 승재는 내가 2차 거병할 때(1906년) 나이가 25살이 되면서 나를 따라 종사의 직책을 가지고 종군했다. 첫째 부인의 소생 장녀는 경주 김 씨 상한의 아들 양호(養浩)에게 출가했다. 둘째 아들 긍재(兢宰)는 2차 거병 때 18살이었고, 막내 아들 명재(明宰)는 14살이었다. 훗날 애들이 구국 운동에 투신해서 해방 후에 국가로부터 건국훈장을 수여 받았다고 하지만, 그건 내가 죽은 후의 일이라서 모르겠다.

막내아들 명재가 여덟 살 때 남천 마을에서, 또래의 애들과 한문 공부를 시켰는데, 하라는 공부는 게을리하면서 병정놀이에 열중했다. 하루는 공부방 밖에 긴 장대를 뾰족하게 깎아서 세워놓고 그것을 누가 가져갈까 보아 자주 밖을 내다보았다. 내가 회초리로 책을 툭툭 치면서 너는 한자보다 장대에 더 관심이 많으냐고 물었다. 아이는 움찔하고 몸을 도사리기는 했으나 할 말은 해야겠다고 생각했는지 말했다.

"아버지, 저는 동학군이 되었습니다. 당분간 동학군일 것입니다."

"이놈아, 동학군이 대단한 줄 아느냐? 저런 죽창을 가지고 어떻게 싸운다는 것이냐? 실제 저런 장대로 싸웠기에 20만 명이 봉기했어도 극소수의 일본군에게 패배하고 말았다."

"그러나, 아버지, 저 죽창으로 일본군이 아니라 뱀을 퇴치할 것입니다."

"여기서는 아버지라고 부르지 말고 다른 애들처럼 스승님이라고 불러라. 몇 번이고 말해도 잊어버리느냐?"

"네, 스승님, 저는 뱀을 잡을 것입니다."

"갑자기 웬 뱀이냐?"

"집 처마에 뱀이 기어 올라가서 제비집을 공격했습니다. 다섯 마리 새끼 가운데 한 마리는 잡아먹히고, 다른 한 마리는 바닥에 떨어져 다리가 부러진 것을 제가 치료해서 다시 올려보냈습니다. 뱀은 제가 작대기로 쫓았습니다만, 언제 다시 공격할지 몰라서 죽창을 만들어 지켜주기로 했습니다."

"그래서 그 죽창 들고 계속 마당을 지키고 있었구나? 이놈아, 뱀이 언제 다시 올 줄 알고 지키느냐. 제비집 부근에 뱀이 싫어하는 백반 가루를 뿌리고 그 죽창을 버려라."

"아, 그 백반 가루가 뱀에게는 폭탄과 같은 거군요. 동학군도 그때 죽창이 아니고 폭탄이었으면 동학군이 승리했겠지요?"

"글쎄, 그건 나도 모르겠다. 그런 일은 지나간 일이니 네가 걱정할 일이 아니니 공부에 열중해라."

"아버지가, 아니 스승님이 저번에 과거의 역사는 미래의 교훈이 되니 항상 새기라고 하지 않았나요? 그래서 과거 역사인 동학군 일을 새기는 것입니다."

내가 언제 그런 말을 했는지 잘 기억나지 않았다. 아마 우리나라 역사를 가르치다가 곁들여 한마디 한 것일 것이다. 그것을 동학군 운운하면서 써먹고 있었다.

다음 해 봄에 단양 남천 마을에서 고향 문경의 가은 집으로 돌아왔다. 객지에서 남의 집에서 생활하는 것이 어머니에게 불편하였기에 항상 마음 조렸다. 수배가 풀리자 나는 가은 집으로 돌아와서 어머니를 좀 더 편하게 모시려고 했지만 그 다음 해(1902년) 11월에 어머니는 61세의 나이로 세상을 떠났다. 어머니는 의령 남씨(宜寧南氏) 복영(福永)의 딸로 태어나서 열일곱 살이던 해에 전주 이씨인 나의 아버지 기태(起台)와 결혼했다. 그때 신랑의 나이는 18세였고, 결혼하던 해에 내가 태어났다. 나의 부친은 결혼한 지 8년 만인 1866년 9월에 사망했다. 어머니는 25살에 과부가 된 것이다. 아들 나 하나만 남기고 아버지가 세상을 떠나자 어머니는 청상과부로 지냈다. 우리 집 하녀 가운데 과부로 집에 들어온 여자가 있는데, 그녀의 이름도 잊어버릴 정도로 항상 과부라고 불렀다. 어머니를 생각하면 그렇게 호칭하지 말아야 한다고 생각했으나, 이제는 버릇이 되어 그녀를 과부라고 하지 않으면 오히려 어색했다. 하녀의 고향이 춘천인데, 그녀는 양반 집에서 노비 부부의 딸로 태어났으나 집 주인의 강요로 같은 노비와 결혼해서 살았다. 그런데 결혼한 남자 노비가 병으로 죽고 나자 과부가 된 것이다. 춘천에서 왔기 때문에 처음에는 춘천댁이라고 불러주려고 했지만 그녀가 과부로 부르는 것이 더 좋다고 해서 그렇게 호칭했다. 아이들도 그렇게 부르는 것을 아주 당연한 일처럼 되었다. 사실 나의 어머니도 과부였기 때문에 과부하고 소리쳐 그녀를 부르면 어머니가 밖을 내다보는 것이다. 혹시 당신을 부른 것은 아닐까 생각하는 것은 아닌지 가슴이 뜨끔한 일이 있었지만, 나중에는 어머니조차 그 하녀를 과부라고 부르는 바람에 하녀의 이름이 되어버렸다. 하녀 과부의 나이는 어머니보다 한 살 아래였다. 어머니가 갑자기 돌아가시면서 어머니 환갑을 앞두고 잔치를 하지 못했다. 그래서 보상심리 때문인지 다음 해 하녀 과부의 환갑 생일이 왔을 때 조촐하게 잔치를 해주었다. 잔치라기보다 좀 더 성대하게 생일을 치렀다. 생일잔치가 끝나고 나서 색동옷을 입은 과부 하녀와 내가 마주 앉아 지나간 이야기를 나누었다. 나이 들어 내 집에 와서 고생 많았다고 위로해 주고는 이제 힘들 텐데 나의 집에서 일하는 것은 안 해도 된다고 했다. 그게 무슨 말이냐고 물어서 내가 그녀의 노비 문서를 불태우겠다고 하였다. 환갑이 되면서 그녀를 해방시켜 주고 싶었다. 노비 문서를 불태운다는 것은 노비로서 해방시켜 준다는 표현이었다. 그러자 그녀가 갑자기 눈물을 훔치더니 말했다.

"나리, 나는 갈 데가 없어요. 집에서 나가라면 어디로 가죠? 나를 내쫓지 마세요."

"내쫓는다는 뜻이 아니라 당신을 해방시키려는 거야. 이제 노비 제도도 사라졌어. 머슴이나 하녀는 모두 연봉을 주고 일을 시켜야 할 판이지. 그럼 계속 우리 집에 있겠다면 연봉을 주지. 쌀 네 가마면 되겠나?"

쌀 네 가마는 보통 남자 머슴에게 주는 연봉이었다.

"안 받아도 좋으니 그냥 있을 게요. 제가 몸을 못 움직이게 되면 그때 저를 고려장 시켜주세요."

 죽게 되면 버리라는 말 같은데 그런 가혹한 말이 듣기 싫었다. 영리한 노비들은 노비로 있을 때 어떻게 해서든 돈을 모아서 노후에는 편안하게 지내는 사람들이 있다. 하지만 순한 우리 집 과부는 그런 생각은 하지 않았던 것이다.

 "쓸데없는 말 그만하고 그동안 내가 과부에게 소홀하게 했던 일은 없는지 모르겠다. 뭐, 나에게 할 말 있으면 해보게."

 "할 말이 뭐 있겠습니까? 다만, 이제 저도 나이가 환갑이 되었으니 그 과부라는 말은 다른 말로 불러주면 안 되겠어요?"

 "과부? 아, 그렇군. 자네도 환갑이 되었군. 그것을 내가 생각 못했네. 그런데 자네는 20년 전에 내 집에 올 때부터 자신은 과부라고 하며, 뭐라고 불러야 하는지 묻자 과부라고 불러달라고 했잖은가. 그리고 모두 그렇게 불러주면 좋아해서 괜찮은 줄 알았는데, 사실 자네 기분에 맞지 않았나 보구나?"

 "네, 과부에게 과부라고 불러서 기분 좋은 사람은 없어요. 저도 좀 그랬지만, 나리가 그렇게 부르고, 그리고 온 식구들이 그렇게 부르는 것을 좋아하는 듯해서 저도 좋은 척했지만."

 그녀의 말을 듣고 보니 별로 달갑지 않았는데 주인과 안주인, 그리고 아이들이 모두 그렇게 불러서 따랐다는 말이었다. 나는 약간 배신감조차 느꼈지만, 그렇다고 그렇게 부른 장본인인 내가 오히려 그녀를 탓할 수는 없었다.

"아이구, 미안하구나. 자네의 마음을 진작 살펴야 했는데. 나는 그게 좋은 줄 알고 그렇게 불렀는데, 이제 아이들도 그렇게 못 부르게 하겠네. 그럼 춘천댁이라고 하든지, 아이들에게는 춘천 할머니라고 부르게 하지."

"그냥 춘천댁이라고 해도 좋아요."

"확실하지?"

"뭐가요?"

"20여년 동안이나 과부라고 부르면서 좋아한다고 느낀 것을 돌이켜 보니 약간 배신감조차 느끼게 되는데, 정말 괜찮은 거야? 춘천댁 이름이?"

"그럼요. 다른 마땅한 이름도 없는걸요."

하녀의 환갑잔치와 그 하녀의 입에서 나온 과부 호칭에 대한 이야기는 나에게 많은 것을 생각하게 했다. 하긴, 같이 살고 있는 마누라조차 속으로 무슨 생각을 하는지 잘 모를 때가 많은데, 한 다리 건너 하녀의 마음을 내가 속속들이 알 수는 없는 일이었다. 다만, 그녀의 기분을 눈여겨 지켜보며 살폈으면 알아차렸겠으나 하녀의 신분이 눈여겨보면서 살필 일도 아니어서 처음부터 무시된 것이다. 시대가 요구하는 바이기는 했으나, 신분 격차의 타파 필요성을 이때 절실하게 느꼈던 것이 사실이다.

**3**

 1906년 봄에 털보 강민호가 문경 가은의 내 집을 방문했다. 그는 거의 일 년에 한 번 이상 정기적으로 나를 방문해서 세상 이야기를 하곤 했는데, 작년에는 오지 않았다. 작년 한 해는 조선에게 있어 잊을 수 없는 비극의 해였다. 러일전쟁에 승리한 일본이 조선을 본격적으로 점령했던 것이다. 고종이 자신을 황제로 올리고, 나라를 대한제국으로 공표했으니 앞으로는 조선이라기보다 대한제국이라고 해야 할 것이다. 그런데 임금이 황제로 승격되고, 왕국에서 제국으로 만든다고 해서 무슨 소용인가. 작년에 털보가 오지 않은 것은 아마도 상당히 바빴던 듯했다. 들으니 러일전쟁에 관여해서 블라디보스토크로 가서 용병으로 참여한 것이다. 홍범도가 함경도 포수 1천7백 명을 동원해서 러시아 해군에 귀속시키면서 용병이 되었다. 털보가 러시아 해군의 용병이 된 것은 홍범도 때문이 아니라, 소대장 민진호 때문이었다. 털보가 올 때는 보통 열 명 전후 부하 기병들을 이끌고 다녔는데, 이번에는 그것도 없이 혼자 왔다. 그리고 그의 표정을 보니 상당히 초췌한 것이 마음고생을 많이 한 듯했다. 아마도 러시아를 믿었는데, 러일전쟁에 패배하면서 그의 마지막 기대도 날아간 것임이 틀림없었다. 그는 술을 벌컥거리고 마시고 나서 방바닥에 벌렁 누웠다가 다시 일어나 앉았다. 그리고 다시 벌렁 눕는 것이다.

"아우님, 피곤하면 잠을 자게 방을 비울까요?"

내가 그에게 물었다. 그는 나의 질문에 대답하지도 않고 히죽 웃으면서 말했다.

"형님, 내가 블라디보스토크에서 러시아 수군에 가담해서 싸웠던 이야기 궁금하지 않아요?"

"조선을 두고 러시아까지 가서 왜 싸웠소? 당장 우리 발등에 떨어진 돌맹이부터 치워야 하거늘."

"우리 발등에 떨어진 돌맹이를 치우기 위해 용병으로 갔던 것입니다. 사실 제가 블라디보스토크 해군에 참여한 것은 소대장 그놈 때문입니다."

"아, 민진호 소대장? 요즘 어떻게 지낸다고 합니까? 강 목사 작은딸과 결혼해서 잘 살고 있어요?"

민진호는 마적단을 섬멸하고 우리가 조선으로 귀국할 때 서간도에 그대로 남았다. 아마도 강 목사의 작은딸 성애를 떠나기 싫었던 것이다. 그곳에 남아서 그는 신앙생활을 했다. 한때 동학교도였던 그가 기독교를 믿는다고 하니 약간 의외였으나, 어차피 그는 동학교 교리에 대해서는 무관심했다. 동학군이 좋아서 참전한 것에 불과했다. 그는 분명히 기독교의 신앙이 있었다기보다 강 목사의 작은딸 때문에 억지로 신앙생활을 했을 것이다. 그렇게 억지로 하다 보면 나중에 참된 신앙인이 되는 수도 있었다. 그는 한 해 후에 18살인 성애와 결혼했다. 소대장의 나이가 스물세 살이니 두 사람은 다섯 살의 나이 차이였다.

그렇게 세대 차가 나는 관계는 아니었다. 성애는 언니가 죽은 후에 모스크바 대학에 진학하려는 꿈을 버렸다. 두 사람은 급박하게 맺어질 수 있었다. 들리는 말로는 민진호가 결혼 전에 딱 한 가지 약속을 했다고 한다. 그것은 강 목사의 요구이기도 하였다. 성애와 결혼하려면 기독교 신앙생활을 해야 한다고 했다. 믿음이란 차츰 생긴다고 해도 일단 신앙생활을 하기를 원했다. 소대장은 무조건 하겠다고 약속하고 성애와 결혼했다. 결혼식이 있다고 해서 나보고 오라고 했으나 나는 집안의 일 때문에 갈 수 없었다. 털보는 십리평에 다녀와서 나에게 두 사람의 결혼식에 대해서 장황하게 설명했다. 교회에서 부목사의 주례로 결혼식을 올리는데, 언니의 죽음이 상기되었는지 신부가 울음을 터뜨렸다고 한다. 성애가 왈칵하고 울어대자 옆에 있는 소대장도 같이 울었다. 두 사람이 통곡하자 지켜보고 있던 신도들이 모두 울었다고 하였다. 모두 강난설헌 교장 선생을 떠올린 것이다. 경사스런 결혼식 날 울음바다를 만들었다.

"러시아 해군과 소대장이 무슨 관계요?"

"내가 저번에 말씀드린 적이 없었나요? 소대장이 러시아 해군 사관학교에 입학한 일을요? 그 후에 그는 졸업하고 해군 장교가 되었습니다. 진짜 소대장이 된 것이죠. 지금은 대위입니다. 해군 포병 중대 중대장이라고 합니다."

"벌써 그렇게 세월이 흘렀단 말이요?"

"형님은 이번 러일전쟁을 어떻게 봅니까?"

"어떻게 보긴 뭐가 어떻게 봅니까? 진 것은 진 것이지. 그래서 일본이 우릴 완전히 먹은 것이오."

"러일전쟁에 대해서 내가 잘 압니다. 제가 참전하기도 했고요."

"나는 시골에 있다 보니 전해 듣는 것밖에 모르오. 털보가 잘 알면 어떻게 된 판인지 설명 좀 해보시오."

"짐은 우리가 대한제국을 차지하는 것을 원하지 않소. 하지만, 그렇다고 해서 일본이 차지하도록 놔둘 생각도 없소. 그건 전쟁의 원인이 될 거요."

"누가 한 말인데?"

"1901년 러시아 황제 니콜라이 2세가 알베르트 빌헬름 하인리히 왕자에게 한 말입니다. 하인리히는 독일의 황자인데, 황제 빌헬름 2세의 동생입니다. 독일제국 해군에서 사령관을 지냈고, 해군 원수이기도 합니다. 지난 1899년 6월 초에 조선에 와서 열흘 정도 머물다 갔는데, 당시 고종을 만나서 조선의 고유 무술을 보여달라고 해서 궁술을 보여주었다고 합니다. 그러자 왕자도 직접 활을 들더니 쏘아보았다고 합니다."

"러시아 황제가 그래서 러일전쟁을 일으켰단 말이요?"

"러일전쟁은 실제 일본이 일으킨 것입니다. 뭐, 누가 일으켰다기보다 숙명적인 대결이 되었던 것입니다. 어차피 붙어야 했던 위치에 있었던 것이오. 청일전쟁 이후 1903년 8월에 러시아 차르 정부와 일본간에 협상이 있었습니다. 그것은 일본은 만주에서 러시아 주둔군을 인정해주는 대신에 조선에서 일본군이 주둔하는 것을 인정해달라는 것이었습니다. 러시아는 조선에 일본군이 주둔하는 것은 인정할 수 없다고 하고, 조선을 북위 39도 선을 그어 북쪽은 러시아가 차지하고, 남쪽은 일본이 차지해서 분할 통치하자고 했습니다. 조선을 몽땅 먹으려고 했던 일본은 분할 통치를 거절했습니다. 그래서 이 양 제국들은 전쟁이 일어나지 않을 수 없는 상황이 되었던 것입니다. 러시아는 1890년대부터 중앙아시아 나라들을 흡수하기 시작했고, 아프가니스탄까지 영토를 넓히고 있었으며, 블라디보스토크에 이르는 시베리아 횡단 철도를 놓으면서 유럽 쪽에 있는 병력을 시베리아 쪽으로 옮겨 올 수 있는 힘을 가지게 되면서 중국과 조선, 일본을 위협하기 시작했습니다. 러시아의 목적은 전천후 부동항의 확보였지만, 그 이면에는 국토를 확장하는 제국주의적인 욕심이 있었던 것입니다. 일본은 1895년 청나라와 시모노세키 조약을 체결하면서 조선에서 청나라를 몰아내고 요동반도와 타이완을 얻어 새로운 강자가 되었습니다. 그런데 갑자기 러시아, 독일, 프랑스 삼국이 일본이 소유한 요동반도를 청나라에 돌려주라는 삼국간섭에 부딪칩니다. 그 일을 러시아가 한 것이지요. 그래서 일본은 숙명적으로 러시아와 격돌하지 않을 수 없었던 것입니다. 그렇게 일본은 작정하고 군비를 모으고 해군을 증강했지만, 러시아는 일본을 경계하기는 했으나 실질적인 전쟁 준비를 하지 못했습니다. 러시아 국내 사정이 워낙 나빴는데, 그것은 농노해방 문제를 비롯해서, 새로운 사상, 볼셰비키 운동이 전개되고 있었기 때문입니다.

 러시아의 전쟁 준비가 미흡하다는 것을 간파한 일본은 기회는 지금이라고 생각하고, 1904년 2월 8일 여순항에 있는 러시아 극동함대를 기습합니다. 이렇게 배짱 좋게 기습이 가능했던 것은 러시아의 남하를 우려한 영국과 미국이 일본을 도와주기로 약속했기 때문입니다. 말로만 약속한 것이 아니고 군비도 대주었습니다. 구체적으로 일본은 로스차일드 가문의 미국 대리인 제이컵 시프트로부터 전비의 40%에 이르는 지원과 비공식 금융지원을 받은 상태였습니다. 더구나, 대한제국 초기에 미국은 필리핀을 식민지하면서 일본이 조선을 먹는 것을 허용하는 일명, 가쓰라·태프트 조약을 비밀리에 체결해 놓았던 것입니다.

 이렇게 해전이 시작되면서 양국은 전쟁을 벌였습니다. 일본군은 인천항에 병력 5만 명을 상륙시켜 육로를 통해 북쪽으로 진군해서 압록강을 넘어 만주에 있는 러시아 육군을 공격하려고 했습니다. 해군함대는 해군대로 여순항과 블라디보스트크에 있는 극동함대를 공격하였습니다. 1904년 5월 1일 압록강 전투가 러시아의 육군과 일본 육군이 처음으로 붙은 전투였습니다. 육상전은 막상막하로 어느 쪽이 우위를 점하지는 못했습니다. 그러나 일본 육군은 육로를 돌아서 여순항 육지 쪽에서 여순항에 있는 러시아 극동함대를 포격했습니다. 항구에 있던 러시아 극동함대 여러 척이 육지에서 쏜 포탄에 맞아 침몰하는 일이 벌어졌습니다. 이로 말미암아 여순항이 일본의 손에 넘어갔습니다. 러시아 육군은 봉천으로 후퇴하였고, 여순항 주둔군 지휘관이 상부의 허락 없이 일본군에게 항구를 양도하여 1905년 1월 2일에 여순항이 함락되었습니다. 여순항이 함락되자 일본군 제3군의 병력이 북진할 수 있었으며, 러시아 제국이 선점한 봉천에 일본군 지원병을 파견할 수 있었습니다. 그러나 러시아 육군은 막강해서 쉽게 뚫지는 못했습니다.

  동해에서 블라디보스토크로 향하는 러시아 함대를 감시하기 위해 일본군이 울릉도와 독도에 군사용 망루를 설치하였습니다. 1905년 1월 28일 일본 내각 회의에서 대한제국의 국토인 독도를 다케시마라는 이름으로 시마네현 담당으로 지정해서 2월 22일에 일본 영토로 편입했습니다. 남의 나라 땅을 허락도 없이 시마네현 고시 40호로 발표하며 일본 영토라고 해버린 것입니다. 그곳이 러시아 함대가 지나가는 길목이기 때문에 감시망을 설치해서 운영하기 위한 것이었습니다.

  러시아의 제2태평양함대(발트함대)는 여순항을 구하기 위해 2만 9천 킬로미터를 왔지만, 여순항 함락 소식에 마다가스카르에 머물며 주춤했습니다. 여순항을 포기하고 러시아 모든 함대는 블라디보스토크로 향했습니다. 당시 일본 연합함대는 처음에는 전함 6척이었으나, 전투로 소실하고 4척이 남아 있었고, 순양함, 구축함, 어뢰정은 그대로 보존되어 있었습니다. 러시아 제2태평양함대는 보르디노급 신형 전함 4척을 비롯해서 8척의 전함이 있었고, 순양함, 구축함, 다른 함선까지 모두 38척을 보유하고 있었습니다. 1905년 5월 말에 제2태평양함대는 블라디보스토크 해안에서 일본군 연합함대와 붙었습니다. 이 교전에서 러시아 제국 함대는 전멸했는데, 전함 8척과 작은 함정들이 수몰되면서 5천여 명 이상이 죽었습니다. 일본군 해군은 어뢰정 3척과 116명이 사망했습니다. 러시아 함정 3척만이 블라디보스토크로 빠져 나가 항구로 들어갔고, 나머지 배들은 모두 수장되었습니다. 이 해상 전투를 쓰시마 해전이라고 하는데, 여기서 일본군은 승리했지만, 계속 전쟁을 하기에는 재정 지출이 너무 커서 일본 수뇌부에서는 미국을 끌어들여 러시아와 강화 협정을 요청했습니다. 전쟁을 그만하고 타협하자는 것이었습니다. 일본은 이 전쟁을 승리한 것으로 하고 있지만, 실제는 승리도 패배도 아닌 그냥 중간에 그쳤던 것입니다. 러시아 해군은 졌지만, 135만 명이나 되는 육군은 그대로 보존되고 있었기 때문에 러시아에서도 패배로 인정하지 않았습니다.

 러시아에서도 전쟁을 계속 하기에는 재정 부담이 컸고, 무엇보다 러시아 국내의 사정이 급박해서 어려웠던 것입니다. 러일전쟁이 진행되는 동안 1905년 1월 9일 일요일에 상트페테르부르크 광장에서 피의 일요일 사건이 발생합니다. 피의 일요일 사건이란, 프티로프 공장 노동자들이 동료 노동자 4명의 해고 때문에 파업을 일으켰습니다. 신부 가폰이란 자가 노동자들의 경제적, 정치적인 입장을 기록한 청원서를 작성해서 노동자 군중들과 함께 겨울궁전(황제궁)으로 행진했습니다. 평화적인 시위였지요. 시내 각 노동자들은 아침에 모여서 성상(예수상)과 차르 황제의 초상을 나란히 들고 행진했던 것입니다. 황제 니콜라이 2세는 부재중이었습니다.

폐하, 저희 페테르부르크 노동자와 주민들, 저희 처자식과 늙은 부모들은 정의와 보호를 구하여 당신께 갑니다. 저희는 가난 속에 억눌리고 힘든 노동 속에 모욕 당하면서도 비참한 운명을 묵묵히 참아내며 노예와 같은 삶을 살아왔고, 저희의 인내는 이제 고갈되었으며, 고통을 견디어 내기보다는 차라리 죽는 것이 나은 시점에 이른 것입니다. 저희는 일을 멈추고 고용주에게 최소한의 생존권만이라도 보장해 달라는 간절한 요구뿐이었지만, 그 요구는 거절되었습니다. 이제 남은 것은 폐하의 은혜로운 결단밖에 다른 것은 아무 것도 없습니다.

청원서의 요구에는 제헌의회 소집, 정치 종교사범 대사면, 보통교육 실시, 언론, 출판, 집회, 종교의 자유, 농민에게의 단계적인 토지 이전, 합당한 표준 임금 제정, 8시간 노동제, 노동조합 설립 및 노동쟁의 자유 등이었습니다.

그런데 그 청원서의 답은 아주 도발적이었는데, 마치 그 은혜의 답이 이것인냥 막고 서 있던 경찰들이 사격을 시작했던 것입니다. 상부에서 어떤 지시가 내린 것이 아닌데도, 과잉 충성을 하느라고 그랬는지, 경찰과 군대가 가로막고 있다가 발포를 하기 시작했고, 광장의 눈 위에 붉은 피가 낭자했다고 합니다. 본 사람 이야기가 말입니다.

폐하, 인민들을 저버리지 마시옵소서. 당신과 당신의 신민을 가르는 벽을 깨부수십시오. 저희 요구를 들어주시겠다고 약속하면 러시아는 행복해질 것입니다. 만약, 저희의 요구를 들어주지 않으면 저희는 바로 이 자리, 이 궁전 앞 광장에서 죽어버리겠습니다. 저희에게는 오로지 두 갈래 길밖에 없습니다. 자유와 행복으로 가는 길이냐, 무덤으로 가는 길이냐.

사망자가 1천여 명에 부상자가 3천여 명이라고 하니 하늘에다 대고 공포를 쏜 것이 아니고, 그냥 사람에게 대고 쏘아댄 것입니다. 이 일로 해서 황제 차르에 대한 노동자들의 신뢰는 산산조각 나고, 러시아 혁명이 시작되었던 것입니다. 이날의 이 사태를 피의 일요일이라고 하고 있습니다. 이날의 이 사태는 이것으로 끝나지 않고 전국적이고 대대적인 민중 시위가 일어났고, 사방에서 민중이 봉기하는 일이 터져나왔습니다. 여기에 볼셰비키 사상이 접목되면서 공산 혁명의 불씨가 지펴지고 있었습니다.

그 판에 일본과 전쟁을 계속하기에는 문제였던 것입니다. 차르는 휴전 협상 담당자에게 무조건 종전하는 합의를 내라고 지시했다고 합니다. 1905년 9월 5일, 미국의 중개로 포츠머스에서 강화 조약이 체결되었다고 합니다. 미국 대통령 시어도어 루즈벨트가 이 일로 노벨 평화상을 받았다고 합니다. 이 전쟁으로 양쪽은 희생도 컸고, 재산 손실도 컸습니다. 일본군 전사자는 약 5만 명에 질병 사망자를 합치면 약 8만 명의 군인이 죽었다고 합니다. 러시아도 전사자 7만 명에 부상자와 질병에 의한 군인을 합하면 모두 13만 명이 희생되었다고 합니다. 거기다가 민간인들도 상당수가 죽었는데, 군인과 민간인을 모두 합하면 약 20만 명이 죽었고, 일본인들도 13만 명의 희생자가 발생했다고 합니다. 재산 피해는, 뭐 재산 피해까지 우리가 알 필요는 없지만, 일본의 한 해 예산이 1억 5천만 엔인데, 전비로 손해 본 것이 약 7억 엔이라고 합니다. 러시아에서도 약 1억 루블 전비가 손실되고요."

"그놈들의 그까짓 돈 손해 본 것은 관심 없고, 이 전쟁으로 우리나라도 피해를 입었소."

"무슨 피해요?"

"내가 듣기로는 일본군이 만주로 진군하면서 우리나라 농민들을 끌고 가서 강제 부역을 시켰다고 해요. 그런데 전쟁 현장에서 포탄이 터지고 교전이 일어나자 노역으로 끌려온 조선인들이 많이 희생당했다고 합니다. 물론, 그 부역자들에게는 일정한 노동의 대가로 군대에서 군표라고 해서 돈을 주었다고 하는데, 그 군표로 돈을 찾기도 전에 현장에서 희생된 그들을 어떻게 보상합니까?"

"그건 내가 모르죠. 그냥 입 싹 닦았겠지요."

"그 숫자가 2만 명이 넘는다고 합니다."

"부역으로 끌려간 노동자요?"

"아니, 끌려갔다가 죽은 희생자요. 엉뚱한 일을 하다가 이유도 없이 총탄과 대포를 맞고 죽었잖아요? 그들의 희생은 누가 보상해줘요?"

"형님, 왜 날 보며 눈을 부라려요. 내가 그랬던 것도 아닌데."

"당신보고 눈을 부라린 것이 아니요. 그런데, 아까 처음에 말 나온 거 말이요. 함경도 포수 1천7백 명 용병은 무슨 말이요?"

제10장 2차 거병(擧兵)   147

"아, 그거요. 홍범도가 함경도의 포수 1천7백 명을 동원해서 블라디보스토크 해군 기지에 보냈다고 합니다. 일본군과 싸우는 전사로 말입니다. 약 십 년 전에 강난설헌이 말했던 병력 모집과 관련이 있는 이야기 같아요. 일본에게 승전하면 조선 독립과 이어지기에 용병을 한 것입니다. 최재형과 둘이 그 일을 한 것 같은데, 종전이 되었을 때 병력의 삼분의 일이 죽고, 삼분의 일은 러시아 해군 용역병으로 남고, 나머지 6백 명은 홍범도가 다시 데리고 함경도로 귀향했다고 합니다. 의병으로 활용하기 위해서요."

"그러면 지금 함경도에 홍범도 부대 6백 명이 있겠군요?"

"그렇겠지요, 뭐. 홍범도를 만나지 않아서 정확한 것은 모르지만, 홍범도가 6백 명 데리고 있다는 말은 들었어요. 그 사실은 의암 선생도 잘 알던데요? 의암 선생은 압록강 북쪽에서 13도 창의군을 만들려고 준비한다는 말도 있고요."

"그 말은 나도 들었소."

"이제 어떻게 할 것입니까? 내가 이렇게 내려온 것도 그 문제를 의논하러 온 것입니다. 다시 거병해야 되지 않겠어요?"

"물론이요. 주변의 인사들과 그 점을 의논하고 있었소."

"그 시기는 언제쯤입니까?"

"올 여름이 아니면 가을쯤?"

"거병이 시작되면 저에게도 연락을 주십시오. 저도 제 부하 2백 명을 이끌고 오겠습니다."

"십 년 전에 해산했던 의병들 말이요? 십 년이 지났는데 모일 수 있겠소?"

"십 년이 아니라 백 년이 지나도 우린 모입니다. 두고 보십시오."

### 4

 을사년(1905년) 11월 9일(양력)에 이토 히로부미(伊藤博文)가 서울에 도착해서 손탁 호텔에 숙소를 정해 묵는다. 그리고 다음날 10일에 대한제국의 황제 고종을 알현한다. 이토 히로부미는 고종에게 인사를 올리고 나서 정중하게 천황의 친서 한 장을 내밀었다. 친서에는 앞뒤에 약간의 인사말이 들어가기는 했으나, 요점은 동양 평화를 위하여 대한제국은 이 친서를 가져간 일본 특파 대사의 지휘를 받으라 라는 문구였다. 통변을 통해 그 말을 듣자 고종의 얼굴이 창백하게 변했다. 한동안 일본 정가를 휘어잡고 권력을 독점했던 그가 정권 대사로 온다고 해서 예측은 했지만, 나라를 달라는 협박이었다. 일본과 전쟁했던 러시아가 패배해서, 실제는 패배가 아니라 종전이 되는 것에 불과했으나, 러시아가 협상에서 조선에 대해서 손 떼고 관여하지 않겠다고 했기 때문에 고종은 각오했다. 러시아는 조선을 내주는 대신 만주를 계속 관여하겠다는 것으로 대체했다. 조선보다 만주가 더 이득이었던 모양이다. 어쨌든, 대한제국에서 볼 때는 일본이 러시아에 승리한 것처럼 하면서 들어온 것이다. 이미, 한성을 비롯한 황궁은 일본군 병력에 의해 장악이 된 상태였다. 일본군에 의한 궁성의 함락은 러시아 전쟁 후에만 있었던 일이 아니라. 그동안 20년이 지나오면서 일이 생기면 일본군은 조선 궁성을 정복하고 내정을 간섭해 왔었다. 일본 정부의 지휘를 받으라는 천황의 일방적인 문구는 갑자기 생긴 일이 아니고 이미 예정되어 있었던 수순이었다.

이토 히로부미는 1841년에 야마구치현 쿠마게군 출생으로 야마가케 아리모토, 이노우에 가오루와 함께 조슈 3인방으로 알려진 정치인이었다. 일본국이 유신을 하면서 초대 내각총리대신을 지냈으며, 제5대, 제7대, 제10대 총리대신을 연거푸 지냈고, 이제 대한제국에 와서 초대 통감이 되려고 하는 것이다. 천황을 빼면 가장 높은 벼슬을 하고 있는 셈인데, 천황이 상징적인 권력임을 감안하면 일본의 최고 권력자라고 보아야 할 것이다. 그 최고 권력자가 조선에 온 것은 이제 조선을 가져야 하겠다는 것이었다.

고종은 이토 히로부미가 내민 친서를 보고 나서 그 자리에서 거절했다. 나중에 어떻게 되든 그 친서대로 할 수는 없는 일이었다. 아무리 일본 최고의 권력자라고 해도, 일국의 황제가 이웃나라 총리대신의 지휘를 받을 수는 없다고 생각한 것이다. 물론, 이 거절도 요식행위에 불과했지만, 고종으로서는 체면이 있어 거절하지 않을 수 없었다. 그렇게 물러간 이토 히로부미는 손탁 호텔의 특실에서 일본에서 같이 온 참모들을 모아놓고 대책을 의논했다. 손탁 호텔은 훗날 붙여진 이름이고 그때는 손탁 빈관이라고 불렀다. 손탁이라는 사람은 주한 러시아 공사 웨베르를 따라 갑신정변 직후 조선에 온 여자였다. 손탁은 프랑스의 알자스 로렌 출신으로, 보불전쟁이 있고 나서 알자스가 독일령이 되면서 독일 국적을 가지게 된다. 그녀는 외국어에 능통해서 영어, 독일어, 프랑스어, 러시아어를 모두 할 줄 알았고, 조선말도 단번에 배워서 조선 사람과 대화할 수 있을 정도였다. 어학의 천재로 나는 강 목사의 큰딸 강난설헌을 떠올리지만, 이 여자도 어학에 뛰어난 재능이 있었다. 처음에 손탁은 웨베르 공사의 추천을 받아 조선 왕궁 궁내부에서 외국인 접대 업무를 담당하며 고종 황제와 왕비 민씨와 친해졌다. 그 무렵 주차 조선 총리 원세개의 내정간섭이 심해질 무렵 손탁은 제3세력을 끌어들이면서 반청 운동을 전개했다. 그녀의 공로가 인정되어 고종은 서울 정동의 대지 천 평이 넘는 한옥 한 채를 선물했다. 그것을 현대식 건물로 개조해서 지은 것이 호텔이 되었다. 왕비 민씨가 암살되었을 때 손탁은 고종이 원하는 아관파천을 도와주었다. 고종이 러시아 공사관으로 피신한 것은 다른 관점에서 보면 망명과 마찬가지였다. 그것을 부정적으로 보는 사람도 있지만, 그 당시로서는 일본의 간섭에서 벗어나 러시아의 품에 안긴 것이나 마찬가지였다. 만약 일본군이 러시아 공사관에 침입해서 고종에게 손을 대게 되면 그것은 조선과 일본 간의 문제가 아니라 러시아와 일본 간의 문제이며, 바로 전쟁을 불러일으키는 일이었다. 당시만 해도 일본은 러시아를 공격해서 이길 자신이 없었기 때문에 공사관으로 도망간 고종을 어떻게 하지 못했다.

　1902년에 고종은 손탁의 도움을 받은 것에 감사하며 거액의 내탕금으로 손탁 빈관을 다시 건축해서, 2층 양관을 신축해서 큰 규모의 호텔로 만들었다. 2층은 국빈용 객실로 이용하고, 아래층은 일반 외국인 객실이나 주방, 식당, 커피숍으로 사용했다. 손탁 빈관은 서양요리와 호텔식 커피숍을 운영했으며, 당시 최고의 호텔이었다. 이토 히로부미도 이 호텔 2층 국빈용 객실에 와서 머물렀다. 1909년에 손탁이 귀국하고 나서 이 호텔은 1917년에 이화학당의 교육기관이 되었다가 미국 감리교회에서 신도들로부터 모금해서 그 성금으로 이 호텔을 사서 기숙사로 사용했다. 1922년에 철거해서 그 후에 어떻게 되었는지 내가 죽은 다음 일이라서 그런지 나는 모르겠다. 가끔 내가 죽은 다음의 일을 마치 사후 세계를 이야기하듯이 말하는데, 그것은 작가가 나의 생각을 예측해서 지어낸 말이라기보다, 이미 알려진 역사이기 때문에 틀린 말이 아니다.

　5일 후인 15일 오후 2시부터 4시 사이에 이토 히로부미는 고종을 다시 알현하고 조약 내용을 제시하면서 협약을 하자고 하였다. 처음에는 천황의 친서를 보여주는 것에 그쳤으나 이번에는 구체적인 조약 내용을 보여준 것이다. 그것을 보고 고종은 거절했다. 이토 히로부미는 고종이 대놓고 안 된다고 하자 난감해 하였으나 뒤에 다시 추진하자고 하면서 물러갔다. 다음날 이토 히로부미는 자신이 묵고 있던 손탁 호텔에 대한제국의 내각 대신들을 불러 모아서 조약을 제시하며 체결을 하라고 했다. 모여있던 대신들은 모두 거부했다. 일본 공사 하야시 곤스케는 외부대신 박제순을 일본 공사관에 불러서 조약을 체결하라고 강요했지만, 박제순도 거부하고 돌아갔다.

17일 새벽에 한성에 주둔하던 일본군 기병 8백 명과 포병 5천 명, 보병 2만 명을 동원해서 경운궁 주변을 포위하였다. 포병 부대는 대포를 모두 황제가 머물고 있는 궁궐을 향해 배치하고 발포할 태세를 취했다. 오전 11시에 주한일본 공사관으로 대신들을 불러들여서 조약 체결을 강요했다. 이토 히로부미는 약 3시간 동안에 협박도 하고 회유도 하면서 대신들을 설득하려고 했다. 이 일은 어차피 해야 할 일이다. 끝까지 거부하면 당신들을 모두 내쫓고 다른 동조자들이 나서서 할 것이다. 결국 해결되고야 마는 조약을 왜 그렇게 뜸들이며 시간을 끄는가. 모여있는 대신들은 자기의 이름을 더럽히고 싶지 않으려는 생각에 물러나도 좋다고 하면서 거절했다. 처음에는 이렇게 모두 거절하였다. 대신들이 거절하자 오후 2시가 될 무렵에 일본 헌병대의 감시를 붙여 대신들이 도망가지 못하게 하고, 경운궁으로 옮기게 하고는 다시 회의를 했다.

오후 3시경에 경운궁에서 열린 어전회의 도중에 이토 히로부미가 고종에게 가서 결심을 받아내기 위해 알현을 청했으나, 고종은 인후염이 있다고 하며 거절하고 자리를 피하였다. 각료 회의에서는 일본 공사 하야시가 대신들을 협박하였으나, 찬성하는 이가 하나도 없이 부결되고 일본측 요구는 도로아미타불이 되었다. 이런 것을 보면 처음에는 대신들도 완강히 거부하였던 것은 사실이다. 사실, 머리가 어떻게 되지 않은 이상 나라를 파는 일인데 그렇게 선뜻 응할 리가 없는 일이다. 일본군 병력이 이번에는 궁궐 내부로 들어왔다. 건물 구석구석에 일본군이 총칼을 들고 서 있게 되었는데, 영문을 모르는 궁궐 사람들은 놀라서 바라볼 뿐 어떻게 하지 못했다. 고종이 각료 회의를 연기하고 해산하라는 지시를 해서, 국내부 대신 이재극이 어명을 수행하기 위해 이토 히로부미에게 갔지만, 그의 말은 듣지도 않고 오히려 일본군 헌병대에 지시해서 가두었다. 바로 그때 이토 히로부미는 명령을 내려 왕궁 고종이 사용하는 처소로 겨냥했던 포에 불을 붙일 준비를 하고 대기하라고 지시했다. 일백 여기의 포대로 겨냥을 하고 있던 포병들은 일제히 불의 심지를 켜고 대기했다. 더 이상 거부하면 심지에 불을 붙이고, 그렇게 되면 궁궐은 포탄으로 완전히 파괴되고 황제의 생사도 알 수 없을 것이라고 협박했다. 그래도 대신들은 움직이지 않고 계속 거부 의사를 밝혔다. 이토 히로부미는 차마 발포하라는 명령을 내리지 못하고 돌아서더니, 시팔 놈들, 생각보다 끈질긴 놈들이네 하고 중얼거렸다고 한다.

  오후 8시가 되자 이토 히로부미는 주한일군사령관 하세가와를 대동하고 일본군을 회의장 안까지 들어오게 했다. 그리고 자신이 나서서 회의를 주재했다. 그는 거짓말로 방금 황제를 알현하고 왔는데, 각료 회의의 결정에 따르겠다고 말씀을 하셨다고 하고는 대신들에게 다수결로 하자고 했다. 그리고 여기서 한 말은 영원히 비밀로 기밀처리할 것을 약속하며, 찬성한 사람이나 반대한 그 누구의 이름도 밖으로 나가지 않고 그냥 앞으로 백 년간, 아니, 그 이상 영원히 기밀 서류로 분류해서 처리하겠다고 하였다. 회의록은 모두 불태우겠다는 말도 덧붙였다. 대신들이 후세의 사람들이 욕할까 보아 망설이고 있다는 것을 파악한 기만술이었다. 그 말을 믿었는지, 아니면, 믿진 않았으나 어차피 어쩔 수 없는 일이라고 자포자기 했는지 찬성하는 자가 나오기 시작했다.

참정 대신 한규설, 법부대신 이하영, 탁지부 대신 민영기는 끝까지 반대했다. 그러나 그들을 충신으로 취급하지 않는 것은 처음에 반대했지만, 체결이 되고 나서는 보다 더 친일적인 매국노 짓을 했기 때문이다. 참정대신 한규설(韓圭卨)만은 지속적으로 반대의견을 내면서 체결 이후 외부 압력으로 참정대신 자리를 떠날 수밖에 없었다. 학부대신 이완용이 처음으로 찬성했다. 찬성하면서 변명처럼 덧붙여 말했다. 일본의 요구는 현시점에서 당연한 대세인만큼 부득이한 것이다. 국력이 약한 우리나라가 일본의 요구를 거절할 수는 없을 것이다. 더 이상 감정이 충돌해서 사태가 더욱 악화되기보다 원만히 타협하는 것이 대한제국의 지위를 보전하는 길이다. 나라가 망했는데 무슨 지위의 보전인가. 이완용은 회의장에 오기 전에 황제를 알현하고, 어차피 이루어질 조약을 거부하면서 버티기는 어렵지만, 가급적이면 황제 폐하의 존엄을 지키고 지위를 그대로 승계하도록 하겠습니다 라고 했다. 그러자 고종은 고개를 끄덕이며 생각해 보더니, 그래도 황제의 존엄을 지키고 지위를 그대로 승계한다는 말에 안심하며 경이 알아서 하시오 라고 대답했다. 이완용이 찬성하자 눈치를 살피고 있던 내부대신 이지용이 찬성했고, 군부대신 이근택도 찬성하였다.

이완용(李完用)은 당대는 물론이고 후세에까지 가장 악랄한 친일 매국노의 대명사가 되어 전해졌다. 그것은 을사조약은 물론이고, 정미년 7조약, 그리고 1910년에 대한제국이 완전히 일본으로 넘어가는 합방이 이뤄지는 일까지 모두 나서서 서명해서 매국노 삼관왕이 되었기 때문이다. 이완용은 나하고 나이가 같은 1858년 생인데, 본관은 우봉이씨(牛峰李氏)이고, 호는 일당(一堂)이다. 이완용은 일본이 을미사변을 일으키며 왕비 민씨를 죽이고 조선의 영향력을 늘린 후 김홍집을 친일 내각에 임명했을 때, 춘생문 사건과 아관파천을 일으켰다. 춘생문 사건이란 1895년 11월 28일에 조선에서 일어난 사건으로 고종을 경복궁에서 구출해 춘생문 밖에 있는 미국 공사관으로 데려가려다가 실패한 사건이다. 후에 고종을 러시아 공사관으로 데려간 아관파천으로 이어지게 된다. 그는 고종과 러시아를 위해 일했으며, 독립협회에 합류해서 반청 운동에 가담했다. 처음 정치를 시작할 때는 충성스런 신하처럼 일을 했지만, 나중에는 매국노로 몰리면서 독립협회에서 제명당했다. 한동안 정계에서 은퇴하여 자숙하다가, 1904년에 러시아와 일본이 전쟁을 벌이자, 일본이 승리할 것을 확신하고 친일파로 돌아서서 본격적인 정치를 시작했다. 을사조약을 적극적으로 체결하였고, 고종의 강제 퇴위, 정미7조약, 기유각서, 한일합병 조약을 체결하는 데 앞장서서 했다. 그로 해서 그는 을사오적, 정미칠적, 경술국치 모두를 포함하는 친일 반역자가 되어버린다. 그렇게 되자 그는 영원히 매국노의 대명사로 남게 되었다.

내부대신 이지용(李址鎔)은 1870년에 태어나서 을사조약 대신들 중에 35살로 가장 젊은 사람이었다. 그는 전주 이씨 왕족으로 고종 임금이 그의 5촌 당숙이다. 1887년 문과에 급제하여 1895년 동학 농민 봉기가 있은 다음 해에 일본을 유람하며 견문을 넓혔다. 경상도 관찰사와 황해도 관찰사를 했으며, 궁내부 협판을 하다가 1901년 주일 공사가 되었다. 1903년부터 일본측과 협상하는 친일자로 변신하면서 1904년에는 하야시 곤스케로부터 1만 엔(십만 냥)을 받고 한일의정서를 조인하는 데 협력했다. 법부대신, 판동년부사 등의 벼슬을 거쳐 1905년에 내부대신이 되어서 을사조약에 찬성했다. 한일합병 조약 체결 이후 일본 정부로부터 훈1등 조선 귀족 작위를 받고 조선총독부 중추원 고문에 임명되기도 하였다. 이 사람은 사후인 2002년 민족정기를 세우는 국회모임이 발표한 친일파 708인 명단에 들어갔고, 2008년에 민족문제연구소에서 발행한 친일인명사전에 수록되었으며, 대한민국 친일반민족행위진상규명위원회에서 발표한 친일반민족행위 195인 명단에 들어갔다. 그런데 사실 나의 사후에 일어난 일은 별로 관심이 없어 그 사람에 대해서는 이쯤에서 접는다.

박제순(朴齊純) 외부대신은 나와 나이가 같은 1858년생이며, 과거 급제 후 외교관과 이조, 호조 참의, 이조 참판, 형조 참판을 지냈다.

충청도 관찰사에 재직하고 있을 때 동학 농민 항쟁이 일어났는데, 당시 청나라, 일본군, 그리고 경군(京軍) 등과 함께 동학군을 진압하는데 공을 세웠다. 대한제국에서 내각총리대신 서리, 내각총리대신 등을 하였고, 을사조약 체결 당시 외부대신이 되어 참여했다. 젊었을 때부터 대머리가 좀 까지고 콧수염을 즐겨 길렀다. 글씨를 매우 잘 썼으며, 성리학 지식이 밝아서 유림의 태두로 대우받기도 하였다. 그림도 잘 그려서 사람들이 그의 그림 한 장 얻으려고 줄을 서기도 하였다. 내부대신으로 1910년 한일병합에 서명한 뒤, 일본 정부로부터 훈1등 자작 작위를 받았고, 조선총독부 중추원 고문에 임명되었다. 10만 원의 은사 공채를 받았고, 정4위에 서위되었다. 을사조약 이후 노상에서 여러 차례 총격을 받았으나 명이 길었는지 살아남았다가 1916년 갑자기 병이 들어 죽었다. 그 역시 사후에 친일반민족자 명단에 골고루 들어가 있다.

이근택(李根澤) 군부대신은 1865년생으로 전주 이씨이며 성종의 제11왕자 경명군의 후손이다. 임오군란 당시 장호원으로 피신한 왕비 민씨에게 싱싱한 생선을 올린 일로 민씨의 눈에 들어 발탁이 되었다. 갑신정변 무렵인 1884년에 무과에 급제하여 단천부사, 길주목사 등을 지냈고, 충청도 수군절도사와 병조 참판을 지냈다. 친위연대 제3대대장으로 있을 때 무슨 연고였는지 정부 전복을 음모하다가 제주도로 귀양갔다. 왕비 민씨의 배려로 다시 돌아와 한성판윤, 의정부 찬정 등을 거쳐 1905년에 군부대신으로 있으면서 을사조약에 서명했다. 이근택이 을사조약 문건에 도장을 찍은 다음 집에 귀가해서 집안 사람들에게 말했다. 우리 집안은 이제 부귀가 크게 시작될 것이다. 장차 무궁한 복과 즐거움을 누릴 것이다 라고 했다. 집안 권속들은 기뻐하였으나, 부엌 일을 하는 하인이 고기를 썰다가 그것을 들고 칼을 도마에 치며, 자신이 역적에게 몸을 의탁하였다고 소리치고 뛰쳐나갔다. 바느질하는 하녀도 똑같이 꾸짖고 나갔다. 이근택이 대궐에서 돌아와 부인에게 내가 다행히 죽음도 면했소 라고 말했다. 그 말을 듣고 여자 종이 부엌에서 칼을 들고 나와, 당신이 대신까지 되었으니 나라의 은혜가 얼마나 큰데 나라가 위태로운 판국에 죽지도 못하고 도리어 다행히 살아났다고 하십니까? 내가 힘이 약해서 당신을 반토막으로 베지 못하는 것이 한스럽습니다 라고 말하고 나가버렸다고 하였다. 이 말은 황현이 쓴 매천야록에 나오는 말로 그게 사실인지 황현이 지어낸 말인지까지는 나도 모르겠다. 그런데 황현도 선비인데, 할 일 없이 일부러 그런 이야기를 지어낼리는 없고 어디선가 들은 말일 것으로 추측한다.

　농상공부대신 권중현(權重顯)은 1854년 생으로 충청도 영동현 사람이다. 본관은 안동 권씨고, 호는 경농(經農)이다. 개화파 관료로 갑오개혁에 참여했고, 독립협회 일을 보기도 했으나, 후에 친일 행보를 보였다. 경술국치 이후에는 중추원 고문이 되었고, 자작 작위를 받았다. 을사조약 체결 이후 민족 반역자가 되어 결사조직의 암살 기도를 여러 번 당했다. 출퇴근 때도 일본군의 호위하에 돌아다녔는데, 죽을 때까지 암살범의 습격을 받아서 도망치면서 목숨을 연명했다고 한다. 권중현은 턱수염을 즐겨 길렀는데, 자주 턱수염을 쓰다듬으며 다듬는 습관이 있었다. 하루는 의자에 몸을 기대고 앉아 턱수염을 쓰다듬고 있었는데, 그보다 상관인 판서가 들어와서 째려보다가 아랫놈이 턱수염을 쓰다듬고 몸을 젖히고 방자하게 앉아 있다고 야단을 맞았다. 그 이후 그는 사람을 만날 때는 먼저 그 사람이 자기보다 나이가 많은지, 벼슬이 높은지 미리 알아내고 턱수염을 만질 때는 조심하였다고 한다. 이 자도 당연히 사후에 각종 민족반역자 명단에 올라있다.

다시 계약 현장으로 돌아와서 상황을 보기로 하자. 오후 11시가 되면서 밤이 깊어지자 이 사태를 참지 못한 한규설이 뛰쳐나가 고종에게 가서 보고 하려고 했으나, 둘러싸고 있던 일본군에 의해서 감금되었다. 3시간이 지나도 나간 한규설이 돌아오지 않자 각료들은 그가 죽은 것으로 알았다고 하였다. 그만큼 분위기가 살벌했던 것이다. 그 일은 곧 다른 각료들에게 자신의 생명도 어느 순간 끊어질 수도 있다는 위기감을 몰고 왔다. 하루가 지나면서 18일이 되자 그동안 반대했던 농상공부대신 권중현이 조약문 수정을 전제로 해서 찬성했다. 외부대신 박제순은 황제의 명이라면 어쩔 수 없다고 하면서 황제에게 책임을 돌리고 찬성했다. 그렇게 해서 여덟 명의 대신 가운데 세 명이 반대하고, 다섯 명이 찬성해서 과반수 찬성을 획득했다. 조약 날짜는 18일 새벽 1시에서 2시 사이였다. 수정된 조약문은 대한제국이 부강함을 인정할 수 있을 때까지라는 전문과 통감은 대한제국 내정에 간섭하지 않는다는 단서가 들어갔다. 그리고 황실의 존엄을 인정한다고 하였다. 국새와 외부대신의 도장이 있어야 하는 조약이었으나, 고종이 국새를 잊어버려 찾을 수 없다는 핑계를 대고 감추는 바람에 날인 서명에 외부대신 박제순의 도장만 찍히고 황제의 사인이나 국새는 찍히지 않았다. 이 국새 날인 문제로 훗날, 물론, 내가 죽고 나서의 일이지만, 부당한 조약이라는 점에서 국제 여론을 불러일으키는 데 도움을 주기는 했으나, 나라가 망한 판국에 그런 형식적인 일은 아무 의미가 없었다. 그리고 이토 히로부미가 대신들에게 했던 약속, 그 토의 내용을 비밀로 한다거나, 누가 찬성하고 누가 반대했느냐는 것을 비밀로 한다는 것도 지켜지지 않았다. 기밀서류로 분류한다는 것이 다음날 바로 세상에 공표되면서 누가 반대하고 누가 서명한 것인지 이름이 분명하게 공표되었다. 5개 조약 내용은 다음과 같다.

1. 일본국 정부는 재동경 외무성을 경유하여 대한제국의 외국에 대한 관계 및 사무를 감리, 지휘하며, 일본국의 외교대표자 및 영사가 외국에 재류하는 대한제국인과 이익을 보호한다.
2. 일본국 정부는 대한제국과 타국 사이에 현존하는 조약의 실행을 완수하고 대한제국 정부는 일본국 정부의 중개를 거치지 않고 국제적 성질을 가진 조약을 절대로 맺을 수 없다.
3. 일본국 정부는 대한제국 황제의 궐하에 1명의 통감을 두어 외교에 관한 대한제국 황제를 친히 만날 권리를 갖고, 일본국 정부는

대한제국의 각 개항장과 필요한 지역에 이사관을 둘 권리를 갖고, 이사관은 통감의 지휘하에 종래 재대한제국(在大韓帝國) 일본 영사에게 속하던 일체의 직권을 집행하고 협약의 실행에 필요한 일체의 사무를 맡는다.
4. 일본국과 대한제국 사이의 조약 및 약속은 본 협약에 저촉되지 않는 한 그 효력이 계속된다.
5. 일본국 정부는 대한제국 황실의 안녕과 존엄의 유지를 보증한다는 것을 주요 내용으로 한다.

이 이후 일본은 제2차 한일협약을 체결해서 대한제국 내의 공사관들을 모두 철수시키고 대한제국 안에 통감부를 설치하여 초대 통감으로 이토 히로부미를 취임시켰다. 일본국은 대한제국을 보호국으로 한다는 명분이지만, 식민지 하려는 전 단계의 작업이라는 것을 국내외 모든 사람들이 알고 있었다. 그 후에 한일신협약이나 기유각서 등이 이완용 내각과 일본 통감부 사이에 체결되었다. 그리고 결국 융희 4년(1910년) 한일병합조약이 체결되면서 대한제국은 멸망하게 된다. 내가 죽은 다음에 멸망하지만, 멸망에 대한 예측은 미리 한 바 있어서 새로울 것이 없는 사실이다. 식민지를 위한 단계적 수순을 밟고 있는 이토 히로부미의 생각은 과거 타이완을 식민지하면서 얻은 교훈 때문이었다. 청일전쟁으로 승리한 일본은 요동 반도와 타이완을 가지려고 했다. 요동 반도는 삼국간섭으로 토해냈으나 타이완은 식민지로 했다. 그런데 타이완에 초대 총독으로 간 해군대장 가비야마는 타이완 시민들이 봉기하자 당황했다. 중국의 작은 성(省)에 해당한 한 도시로 얕보았는데, 전 국민이 들고 일어났던 것이다. 어느 정도 대비는 했지만, 전 주민의 봉기는 커다란 손실을 가져왔다. 타이완 주민은 넓게 보아서 중국이지만, 다른 한편으로 보면 과거 네델란드의 식민지였을 때 정성공(鄭成功) 장군의 힘으로 독립을 쟁취했다. 중국말을 사용하는 중화족인데도 불구하고 반 대륙적인 특성을 가지고 있었다. 정성공을 국조로 보며 독립된 나라로 유지했다. 그러자 청나라 강희제가 섬을 공격해서 중국 대륙에 귀속시켰다. 귀속은 되었으나 민족이 가지고 있는 특성은 변하지 않아서인지, 식민지를 탈피하기 위해 봉기했다. 일본군은 주민을 제압하는 과정에 약 7만 명을 죽여야 했다. 그렇게 죽이다 보니 일본군의 희생도 커서 약 2만 명의 일본군도 죽었다. 당시 타이완 인구는 약 2백만 명으로 조선의 인구 십분의 일에 해당했다. 조선 인구가 2천만 명이니 그런 비례로 따졌을 때 만약 조선 국민이 타이완처럼 모두 들고 일어난다면 약 70만 명을 죽여야 하고, 일본군 병력도 약 20만 명이 희생당해야 한다. 그렇게 되면 조선을 식민지로 얻는다고 해도 망하는 꼴이다. 그래서 국민들의 봉기를 잠재우기 위해 점진적으로 지배했다. 을사조약 2년 후에 체결된 정미조약도 사실 이토 히로부미의 완화조치의 일부라고 보여진다. 정미년에 일곱 명의 대신들을 들러리로 세우고 이토 히로부미는 일곱 가지 조약을 세웠는데, 그 내용은 대한제국의 군대 해산, 사법권의 위임, 경찰권의 위임, 관리 임명권 등을 체결했다. 대한제국의 내정에 대한 모든 권한이 상실되면서 실질적인 식민지 상태가 되었다. 이러한 것 또한 이토 히로부미의 전술이었다고 봐야 한다. 실제 병합을 해서 총독부를 두었을 때는 오히려 조용했다. 조용했다기보다 을사조약을 하고 통감부를 두었을 때보다 덜 분노했던 것이다. 아마도 조선 백성이 포기한 상태에서 식민지가 되니 덜 화가 났던 것일까.

을사조약이 알려지자 저항이 일기 시작했다. 최익현은 상소를 올려 황제에게 중국 자금성이 함락되었을 때 명나라 마지막 황제 숭정제가 나무에 목을 매고 자결한 것같이 순교할 각오도 없다고 공박했다. 황제 보고 차라리 나무에 목을 매고 죽으라고 한 말이나 마찬가지였다. 평소 같았으면 대역죄로 목이 달아날 일이었지만, 상황이 그러하니 황제로서는 어떻게 할 도리가 없었다. 최익현은 을사조약에 서명한 다섯 명의 대신을 모두 처형할 것을 주장했으나, 황제가 직접 서명하지는 않았으나, 서명한 것이나 다름없이 방관했던 입장에 신하들을 탓하지 못하였다. 그 밖에 신하들과 유생들이 만국 공법을 거론하며 을사조약에 서명한 대신들을 공격했고, 총칼을 앞세워 체결한 그 조약은 무효라고 주장하며 그 부당성을 세계만방에 알리는 성명을 발표하라고 했다. 이에 고종은, 그대들의 말이 공분에서 나온 애국적인 것임을 안다. 그 충정은 이해한다 라고 말할 뿐 다른 조치를 취하지 못했다.

시종부 무관장 민영환이 자결했고, 갑신정변으로 처형된 홍영식의 형인 홍만식도 독약을 먹고 목숨을 끊었다. 학부지사 이상철, 평양 진위대 김봉학, 경영관 송병선이 자결했다. 나철, 오기호 등이 암살단을 결성해서 을사오적 대신들을 죽이려고 암약했다. 나철이 지휘하는 암살단이 권중현을 저격했으나 실패했다. 전 참판 민종식이 일으킨 의병이 홍주성을 점령하였고, 다른 의병들이 사방에서 거병했다. 을사의병대들이 지방 수령 군수를 정복하는 일이 빈번해졌다. 을사 의병이 일어나면서 항거는 불꽃처럼 번졌다. 그 후에 고종 황제가 헤이그 국제회의에 밀사를 보내면서 터진 황제 퇴위 소동과 대한제국 군대 해산이 정점이 되면서 의병은 크게 번졌는데, 그때 나도 2차 거병의 기치를 내걸고 일어섰다.

**5**

그렇지만 의병을 소집하는 일은 쉽지 않았다. 우리 함께 싸우자, 모여라 한다고 모이는 것이 아니었기 때문이다. 이 무렵 의병을 소집하는 방법으로 지인들을 통한 점조직을 이용하는 수가 있고, 지휘관으로 활동했던 제장들에게 연락해서 한때 데리고 있던 사병들이나, 영향력하에 있는 자들을 규합하는 방법이 있었다. 그 밖의 방법으로 지방의 토족들의 동태를 파악하고 있는 향교를 이용하기도 하였다. 의병 모집을 주도한 의병장이 향교에 통문을 낸다. 통문을 내면 향교의 임원이 소집 의병을 안내하여 대상이 되는 토족의 집을 찾아 통문을 보이고 해당자를 지정된 장소에 모이게 한다. 여기에 불응하기도 하는데, 불응하는 자는 처벌하겠다고 협박하지만, 그것이 잘 지켜지지 않는다. 실제 공권력이 없기 때문에 정부에서 징집하는 것같이 의무 상황이 아니다. 갈 수도 있고 안 갈 수도 있는 것이 그들의 권리였다. 여기서 가장 중요한 것은 의병장이 누구인가 하는 점이다. 대장이 마음에 들면 모였고, 그가 마음에 들지 않으면 안 갔던 것이다. 나에게 있어 한때 의병으로 활동하면서 내 밑에서 싸웠던 의병들이 상당수 있었던 것은 틀림없다. 그러나 이미 십 년이란 세월이 흘러 그들의 나이도 들었고, 더러는 결혼해서 가족이 생긴 경우도 있었다. 은근히 기대하는 것은 털보 강민호가 데리고 있는 동학군부터 을미년 의병까지 싸웠던 무리들이다. 털보에게는 2백 명의 정예 의병들이 있었지만, 십 년이란 세월이 흐르면서 그들도 나이가 들었을 것이다. 나이가 중요한 것이 아니라 세월이 흐르면서 사람의 마음도 바뀌었을 것이다. 나라를 위해 목숨 걸고 싸웠지만 나라 꼴은 별로 나아진 것 없이 그 모양 그 꼴이니 그들이 볼 때 다시 모여 목숨 걸고 싸울 의지가 있을지 의문이다. 그리고 내가 다시 털보에게 연락해서 그 의병들을 데리고 오라고 하기에는 나 역시 염치가 없어 도저히 하기 어려웠다. 물론, 내가 의병을 조직해서 싸우는 과정에 소문이 나서 그가 알고 온다면 모르겠다. 그리고 그 역시 의병장의 자격이 있어, 나에게 귀속되기보다 털보 자신이 의병 무리들을 이끌고 잘 싸울 수도 있다.

그래서 모병은 어느 기간이 정해져 있거나, 어느 한 순간에 군사가 모병이 되어 세력을 갖는 일은 힘들다. 다만, 정미의병처럼 대한제국 군대가 해산되면서 군사로 있었던 조선인 군인들이 모여든 경우가 있다. 대한제국 군대 지휘관이었던 민긍호가 모이라고 하자 3천여 명이 결집했다고 하였다. 그래서 그가 모집한 군사가 1만 명이 넘어섰다는 말이 있다. 더구나 군부대 무기고에서 무기를 대량 획득한데다, 3천여 명의 군사들이 모두 자신이 휴대하는 총기를 그대로 가지고 이탈했다. 의병들이 갑자기 소집될 경우 가장 어려운 일이 무장하는 일인데, 이 경우에는 그것이 해결되었다.

나는 작년부터 의병을 모집했다. 내가 모집한 의병의 수가 수십 명에 불과했지만, 나는 그들과 함께 단양 산중으로 들어가서 군사의 수를 늘리는 일, 무기를 획득하는 일을 준비하고 있었다. 단양 산중이라고 했지만, 소백산을 중심으로 뻗친 산맥을 이용하고 있었던 것이다. 김상태의 뜻에 따라 우선 그와 연고가 있는 곳부터 시작하기 위해서였다. 11월이 되면서 날씨가 추워지자 군사를 기동하기 어려워 겨울철 쉬면서 세력을 키우기로 했다. 누구로부터 소식을 들었는지 산중의 나를 찾아온 뜻밖의 손님이 있었다. 그는 왕비 민씨가 있을 때는 그녀의 영향력으로 권세가 대단했던 사람이었다. 한때 판서까지 지낸 대신 출신인데, 내가 선전관으로 있을 때부터 궁내부에서 근무하던 그와 잘 알고 있었으나, 왕비 민씨의 세력을 믿고 너무 설쳐대어서 별로 마음에 들어하지 않았던 심상훈이었다. 그는 하인 두 명을 데리고 왔는데, 몸종이 지고 있는 지게에 물건이 잔뜩 담겨있었다.

"오래간만입니다. 대감님."

그가 왜 여기까지 왔는가 하는 생각에 나는 약간 어리둥절했다. 그도 나이가 들어 머리가 하얗게 쉬어 있었고, 몸이 바짝 마르고 얼굴이 쭈그쭈글 주름져 있었다. 이런 산속에 오느라고 힘들었을 것으로 생각하고 나는 우선 그를 움막에 안내하고 상석에 앉게 했다. 멍석을 깔아놓은 자리에 앉더니 헛기침을 두어 번하고 말했다.

"운강 공, 이런 곳에서 고생이 많구려,"

"나라가 존망의 위기에 있는 이때에 제 개인의 고생이 무슨 대수입니까?"

그는 김옥균이 갑신정변을 일으켰을 때 왕비 민씨의 편에 서서 청나라 군사를 불러와야 한다고 민씨에게 말하고 그 일을 맡아 했던 인물이었다. 그래서 만약 여기에 털보가 있었다면 그를 때려죽이려고 했을 것이다. 심상훈이 하인이 지고 온 물건을 내려놓게 하고는 말했다.

"이건 말요. 보잘 것 없지만, 장군이 겨울철 소용이 된다면 조금이나마 나라를 위하는 노고에 보답이 되겠다 싶어 가져왔소이다."

심상훈이 가져 온 것은 호랑이 모피 옷이었다. 호랑이 모피 옷은 매우 비싸고 구하기도 힘든 귀중품이었다. 그러나 나는 사양하면서 말했다.

"대감께서 이 비천한 몸을 마다 않고 이렇게 후한 물건을 주니 극히 황감하오나, 군사들이 춥고 굶주려서 거의 죽게 되었는데, 강년 혼자

만이 이 물건을 사용한다면 천지 신이 어찌 나를 벌주지 않겠습니까. 감히 사양하오니 도로 가져가시지요."

"그래도 여기까지 가져왔는데 받으시오."

"안 됩니다. 받을 수 없으니 가져가시지요."

"그래도, 이거 비싼 것인데."

"비싼 물건을 탐하는 다른 사람에게 주십시요."

"알겠소. 역시 운강 공은 옛날이나 지금이나 똑같이 결벽한 사람이군요."

"제가 사양하는 일을 너무 고깝게 생각 마시오. 그래도 이 추운 곳까지 오셨는데 차라도 한잔 마시고 가십시요."

"그럽시다. 차나 한잔 얻어 마시고 가겠소."

나는 종사로 있는 큰아들 승재에게 녹차를 한잔 끓여 올리라고 했다. 그는 차를 마시면서 현재의 왕궁 내부의 위축된 분위기를 설명하려고 했지만 모두 알고 있는 정세에 대해서 나는 듣고 싶지 않아서 다른 화제로 돌렸다.

"요즘 갑자기 도로 확장 공사가 여기저기서 일어나고 있다고 하는데, 무슨 다른 변고라도 있습니까?"

"변고는 무슨 변고겠소. 나는 요즘 나라 일에는 상관하지 않고 그냥 개인적으로 황제를 가끔 알현하는 일밖에 없소. 신작로를 만드는 것은 왜놈들이 군사와 물자를 만주로 실어 나르기 위해 닦고 있는 군사 도로이지 뭐요."

제10장 2차 거병(擧兵)

"군사 도로는 이미 기차선로로 확보했잖아요? 이미 부산에서 평양까지 기차선로가 완성되었다고 한 것 같은데요?"

"평양까지가 아니라 의주까지 완성되었고, 의주에서 압록강을 건너 단둥은 물론이고 봉천, 하얼빈까지 연결이 되었다고 합니다."

고종 9년(1882년) 일본을 다녀온 김옥균이 치도국(治道局)을 설치해서 도시 산업화를 이끌어야 한다고 주장했다. 도로는 사람의 몸에 비유하자면 핏줄과 같은 것이다. 때문에 도시와 도시 사이에 도로를 건설해서 잇는 것은 매우 중요하다고 주장했다. 그런데 그것이 이십 년이 넘은 세월이 흘러 1906년 4월에 시정개선이라는 명목으로 일본 흥업은행에서 유치한 차관주를 자금으로 통감부에 의해 설치되었다. 각 도에서는 치도공사를 설치하고 도로건설을 착수했다. 이 치도국 설치는 조선의 도시 간 산업 발전을 위한 것이 아니고, 조선의 물자를 효과적으로 착취하기 위한 작업이었다. 특히 조선 쌀의 대일 수출로서 종관철도의 정책에 따른 동서 연결 도로의 건설 지역과 일치하고 있었다. 강원도를 비롯한 오지에 철도를 놓는 것은 승객의 수송이나 해안과 내지 간의 원활한 교통망 확충이 목적이 아니라 해산물과 산림 목재 등의 물품을 일본으로 가져가기 위한 교통의 필요성 때문이었다. 이때부터 일본은 조선의 쌀을 실어 일본 본토로 옮겼는데, 형식은 수출이라고 하면서 정식 절차를 밟았지만, 이중적인 수법을 사용해서 조선 쌀을 탈취하는 것과 다름없이 했다. 일본 자본가들을 대거 불러들여 조선의 농토를 싸게 매입해서 직접 쌀 농사를 지었고, 나중에는 동양척식주식회사라고 하는 국책회사를 만들어서 쌀을 사들이고 농토를 사들였다. 그리고 조선 쌀에 대한 가격을 동결해서 아주 싼 가격에 사서 일본으로 수출했다. 일본 쌀이 조선 쌀에 비교해서 세 배나 비쌌다. 그렇게 되자 가격 차로 일본 미곡상들이 영업이 되지 않아 모두 죽게 생겼다고 하면서 전체 농민들과 미곡상들이 들고 일어나 농성을 벌이기도 하였다. 조선에서는 농지가 늘어나고 생산성이 향상되면서 양곡이 두세 배 늘어났지만, 농민들의 삶은 더욱 핍박해지고 굶는 농민의 수가 더욱 많아졌다. 그것은 미곡 가격을 동결한데다 동양척식회사에서 상당량의 농토를 점거하고, 일본인 지주들이 늘어남에 따라 실제 조선의 농민들에게는 혜택이 돌아가지 않았기 때문이다.

"왜놈들은 분명히 만주까지 먹으려는 것입니다. 지금은 러시아 때문에 대놓고 쳐들어가지는 못하지만 언젠가는 공격할 것입니다."

"만주는 우리가 알바 아니지만, 우리나라가 걱정이외다."

"그래서 우리가 이렇게 싸우지 않습니까? 아무리 작고 가난한 나라라고 하지만 전쟁다운 전쟁도 하지 못하고 나라를 빼앗길 수는 없잖습니까? 만주에 갔을 때 어떤 여걸이 저에게 한 말입니다만. 그래서 저는 전쟁을 하려는 것입니다."

"잘 부탁하오."

그렇게 잠깐 잡담을 하다가 일어난 심상훈은 산을 내려갔다. 그가 떠나고 이틀 후에 다른 지게꾼 여러 명이 양곡과 콩이며 채소, 겨울날 입을 두툼한 옷들을 지고 와서 부렸다. 심상훈이 보낸 것이다. 모두 군사들에게 필요한 것이라서 나는 그것을 받고 심상훈에게 고맙다는 인사를 전해 달라고 했다. 심상훈은 내가 호랑이 털옷을 받지 않고 군사들을 걱정했던 일을 황제에게 보고한 듯했다. 얼마 후에 황제로부터 칙서라고 하는 밀지와 군자금이 왔다. 그리고 나에게 도체찰사라는 직위를 하사했다. 도체찰사란 아래에 각도의 체찰사가 있어 군사를 지휘하는 임시직이었다. 그 자체의 벼슬 직급은 정1품 영의정 급이며 국가 변란이 클 경우에는 군사 통솔권을 부여받는 엄청난 직책이었다. 야전군 총사령관이라고 할 수 있는 직급이었으나, 현재 정세로 보아 효력이 없었다. 말하자면 다른 의병장들에게 파급 효과가 없고, 그들을 통솔하는 것은 불가능했다. 하지만 그렇게 예우해서 나를 인정해 준 것이 고마웠다. 이 일은 나에게 큰 용기를 주었다. 황제에게서 온 칙서는 간단했으나 다른 군사들에게 보여주자 모두 환호하며 만세를 외쳤다. 칙서의 내용은 다음과 같았다.

오호라, 짐의 죄가 크게 차서 황천이 돕지 않노라. 이로 말미암아 강한 이웃이 틈을 엿보고 역적 신하가 정권을 농락하여 사천 년을 내려온 종묘 사직과 삼천 리 넓은 강토가 하루 아침에 짐승의 땅이 되었도다. 나의 한 가닥 목숨은 아깝지 않으나 오직 종사와 백성을 생각하면 애통하기 짝이 없다.

이에 선전관 이강년을 도체찰사로 삼는다. 양가의 자제를 7도에 보내어 각각 의병을 일으키도록 권하고, 소모관(召募官)에 임명하라. 스스로 관인(官印)과 병부(兵符)를 만들어 쓰라. 만약 명령을 듣지 않는 자가 있으면 관찰사나 수령들이라도 먼저 베고 파직하여 처리하라. 그것이 경기(京畿)를 보전하는 한 가닥 희망이니 국가를 위하여 죽도록 일하라.

광무 11년 7월

그리고 황제의 옥쇄가 찍혀 있었다. 이 칙령은 경기도를 제외한 7도의 도체찰사의 직책을 부여한 것이다. 엄청난 병권을 주었으나, 당시의 상황이 그 직책이 전국에 미치지 못했다. 그리고 나는 그 직책을 남용할 생각도 하지 않았으며, 나의 군사 이외에 다른 사람에게 말하지도 않았다.

모병과 무기 획득 과정에서 나는 큰 부상을 입었다. 그것은 의병들을 찾아내어 일본 헌병대에 신고하는 친일 조직 때문에 벌어진 일이다. 일진회(一進會)라고 하는 조직은 1904년 8월 송병준과 독립협회 출신 윤시병, 유학주, 동학교 이용구 등이 조직한 대한제국 시기의 대표적인 친일적인 성격을 띠고 있는 단체였다. 처음에는 친목으로 시작되었으나, 나중에는 친일 매국 단체로 성격이 변하였다. 한성부에서 송병준이 일본군을 배경으로 '유신회'를 조직하였다. 그 이후 '일진회'로 회명을 개칭하고, 동학의 잔존세력을 조직한 이용구의 '진보회'를 매수하고 흡수하여 일진회에 통합하였다. 이후 회장 이용구와 송병준의 주도하에 1910년 대한제국이 일제에 강제 병합될 때까지 일본 군부나 통감부의 배후 조종하에 일본의 침략과 병탄의 앞잡이 행각을 했다. 일진회의 일진(一進)은 조선과 일본은 하나라는 뜻이다. 이 조직이 의병들의 상황을 일본 헌병대에 신고하였다. 신고하면 상당한 보상을 해주었기 때문에 건달처럼 빈둥거리던 일진회 회원들이 발벗고 나서서 그 일을 했다. 내가 단양 등지에서 의병을 일으켜 지금 제천과 원주로 가면서 의병을 모집하고 무기를 확보하고 있다는 보고가 올라갔다. 그러자 일개 소대 병력이 나를 잡기 위해 따라붙기 시작했던 것이다. 그 낌새를 채고 우리는 약 일백 명의 의병진을 다섯 무리로 분산해서 한 달 후에 제천 의림지 옛 성곽에 모이기로 했다. 이십여 명씩 분산해서 각기 다른 산길로 가면서 의병의 수를 모았다. 나중에 의림지에서 만났을 때 각기 백 명씩 모병하기로 했다. 그리고 누가 가장 많이 모병했는지 내기를 걸었다. 나는 아들 승재를 내 곁에 두지 않고 경험을 쌓으라는 뜻으로 무리 중에 한 무리를 맡겼다. 조장이 된 그는 호기있게 제일 많이 모병하겠다고 큰소리쳤다. 그를 떼어 보낸 것은 그에게 경험을 쌓게 하기 위해서이고 나의 보호를 받는 인상을 주었기 때문에 혼자 견디어 보라고 한 것이다. 그리고 스무 명이라는 적은 수지만 군사를 통솔하는 것도 경험해 보아야 했다. 그렇게 해서 나와 함께 남은 의병은 모두 노병이었다. 스무 명씩 조직을 만들어 모두 보내고 나서 남은 사람들을 살펴보니 노병들이 남았다는 것을 알았다. 다른 의병들이 떠나고 나서야 알게 된 노병들은 모두 허탈하게 웃으면서 우린 양로원이군 하였다.

그러나 아무리 노병이라고 하지만 거의 모두 포수 출신인데다 십 년 전에 동학군으로 활동했던 사람도 있고, 을미년에 의병으로 활동했던 다수가 포함되어 있었다. 하지만, 노병은 어쩔 수 없는지 모두 게을러서 식사 당번이 되면 불침번 당번이 되려고 했고, 불침번 당번이면 식사조로 들어가려 하면서 일을 피하려고 했다. 그러나 의병 숫자가 줄어들자 우리가 움직이기가 훨씬 편해졌다. 그리고 인연이 있는 지인의 집을 찾아서 유숙할 기회도 늘어났다. 지평 상동리 안기영의 집에 머물면서 포수 다섯 명을 의병 부대로 모병하면서 그중에 한 명인 변동식이라는 사람을 통해 춘천에 머물고 있는 의암 선생에게 편지를 보냈다. 모병 문제와 무기 수집에 대한 의견을 물었다. 횡성 경계 봉복사라는 절에 있을 때는 안동 진위대에 있었다는 장교 출신 백남규를 만났다. 절에 찾아와서는 나에게 넙죽 큰절을 하며 의병에 가담하겠다고 하였다. 그가 진위대 소속의 장교였다는 사실을 듣고 나는 반갑게 그를 맞이했다. 의병에서 부족한 것은 중간 간부의 빈곤이다. 진위대에서 지휘관으로 있었다고 해서 여간 반갑지 않았다. 그를 소대장으로 만들어주고 싶어서 민진호가 가지고 있던 소대장 별명을 그에게 주었다. 지금쯤 그 소대장 민진호는 러시아 블라디보스토크 해군 포병 중대 중대장으로 근무하고 있을 것이다. 이제 그는 소대장이 아닌 중대장이다. 그리고 의병이 아니라 러시아 포병 장교가 되었다. 무엇이 되든 그가 좋아하는 학생 성애와 잘 살았으면 싶었다.

강릉 봉평으로 갔다가 배양산을 향해서 오는 도중 춘천 가정으로부터 윤창호라는 청년이 의암 선생의 편지를 가지고 왔다. 편지를 열어 보니 나에게 경고하는 내용이었다. 무리하게 하지 말고 목숨을 소중히 여기라고 했다. 왜 갑자기 그런 말을 했는지 알 수 없었다. 그리고 지금 원주에 민긍호가 진용을 갖추고 있는데, 일단 그를 찾아가 만나서 무기를 나눠가지라고 했다. 민긍호 부대는 무기가 남아서 다른 의병부대에 나눠준다고 하였다. 무기를 얼마나 확보했기에 무기가 남아돈다는 것인지 이해되지 않았다. 물론, 진위대가 해산될 때 무기고를 점령하고 무기를 몽땅 확보했다는 말이 있었다. 그 말을 듣자 무기를 구하려고 일본군 병참부를 무리하게 공격할 필요는 없을 것이라는 생각이 들었다. 일단 원주로 가서 민긍호를 만나 앞으로의 작전을 상의할 생각을 하였다. 원주의 민긍호를 만난 다음 제천 의림지로 가서 동료 의병들과 회동하기로 했다.

민긍호는 여흥 민씨이다. 여흥 민씨라면 먼저 왕비 민씨를 떠올리는데, 민씨라고 해서 모두 권력의 하수인 같은 생각을 가져서는 안 된다. 왕비 민씨가 너무 권세를 휘둘렀기 때문에 생겨난 병폐이다. 그는 광무 원년에 진위대에 들어가 강원도 원주 고성 분견대의 정교(대대장 정도의 무관)로 지냈다. 군대 해산령을 내려서 원주 수비대를 해산하려고 하자, 나라에 병사가 없으면 무엇으로써 나라라 할 수 있는가. 군대를 거두라는 명령에 순종할 수 없다고 분개하여 약 3백 명의 부하 군사들을 이끌고 의병을 일으켰다. 먼저 부대 무기고를 습격해서 총포와 화약 등을 모두 획득했다. 원주 분견소에는 약 일만 기의 총기와 수십만 발의 탄약이 있었다고 한다. 그것을 모두 가져갔으니 엄청난 화력을 획득한 것이다. 민긍호는 일으킨 의병으로 원주 우편 취급소와 일본 경찰서 분소를 습격했고, 소문을 듣고 인근의 진위대 해산병들이 모여들어서 3천여 명의 군인이 모였다. 민긍호는 부대를 소단위로 편성해서 제천, 죽산, 장호원, 여주, 홍천 등지의 일본군과 유격전을 펼쳤다. 무기와 탄약을 가지고 있어서 일본군과 맞붙어도 밀리지 않았다. 내가 그를 만난 것은 팔월 초였다. 그보다 더 먼저 만날 수 있었으나, 내가 영춘 용소동의 어느 지인의 집에서 머물고 있을 때, 일진회의 밀고를 받고 추적한 일본군 소대 병력의 기습을 받았다. 깊은 밤에 기습을 받아서 백병전이 전개되기는 했으나 우리 의병 숫자도 적은데다 준비가 되지 못해 무너졌다. 안심을 해서인지 그날 따라 불침번을 세우지도 않았다. 잠을 자다가 깬 우리는 황급히 몸을 피하기 바빴다. 옆의 사람을 보호하거나 총기를 들고 싸울 겨를도 없었다. 총알이 비오듯이 날아오고 있었다. 문앞까지 다가온 일본군들은 누워있는 우리를 향해 대놓고 쏘아대었다. 소총들은 벽에 기대어 세워 놓았고, 장검은 잠자는 옆에 놓았기 때문에 나는 제일 먼저 장검을 빼들었다. 바짝 다가온 그들은 일본도를 빼들어 누워있는 사람에게 후려쳤다. 나에게도 세 명의 일본군이 칼을 들고 달려들었다. 나는 바로 앞에 있는 일본군의 가슴을 칼로 찔러 죽이고 그 옆에 다가온 일본병에게는 옆으로 몸을 돌리면서 후려쳤다. 두 명을 동시에 죽였으나 다른 자가 칼로 나의 허리를 베었지만 내가 몸을 돌려서 피했기 때문에 칼이 나의 엉덩이를 베고 지나갔다. 그리고 다른 일본군이 칼로 나의 한쪽 팔에 부상을 입혔다. 또 다른 일본병이 휘두른 칼에 얼굴이 찢어지는 부상을 입었으나 당시만 해도 전혀 느끼지 못했다. 엉덩이를 베고 팔에 상처가 났으나 아무런 느낌이 없었다. 더구나 얼굴에 칼이 스치면서 피가 얼굴에 철철 흘렀다. 나는 나를 벤 남은 두 일본병을 칼로 찔러 죽였다. 모두 죽였으나 방 안으로 뛰어든 일본병들이 총을 쏘아서 몸을 피하지 않을 수 없었다. 집을 빠져나와 숲으로 달아났다. 한참 벗어나서야 나는 엉덩이와 팔, 그리고 얼굴에 부상을 입었다는 것을 알았다. 도망나온 늙은 의병 한 명이 나의 몸에 흐르는 피를 보더니 당황하면서 옷을 찢어 싸맸다. 잘 보이지 않아 성냥으로 불을 켜서 들여다보더니 겁을 먹으면서 말했다.

"상처가 심해요. 어떻게 하죠?"

"불 꺼요. 왜놈들이 추적해 오고 있을지 모르니."

옷을 찢어 싸맸으나 피가 멈추지 않았다. 골짜기로 도망을 와서 조금 있자 다른 의병들이 하나 둘씩 보이기 시작했다. 미리 도망온 자들은 다치지 않고 멀쩡했다.

"대장, 갑자기 달려들어서 너무 급한 나머지 정신없이 도망쳤습니다. 대장을 보호하지 못하고 도망 나와서 미안합니다."

"아니야. 그럴 때는 도망 나오는 것이 상책이지. 나는 괜찮으니 걱정 마."

"부상이 심한데요? 의원을 만나야 하는데 어디 가야 있을지."

"아니야. 피를 멈추면 괜찮을 것이야."

조금 시간이 지나자 피는 멈추었으나 그때부터 극심한 고통이 엄습했다. 그러나 이런 고통쯤이야 참을 수 있다. 나는 속으로 다짐하면서 절대 신음소리를 내거나 엄살을 피우지 않을 것이라고 생각했다. 이 상처의 고통은 이 나라가 멸망하는 아픔보다 더 강할 수는 없다. 이까짓 거 죽기 아니면 살기지 뭐가 대단한가. 그렇게 생각하며 나는 어둠 속의 숲을 노려보았다.

## 제11장
# 백두대간(白頭大幹)에 구국의 총성이 휘날린다

**1**

 부상입은 나는 군사를 이끌고 전쟁에 돌입하지 못했다. 그리고 데리고 있던 의병들을 소수로 나눠 분산시켜 그들로 하여금 소모(召募) 지시를 내렸기에 서둘지 아니하고 부상 치료에 열중했다. 연고가 있는 지인의 집에 숨어 병 치료를 하면서 약 한 달 후에 약속했던 의림지 옛성에 도착했다. 미리 보고 받아서 알았지만, 의림지에 모인 의병의 수는 늘어나서 350명이 되었다. 나는 그들을 모아놓고 노고를 치하하는 연설을 하였다. 새로 부대에 들어온 의병이 모두 250명 되었는데, 그들 중에 포수 출신이 50여 명이고 나머지는 모두 농민이었다. 그중에 양반 유생들이 섞여 있었으나 그 수는 적었다. 공개적으로 신분을 밝히지 않아서 알 수 없었다. 또한 무리 중에 노비라거나 소위 쌍놈이라는 천민들도 섞여 있었으나, 그들 역시 신분을 밝히지 않아 정확히 알 수 없었다. 그리고 의병들의 신분은 점조직으로 되어 있어, 서로가 서로를 추천하는 형식으로 모집되어서 타인들은 잘 알 수 없었다. 이를테면, 아무 연고 없이 한두 명이 의병으로 들어오면 신분이 확인되지 않을 경우 받아주지 않았다. 왜냐하면 일본군의 첩자가 섞여 있을 가능성이 있기 때문에 부대를 보호하기 위한 조치였다. 마을 향교의 추천이 있거나, 이미 의병 활동을 하는 의병의 연고자거나, 포수 연맹 같이 함께 포수 활동을 한 동지들이어야 자격이 있다. 연관 관계가 없으면 의병이 될 수 없었다. 그리고 의병으로 들어오는 사람은 종사관으로 있는 기록관이 이름과 고향, 주소지, 연고자 이름까지 모두 기록해서 확인했다.

곧 있을 출전을 위해 잠시 쉬는 동안 신입으로 들어온 의병들에게 훈련을 시켰다. 훈련의 중점은 총기를 다루는 일이었다. 그들의 대부분이 총기가 없었으나 앞으로 구해서 무장시킬 것이기 때문에 총기를 휴대하지 않았다고 해서 대나무를 깎아 만든 죽창을 들고 싸우라고 할 수는 없는 일이었다. 더구나 그들은 평생 총기를 만져본 일이 없었다. 그런 자들에게 총기를 주면 저번에 동학 농민항쟁 때처럼 호기심으로 총구에 눈을 대고 들여다보며 방아쇠를 건드릴 수도 있었다. 전투 훈련과 더불어 농민들에게 사상교육을 시키기로 하였다. 사상교육이란 정신교육이라고 할까, 정확히 짚어 말하자면 애국심을 함양하는 일이었다. 전투가 벌어지면 사방에서 총알이 날아오고, 옆에 있는 아군이 쓰러져 죽는 것을 목격하면 겁을 먹고 도망친다. 그때는 살고자 하는 본능이 앞서서 애국심이나 나라 걱정은 없다. 그자들에게 담력을 키워주고, 애국심이 무엇인지 심어줄 필요가 있었다. 일본군들이 신입 전사를 훈련하는 과정을 보면, 먼저 애국심을 심어주기 위해 사용하는 것이 천황에 대한 충성심이었다. 천황을 위한다는 명분은 상투적이면서 선동적이어서 상당히 효과를 보고 있었다. 그리고 실제 전쟁에 참여한 신입자에게 기모다메시(膽力試驗)라는 경험을 쌓게 하였다. 담력 시험이란 전쟁에 참전한 신입병에게 하사관이나 상관이 신입자 앞에 적의 포로를 세워놓고 칼로 찌르라는 명령을 해서 사람 죽이는 일을 경험시키는 일이다. 포로에 끝나는 것이 아니고 적국의 민간인을 앞에 세워 놓기도 하고, 악질적인 상관은 여자를 강간한 후에 그 여자를 찔러 죽이라고 명령한다. 그냥 찔러 죽이는 것이 아니고 여자의 국부를 가리키며 그곳을 찌르라고 명령하는데, 신입자는 사람 죽이는 일에 겁을 내고 벌벌 떨며 그 짓을 못한다. 그러면 상관은 그 신입자를 죽지 않을 정도로 팬다. 그렇게 사람을 죽여 본 신입자는 다음부터 용감해진다는 것이 일본군의 전통적인 기모다메시였다.

  나는 부상을 치료하며 틈틈이 의병들의 정신교육을 위한 강의를 하였다. 그날도 저녁 식사를 마치고 나서 초대 통감이 된 이토 히로부미를 규탄하는 연설과 함께 그들이 떠받드는 천황의 존재 허구성과 일본 고대사의 허실, 그리고 중세기 전에 그들이 얼마나 야만적으로 살았는지 과거 그들의 족적을 이야기해 주려고 했다. 식사를 마치고 나서 참모들과 모여 차를 마시고 있는데, 군막 밖에서 말이 멈추면서 우는 소리가 들렸다. 초병이 참모 막사에 뛰어 들어오더니 거수경례를 하고 말했다.

"대, 대장님, 지금 오리 밖 초입 골짜기에 한 무리의 군사들이 와서 대기하고 있습니다."

"일본군인가?"

"일본군이 아니고, 관군인지 모두 조선 사람입니다. 언뜻 보아서 질서가 정연하고 훈련이 되어 있는 듯해서 관군으로 보입니다. 그런데 그중에 두 명이, 초병이 있는 우리한테 와서 물었습니다. 여기 의병장 운강 이강년 선생이 지휘하는 부대가 있느냐고요."

"관군인가? 군사들의 수는 모두 몇 명이던가?"

"눈짐작으로 정확히 알 수는 없지만 이삼백 명은 될 것으로 보였습니다."

"그들의 정체가 뭐라고 하던가? 의병진이라고 하던가?"

"그런 말은 없고요. 그냥 운강 의병진이 있느냐고만 물었습니다."

"그래서 뭐라고 했나?"

"없다고 했습니다."

"그러니까 물러가던가?"

"아뇨. 일단 들어와서, 의림지 진영에 가서 의병장을 만나고 가겠다고 하던데요."

"음, 누군지 모르지만 우리 의병진 진영일 수가 있겠구먼. 그래서 어떻게 했나?"

"그래서, 우리 중 다른 초병이 물었습니다. 당신들 관군이냐 의병 진이냐고요. 그랬더니 그건 알 필요 없다고 하더군요. 그러면서 조금 젊은 서양 놈같이 생긴 놈이, 머리도 짧게 깎고 콧수염을 활처럼 기른 데다 서양 군복 같은 이상한 옷을 입은 놈이, 아닌가 보다고 돌아가자고 하는 것을 나이가 쉰 살 정도 든 털보 놈이, 맞을 것이라고 하면서 더 알아보자고 했습니다."

"뭐라고? 털보라고 했나?"

"네, 얼굴이 털복숭이처럼 털로 덮혀 있었습니다. 꼭 살찐 원숭이나 고릴라 같은 놈이었습니다."

나의 머릿속에는 털보 강민호의 얼굴이 떠올랐다. 털보라면 그가 떠오르지 않을 수가 없는 일이다. 더구나 그는 얼마 전에 나를 찾아와서 2차 거병을 말하면서 의병 모집에 대해서 상의한 일이 있었다.

"두 놈이 대장을 만나고 싶다고 하는 것을 기다리라고 하고는 보고하러 왔습니다."

"그래? 지금 기다리고 있단 말이지?"

"다른 의병 부대인 것 같군요."

옆에 있던 다른 참모가 말했다.

"돌아가라니까 기다리겠다고 하는데 어떻게 합니까? 언뜻 보니까 모두 소총을 어깨에 메고 있고, 탄창도 허리에 잔뜩 차고 있는 것이 보통 군사들이 아닌 것 같았습니다. 일본군이나 관군이라면 군복이 통일되어 있을 것인데 군사들이 입고 있는 옷이 제각각인 것을 보면 다른 의병진 같기는 했습니다. 그래서 기다려 달라고 하고, 당신들의 이름을 말해 달라고 하자, 털보가 그냥 털보 부대가 왔다고 전해달라고 했습니다. 털보 부대라면 알 것이냐고 물으니까, 모르면 우린 돌아갈 것이고 알면 들어오라고 하겠지 라고 했습니다."

"알지, 알고 말구. 털보 부대가 왔구나."

나는 아이처럼 소리를 치면서 일어나서 막사 밖으로 나갔다. 참모들이 따라 나오면서 나에게 말했다.

"대장, 몸도 성치 않은데, 가지 말고 기다리면 올 것입니다."

"아니야. 내가 가서 맞이해야 예의지."

나는 말을 가져오라고 종사에게 말했다. 다른 참모 열 명이 모두 말을 타고 나의 뒤를 따라왔다. 초병이 안내하는 골짜기로 내려가자 그곳에 2백여 명의 군사들이 줄을 지어 서 있었다. 군사들의 열이 종과 횡이 정확히 맞고, 열중쉬어하고 있었는데 조금의 움직임 없이 군기가 들어 있었다. 앞에 서 있던 세 명이 앞으로 나서면서 나를 맞이했다.

털보 강민호가 틀림없었다. 나는 말에서 내려 털보와 포옹했다. 반가운 나머지 그의 얼굴이라도 부비고 싶었다. 털이 무성해서 꺼칠하겠지. 그래서 안 부빈 것은 아니지만, 애들처럼 너무 감격하는 것도 흠이 될 것 같아 참았다. 서른 중반으로 보이는 서양 옷차림의 사내가 내 앞에 오더니 넙죽 큰절을 했다. 처음에는 누군가 하고 자세히 보니 바로 소대장이었다. 소대장 민진호는 지금 강 목사의 작은딸 성애와 결혼해서 애를 둘씩이나 낳고 살고 있었다. 더구나 러시아 국적을 가진 블라디보스토크 해군사령부 포병 중대장이었다. 그가 이곳에 나타날지는 꿈에도 생각 못했다. 서간도 십리평에서 헤어질 때 보고 이제 11년 만에 만나는 것이다. 거리에서 그냥 지나쳤으면 몰라볼 정도로 그는 많이 변해 있었다. 옷차림도 낯설고 콧수염을 구렛나루로 기른 것부터 생소했다. 나는 그의 몸을 잡아 일으키고 품에 안았다. 마치 자식을 만난 것같이 반가웠다.

"소대장이구먼. 아니, 러시아 해군 포병 중대장이라고 했던가? 이제 중대장이라고 불러야 하겠군."

"엥, 아닙니다, 각하. 저는 각하 앞에서는 영원한 소대장입니다."

그의 말투는 나이가 들어도 변하지 않았다. 털보와 소대장과 인사를 나누고 있는 동안 옆에 서서 미소 짓고 있는 말쑥한 신사가 있었다. 그는 의성 민성규였다. 내가 그를 돌아보자 손을 내밀어 악수를 청했다. 한성에서 제중원(광혜원) 다음으로 큰 외과 의성병원 원장이었다. 몇 년 전부터 대구 약전 시장에 다니러 갈 때는 문경 가은의 내 집을 방문해서 하루 이틀 쉬고 가던 사람이었다. 그와는 다 같이 젊은 시절 선전관으로 함께 있었던 동기였다.

"털보와 소대장이 온 이유는 알겠는데, 의원인 의성 공이 여긴 웬일로 오셨소?"

"털보가 오자고 해서 왔소."

"여긴 전쟁터인데, 평온한 한성에서 환자 치료나 하지 위험한데를

오셨습니다."

"운강 공, 한성이 평온하다고 보시오? 천만의 말씀. 한성이야 말로 전쟁터요. 털보가 운강 공의 팔과 허리에 부상이 심하다고 해서 같이 왔습니다. 그래도 내가 조선 제일 외과 의사가 아니겠습니까?"

"그렇지요. 의성 공은 이십삼 년 전에 의금부에서 뒤틀린 내 다리를 고쳐 주었소. 그때 이미 일류 외과 의원이라는 것을 알았습니다."

"내가 외과 교습생 한 명을 데리고 왔습니다. 당분간, 육 개월 정도는 운강 부대에 머물며 훈련을 쌓으라고 했습니다."

"우리에게도 의원은 있습니다만."

"외과 전문의는 없는 것으로 알고 있습니다."

"전문의가 뭔지 모르겠지만, 어쨌든 그렇게까지 신경 써 주어서 고맙습니다. 한성에서 여기까지 와 주신 것만도 고맙습니다. 그런데 제자를 남게 한다고 하였는데, 이 은혜를 어찌 갚아야 할지."

"아니, 이것은 운강 공을 위한 일이 아니고, 우리 조국을 위한 조그만 성의라고 생각해 주십시오."

세 사람과 인사가 끝나자 나는 나의 참모들을 그들에게 소개해 주었다. 그리고 나는 도열해 서 있는 2백여 명의 털보 부대 의병에게 다가섰다. 소대장 민진호가 재빨리 앞으로 나오더니 도열해 서 있는 의병들에게 호령했다.

"일동 차렷."

모든 의병이 차렷 자세를 취했다.

"각하를 향해서 일동 경례."

소대장이 호령하자 일동이 경례를 올려붙였는데, 그 질서정연함이 이제까지 내가 본 부대 가운데 가장 완벽했다. 나는 경례를 받고 나서 그들 앞에 다가가서 한 사람 한 사람과 악수했다. 얼굴과 이름을 아는 사람도 있었고, 얼굴은 생각나는데 이름이 떠오르지 않는 병사도 있었다. 전에 만난 것은 떠오르지만 얼굴이나 이름이 생소해서 잘 기억나지 않는 사람도 있었다. 그들은 신입으로 털보 부대에 들어온 신병이거나, 전에 보았지만 내 기억이 부실에서 잘 기억나지 않는 경우였다. 어쨌든 상당히 많은 의병들을 나는 기억할 수 있었다. 그들과 12년 전에 헤어지고 나서 다시 만난 것이다. 거의 대부분 얼굴이 떠오르는 것으로 보아 어쩌면 당시 헤어진 2백여 명이 모두 모였는지 모를 일이다. 나는 감회에 젖으면서 그들 모두와 악수했다. 얼굴이 기억나는 병사에게는 말을 걸었다. 더러는 이름까지 불러주었다. 그리고 별명이나 이상한 행동을 해서 내 기억에 남은 병사에게는 그 말을 해주었다. 그러면 병사들도 어쩔 줄 몰라하며 좋아했다.

중간에 서 있는 양일순을 보았다. 그는 털보의 참모로 항상 털보의 곁을 지키는 왼팔이었다. 오른팔은 아무래도 소대장 민진호를 들 수 있을 것이다. 그를 처음 만난 것은 동학군에 참여할 초기부터였다. 동학군 전쟁이 끝나고 을미년 의병 봉기가 있을 때 그를 다시 만났다. 가을로 접어들던 어느날 영월 산중 골짜기에서 잠깐 산책을 하고 있었다. 그때 바람이 세차게 불며 내가 쓰고 있는 갓이 날아가려고 해서 한 손을 올려 그것을 잡았다. 그때 골짜기를 타고 내려온 한 줄기 바람이 더욱 강하게 몰아치며 바닥에 있는 낙엽을 몽땅 휩쓸고 날아오르게 했다. 동시에 골짜기에 서 있는 나무들이 모두 휘청하고 옆으로 쓰러지는 것이다. 내 몸이 흔들릴 정도의 강풍이 불었던 것이다. 그런데 바로 뒤에 따라오던 의병 한 명이 나에게 말했다.

"장군님, 저는 보았습니다. 장군님의 장풍이 이렇게 대단한 것을."

돌아보니 털보의 참모로 있는 양일순이었다. 소대장 민진호와 비슷한 또래의 젊은이로 항상 순진한 표정을 짓고 착해 보이는 청년이었다.

"방금 뭐라고 했나?"

"장풍을 일으키셨잖아요."

"내가 말인가?"

"네, 왜 숨기는지 모르지만, 손을 한 번 들어 손바닥으로 바람을 일으켰잖아요? 전쟁 때도 장풍을 일으키지 않으면서 이렇게 몰래 수련하는지 몰랐습니다."

"지금 무슨 말 하는 거야?"

"숨겨야 할 일이라면 저도 아무에게 말하지 않겠습니다."

"무슨 말인지 모르겠네. 내가 무림의 고수라고 생각하는 모양인데, 그건 털보가 그냥 한 말이야. 아직도 그 말을 믿고 있나?"

"네, 우리 털보 대장은 함부로 거짓말하는 분이 아닙니다. 장군님의 검술도 조선에서 따를 자가 없다고 하였습니다. 선전관으로 계실

때 검도 대련 대회를 했을 때 장원을 하셨다면서요?"

"그 말은 누구한테 들었나? 실제 내 검을 막을 자는 없었지."

"대장 털보가 그때 함께 선전관으로 있으면서 장군님과 대련을 했는데 자기도 패했다고 하면서 아무도 나서지 않아서 장군님이 장원했다고 했습니다."

"그건 맞는 말이지만, 칼 잘 쓰는 것은 내가 평소에 검술 수련을 게을리하지 않아서 잘하는 것 뿐이고, 나는 그 뭐야, 무림의 고수라고 하는 그런 사람은 아니야. 헛소문을 믿지 말게."

그렇게 말했지만 그 이후 그는 나의 말을 그냥 겸양의 말로 알아들을 뿐 실제 나를 무림의 고수로 보고 있었다. 지금 세월이 흘러 십 년이 지나갔는데 아직도 나에 대해 그런 생각을 하는지 궁금해서 물었다.

"양일순, 오래간만이다. 너도 나이가 들어 턱수염이 많이 났군. 장가는 갔나?"

"네, 결혼해서 아들이 하나 있습니다. 제가 이 전쟁에서 죽어도 제사 지내줄 놈은 만들어 놨습니다."

"그런가? 그런데 자네는 지금도 내가 무림의 고수로 생각하나?"

"네?" 하고 처음에는 반문하다가 말귀를 알아듣고 웃었다. 그러나 명확한 어조로 대답했다.

"네, 저는 장군님이 무림의 고수일뿐더러 우리나라 제일검이라고 생각합니다."

"난 장풍을 못하는데?"

"숨기지만 저는 보았으니 제 앞에서 거짓말하지 마세요."

웃으면서 대답하는 것이 장난으로 받아친 것 같았다. 지금도 나를 무림의 고수로 보지는 않았으나 내가 갑자기 질문하자 맞장구를 쳐주는 것이었다.

그렇게 모든 병사와 인사를 하고 나자 날이 어두워졌다. 우리는 털보 부대와 함께 의림지 옛성터 진영으로 올라갔고, 담당 참모에게 털보 부대의 숙소를 마련해 주라고 지시했다. 털보 부대에서는 숙소나 양곡 등 필요한 군비는 이미 갖추고 있어서 그들이 독자적으로 한쪽 산등성을 차지하고 새로운 군영을 차렸다. 털보 부대의 군영을 맞이하는 일로 해서 그날 밤에 하려고 했던 정신교육은 하지 못했다. 그 대신 다음 날 아침 조식을 마친 후에 털보 부대를 포함해 약 6백 명의 군사들을 모아 놓고 나는 강연을 하였다. 털보 부대가 군영을 마련하느라고 분주할 때 나는 대장 막사 안에서 민성규의 진료를 받았다. 얼굴에 상처난 것을 보고는 난색을 표하면서 성형하기 어렵다고 말했다. 그러나 엉덩이 부분과 허리, 그리고 팔은 제대로 봉합이 안 되었다고 하면서 재수술을 하여 봉합시키겠다고 하였다. 다시 수술해서 봉합하는데, 완치까지 한 달 걸린다고 했다. 수술에 들어가면 강연을 못할 것 같아 아침 강연을 마치고 오후에 수술에 들어가기로 했다. 연설의 시작은 내가 이미 초고를 마쳐서 발표할 준비를 하고 있었던 이토 히로부미에게 보내는 경고문이었다.

"내가 며칠 전에 이토 히로부미에게 경고하는 글을 작성한 일이 있는데, 그 글이 모두 한문이기에 이 글을 풀어서 읽어주겠으니 들어보시오.

이토 히로부미에게 경고한다. 너희들이 비록 오랑캐이지만 또 추장과 졸개가 있는 자이고, 백성과 나라가 있고, 여러 나라와 조약은 맺기도 하였다. 온 천하에 진실로 국가라는 것이 없다면 그만이지만, 임금과 신하가 있고, 임금과 신하가 있으면 의리를 중심으로 의가 있는 곳에 목숨을 바쳐 힘을 쏟는 법인데 너는 그것을 모르는가?

나의 나라와 너의 나라는 영토가 가장 가까워 교린의 우의가 없을 수 없다. 교린을 하고자 한다면 통상과 교역으로 충분하다. 무기를 들고 병사를 거느리고 무리를 모아들여 남의 왕비를 시해하고, 남의 임금을 능욕하고, 남의 정부를 핍박하고 남의 재정권을 약탈하고 남의 전통을 변질시키고 남의 옛 전장(典章)을 어지럽히고 남의 강토를 병탄하고 남의 백성을 죽이고 오히려 이것으로도 만족하지 못해 촌락을 불태우고 살육을 일삼으니, 마관(馬關) 16개 조약 속에 이런 구례(舊例)가 들어 있던가? 너의 나라 임금이 시켜서 그리하는 것이냐? 우리나라가 속국이 되기를 청원하여 초래된 일이더냐?

만약 조약이다 라고 말한다면 어찌하여 각국의 공관에서는 이러한 악습을 일삼지 않는데 너만 유독 미쳐 날뛰는가? 우리나라가 허락하였다고 라고 말한다면 어찌하여 두 세 명의 대신이 칼로 자결하고 다른 나라에서는 목숨을 바친 사람이 있겠느냐? 너의 나라 군장(君長)이

한 일이라고 말한다면 어찌 군대 십만을 동원해서 결사 항쟁하지 않겠느냐?

너의 나라에 있어서는 반드시 임금을 기만하여 처형당할 죄에 해당하며 다른 여러 나라에 있어서는 반드시 조약을 위반해 성토당할 죄에 해당된다. 우리나라에 있어서는 반드시 불공대천의 원수에 해당할 것이다. 너는 반드시 나 혼자 한 일이 아니다. 이완용, 송병준 등 오적(五賊), 칠적(七賊)인이 있어서 한 일이다 라고 말하겠지만, 이것은 또 그렇지 않다. 외국으로 도망친 신하의 주인이 되는 자는 원래 죄책이 있거늘, 하물며 남의 신하를 꾀어 남의 조정을 어지럽히고 남의 나라를 망하게 함이랴? 한나라 왕실의 왕망(王莽), 조조(曹操)나 송나라 진회(秦檜), 왕륜(王倫)을 역적이 아니라고 말하지 않지만, 금나라 오랑캐가 송나라를 우롱하니 죄가 오랑캐보다 더욱 심하다.

우리들은 군신의 대의와 충성과 반역의 경계에 대하여 적개심이 일어 가만히 있을 수 없기에 외마디 소리로 불러일으키자 전국에서 모두 호응하니, 공적으로나 사적으로나 백 번 싸워 백 번 승리할 계책이 있으며, 재앙이 되건 복이 되건 간에 오로지 지키다가 한 번 죽을 맹약이 있다.

바다를 에워싸고 산을 연하여 총과 칼이 유달리 날카롭나니 너와 내가 싸운다면 비린 피가 내를 이루리라. 만약 시일이 지나간다면 한 명의 병사도 살아 돌아가지 못할 터이니 너는 잘 생각해서 후회가 없도록 하라.

여기까지입니다. 최근에 어느 촌락을 지나다가 남의 밭을 지나가는 전신주를 보았습니다. 밭에 전신주만 지나간 것이 아니고 신작로도 닦여 있었습니다. 일본군이 군수 물자를 운반하려고 만든 신작로이고 군대 연락망의 전선이 이어진 전신주였습니다. 그 밭 주인에게 물었습니다. 어떻게 당신의 땅에 이렇게 마음대로 전신주를 박고 신작로를 냈느냐고. 그랬더니 그 밭 주인이 괜찮다고 했습니다. 일본군이 와서 돈을 주면서 그 돈은 천황이 내린 하사금인데, 밭을 제공한 댓가를 지급하라는 천황의 지시를 받아 내놓는다고 하면서 주었답니다. 그러면서 일본 천황은 너그럽고 도량이 넓은 사람인 듯하다고 말하는 것을 듣고 나는 깜짝 놀랐습니다. 일본 천황의 존재는 일본인에게는 절대자이며 신과 마찬가지 존재입니다. 좋은 일은 모두 천황의 지시라고 하면서 일본 백성을 세뇌시키고 있습니다. 반대하던 일도 천황의 뜻이라고 하면 모두 승복하는 추세입니다. 오래 전부터 천황을 그런 식으로 이용했던 것입니다. 그것을 남의 나라 백성까지 그런 식으로 하고 있었던 것입니다. 물론, 모든 밭 주인에게 돈을 준 것은 아니고, 극히 일부 밭 사용료를 주면서 일본 천황 운운하는 것이 얼마나 기만적인 일입니까? 천황이란 어떤 존재일까요? 우린 그 진실과 허구를 알아야 합니다.

일본의 이런 허구의 시작은 역사 왜곡에서 시작되었습니다. 일본의 역사 왜곡 시작은 서기 720년에 썼다고 하는 일본서기(日本書紀)부터 시작됩니다. 천황의 존재는 일본서기에 많이 나오는데 상당히 많은 기사가 허구입니다. 그래서 일본 천황은 믿을 수 없는 존재입니다.

일반적으로 국조는 신화로 치장하는 것이 보통인데, 천황의 경우도 천손 사상으로 치장했습니다. 이 사상은 곧 우리나라 국조 단군의 천손 사상을 옮긴 것으로 볼 수밖에 없습니다. 우리 단군 국조는 약 5천 년이란 긴 세월의 과거에 중국의 국조라고 하는 요임금과 비슷한 시기에 탄생했습니다.

우리나라 고대사에 대한 사서는 거의 모두 사라지고 없다고 하지만, 필사본으로 발견된 환단고기(桓檀古記)나 규원사화(揆園史話) 등을 보면 단군의 역대 왕조 기록이 나옵니다. 환단고기의 필사본 중에 그 시대의 기록이라고 볼 수 없는 문화라는 말이 나오거나, 인구가 1억 명이 넘는다는 과장된 기록이 현실성이 없는 첨삭 허구라고 판단 해서 환단고기를 역사 기록으로 볼 수 없다고 보는 것이 대부분 사학자들의 견해입니다. 그 점은 동의하나, 필사자가 자신의 생각을 첨부하여 역사 기록에 해서는 안 되는 개인 생각을 넣었을 가능성은 있습니다. 그렇지만, 열 가지 중에 세 가지가 허구라고 해도 일곱 가지 진실이 포함되어 있을 수 있습니다. 대종교에서 민족관으로 허구를 넣었다고 해도, 단군 왕조 47대 왕조 이름과 치적은 사실로 봅니다. 단군의 수명이 1908살이라고 한 것도, 수(壽)는 한 개인의 수명이 아니라 왕조를 통합한 기간을 말하는 것이며, 끝에 세(世)라고 한 것은 몇 살이 아니라 족보의 기간을 말한 표기일 것입니다. 한자의 해석에서 직역과 의역의 차이를 염두에 둬야 할 것입니다.

단군 조선에 대한 당대 이웃 국가들의 고서에 나오는 기록을 보면 좀 더 객관적인 증언이 될 것입니다. 먼저 우리의 고대사를 깎아내린 일본이 정한론(征韓論)이 나오기 전인 메이지 시대 초기, 1875년에 관원용길(管原龍吉)이란 사학자가 편찬한 계몽조선사략(啓蒙朝鮮史略)에 삼한기 제1에 〈단군〉이란 제목 하에 이런 글이 나옵니다.

단군의 성은 환씨이고 이름은 왕검이며 조선 초의 군장이다. 아홉 종류의 이족(夷族)이 있었다. 신인(神人) 환인의 아들 환웅이 무리 삼천을 거느리고 태백산 신단수 아래에 내려와서 신시(神市)라 하였다. 환웅이 아들을 낳으니 단군이라 하였다. 당(중국) 요임금 무진년(25년)에 평양에 도읍하고 아사달(조선)이라 했으며, 후에 도읍지를 백악으로 옮겼고, 비서갑 하백녀와 혼인해서 아들 부루를 낳았다. 하나라 우임금 때 도산 제후모임에 부루를 보냈으며, 강화도 참성단을 쌓고 하늘에 제사를 지냈다. 후에 기자를 피하여 장당경으로 도읍을 옮겼고, 대대로 전하여 왕조의 역년이 1,500여년이다. 주나라 무왕 때 기자가 조선으로 들어왔다.

중국 역사서 홍사(鴻史)는 전국시대(戰國時代) 공자의 7대 후손이며, 위(魏)나라 재상 공빈(孔斌)이 기원전 267년에 편찬한 역사서인데, 위나라 안리왕 10년의 글에 다음과 같은 기록이 나옵니다.

동방에 오랜 나라가 있으니 이름하여 동이(東夷)라고 하였다. 처음에 신인 단군이 있었고, 마침내 아홉 이족(九夷)의 추대에 응하여 임금이 되었다. 요임금과 더불어 병립하였다. 그 나라는 비록 크지만 남의 나라를 업신여기지 않았으며, 그 나라의 병사는 비록 강했으나 다른 나라를 침범하지 않았다. 나의 선조 공자께서 동이에 가서 살고 싶어 했으나, 누추하다고 여기지 않았다. 내 친구 노중련(魯仲連)도 역시 동쪽 해안 동이 지역에 가고 싶어 했으며, 나도 역시 동이에 가서 살고 싶다. 왕년에 동이의 사절단이 우리나라(위나라)에 입국하는 것을 살펴보니 그 몸가짐이 대국인(大國人)다운 금도(衿度)가 있다.

공자의 7대 후손 공빈이 단군 조선을 가리킨 기록입니다. 중국도 대륙을 가진 큰 나라인데, 그런 나라에서 단군 조선을 〈비록 크지만 남의 나라를 업신여기지 않았다〉라는 글이나, 〈그 몸가짐이 대국인다운 금도가 있다〉라는 글에 중요한 의미가 있습니다. 우리의 국조 단군 임금이 다스리던 강역은 상당히 넓었고, 국력이 컸다는 것을 그 글에서 알 수 있습니다.

후한서(後漢書) 제85권 동이열전 제75편 글에 다음과 같은 글이 나옵니다.

왕제(王制)에 이르기를 동방을 이(夷)라 한다. 이란 뿌리(根本)이다. 이에는 아홉 종류가 있으니, 일컬어 견이(畎夷), 우이(于夷), 방이(方夷), 황이(黃夷), 백이(白夷), 적이(赤夷), 현이(玄夷), 풍이(風夷), 양이(陽夷)이다.

그 밖에도 외국의 고서나 우리나라 고서에서 여러 차례 단군 조선에 대한 언급이 나오지만, 고려 충렬왕 때 이승휴가 쓴 제왕운기에 나오는 다음의 글을 상기하면서 우리 국조에 대해서 마무리할까 합니다.

처음에 누가 나라를 세워 세상을 열었느냐 하면, 석제(釋帝)의 자손으로 이름은 단군이다. 요임금과 같은 시대인 무진년에 나라를 세웠다. 본기에 이르기를 단군이라 이름하여 아사달(朝鮮, 해뜨는 아침의 땅)에 자리 잡고 왕이 되었다. 그리하여 시라(신라), 고례(고고려), 남북 옥저, 동북 부여, 예(濊)와 맥(貊)이 모두 단군의 후손이다.

일본 천황의 기원에서, 조작한 일본서기를 믿지 못한다면 실제 진실은 무엇일까 생각해 보았습니다. 일본 천황의 기원에 대해서는 김수로왕의 일곱째 아들이 왜로 건너가 나라를 세워 천황이 되었다는 설도 있습니다. 그보다 더 설득력이 있는 것은 백제의 왕족들이 규수(九州)로 도일(渡日)해서 나라를 세웠다는 설입니다.

중세기까지만 해도 일본은 글자도 없고, 조정에서 한문조차 제대로 읽는 사람이 없을만큼 무식한 야만의 나라였습니다. 당시 그들의 시골에 가면 옷도 제대로 없이 훈도시(犢鼻褌), 우리 말로 하면 어린아이가 차는 기저귀 정도만 차고 발가벗고 다녔습니다. 겨울에는 짐승 가죽이나 짚으로 몸을 감았습니다. 집안은 헛간이나 다름없고, 여름에 진창이 되면 돼지나 소가 싸는 곳에서 사람도 살면서 같이 똥싸고 다녔으며, 당연히 가축우리처럼 집안이 지저분했으며 벌거벗고 훈도시 찬 남녀들이 엉켜 살았던 것이 당시 일본의 야만적인 시골 풍경이었습니다. 열악한 일본의 시골 풍경은 도쿠가와 이에야스 문중이 집권한 에도 시대에도 계속되었습니다. 다만 도시만이 제대로 정비되었을 뿐입니다. 이러한 시골의 열악한 환경을 돌이켜보지도 않고 최근에 어느 일본 위정자는 조선이 돼지우리 같이 사는 야만인의 나라라고 하면서 줘도 안 가진다고 이상한 소리를 한 일이 있습니다. 줘도 안 가질 만큼 더러운 야만인의 나라를 왜 그렇게 악착같이 빼앗지요?

일본이 역사를 왜곡하는 기질적인 속성이 과거 고대 일본서기의 사서를 만드는 과정부터 시작해서 오늘날에 이르기까지 계속되고 있음을 역사의 기록을 통해 살펴본 것이며, 허구로 숭상하는 천황 제도를 얍삽하게 조선인들에게도 써먹으려는 것이 아까 초기에 언급했던 어떤 농민의 밭 보상입니다. 그런 일에 속으면 안 됩니다. 뭐가 너그럽고 도량이 넓은 것입니까? 약탈을 합리화 시키려고 혈안이 되어 있는 일본의 이중성과 기만 전술을 잊어서는 안됩니다. 그런 도둑놈으로부터 우리나라를 지키기 위해 여러분은 모인 것입니다. 설사 우리가 지키지 못한다고 해도, 우리의 자존심을 위해 여기에 모였습니다. 우리도 싸웠노라, 기꺼이 죽어도 영광스럽게 갔노라고 말할 수 있어야 합니다. 일본군의 총탄이 무서워 도망가려면 전투 중에 가지 말고 지금 떠나십시오. 우리는 그까짓 총탄이 무서워 도망가는 비겁자가 되지는 맙시다."

연설을 마치자 사방에서 의병들이 자리를 차고 일어나면서 팔을 추켜들며 싸우자고 외쳤다. 그러자 전체 의병들이 우르르 일어나서 소리쳤고, 어느 의병은 울면서 소리쳤다. 두 팔을 쳐들고 만세를 부르기도 하고, 우는 의병들의 모습을 보고 나 역시 울컥하고 감정이 복받쳐

올랐다. 그 순간 나는 조국을 위해 이 생명 바치기로 다시 한번 결심하였다. 그것은 나의 자존심이기도 하였다.

## 2

제천 의림지의 옛 성터에 머물며 우리는 한 달간 전투 준비를 마쳤다. 신입 의병의 훈련은 물론이고, 부족한 총기 2백 자루도 윤기영이 원주 진위대에서 확보한 총기 일부를 인수하면서 확충되었다. 민긍호를 만나 총기 확보에 대해서 상의했으나, 무기가 넘쳐나게 있다는 것은 소문일 뿐 실제는 그렇지 못했다. 그러나 민긍호와 연합하기로 약속하고 나는 제천 의진으로 돌아왔다. 나의 부상은 완전히 완쾌되었다, 민성규가 재수술하며 양약으로 치료하자 단번에 치유되었다. 되풀이해서 곪던 상처도 양약 덕분에 단번에 완치되었다. 역시 외과 의술은 서양이 앞서 있는 것이 사실이었다. 민성규는 나의 부상을 재수술하고 서울 자신의 병원으로 돌아갔다. 떠나면서 제자 한 명을 두고 갔다. 육 개월간 복무한다는 조건이지만, 외과 수련의를 부대에 배치한 일은 당시로서는 대단한 일이었다. 어지간한 부상은 그의 손에 의해 치유가 되었기 때문이다. 민성규의 제자 정일홍은 이제 스물두 살의 청년이었다. 제중원 의학대학 4학년 학생인데, 두 해 동안 병원에서 현장 실습을 해야 의사 자격이 있다고 하였다. 그는 동래 정 씨 양반 가문에서 출생한 부호의 외동아들이었다. 의사가 소망이어서 제중원 소속의 의학대학에 입학했다. 그 대학 외과 교수인 민성규의 제자였다. 귀한 집 아들을 전쟁터에 끌어들여 나는 여간 미안하지 않았으나, 이 청년은 애국심도 대단해서 조국을 위해 일하게 되어 영광이라고 하면서 으스댔다. 그러나 실제 전쟁을 경험하면 그렇게 으시댈만큼 이곳이 편한 곳이 아니라는 것을 깨달을 것이다. 어쨌든 나는 민성규에게 그를 잘 보호하고 있다가 돌려보내겠다고 약속했다. 그러나 나는 그 약속을 지키지 못했다. 제천 전투가 있은 다음 그는 일본군이 학살한 마을 주민 부상자를 치료하다가 일본군이 쏜 총탄에 맞아 죽었다. 머리에 십자가 표식이 있는 붉은 띠를 매고, 팔에도 의원(醫員)이라는 한문이 쓰여있는 완장을 차고 있었다. 옛날부터 현대에 이르기까지 전쟁터의 불문율로, 의료 요원은 양쪽에서 죽이지 않는 것이 하나의 예의였다. 그렇지만 일본군은 그 불문율을 어기고 그를 겨냥해서 저격한 것이다.

전투를 하다 보면 그 전투의 승패와 별개로 아군의 희생자가 나왔다. 전투가 잠시 종료되면 아군의 희생자를 파악해서 나에게 보고하였다. 승리했을 때도 아군이 많이 죽는 경우가 있었다. 아군이 많이 죽든 서너 명이 죽든 아군의 희생자가 나오면 그때마다 나는 가슴이 아팠다. 전투에서 승리하고 적군이 물러가면 우리는 만세를 외치고 승리를 환호한다. 환호하지 않더라도 승리를 하면 기분이 좋아 술잔을 나누며 자축하기도 하고, 서로 간에 무용담을 주고받으며 즐거운 기분이 된다. 하지만, 죽은 전우를 생각하면 단번에 기분이 서글퍼지면서 우울해지는 것이다. 특히 기록관이 전사자에 대한 명세서를 가지고 나에게 와서 보고할 때 제일 가슴이 아프다. 의병에 가담할 때부터 각자의 이름과 주소, 그리고 신분에 대한 기록이 있어, 죽은 자의 신분도 단번에 알 수 있었다. 그들은 모두 가매장 해서 주소지의 가족에게 알려준다. 훗날이라도 그 가매장된 곳에 와서 시체를 옮겨가게 해준 것이다. 그래서 전사자를 가매장 한 장소에 가면 나무를 박고 갑456, 또는 을27이라는 표식을 해놓았다. 이 표식은 각자의 암호이다. 만약 비석에 전사자의 이름을 쓰거나 주소지를 써 놓으면 나중이라도 일본군이 그것을 파악해서 전사자의 가족에게 위해를 가할 수가 있어 암호로 표시해놓고 가족에게 그 암호를 알려주어 찾아가게 했던 것이다. 이 사소한 일은 별거 아닌 것 같아도, 전사자의 가족에게는 상당히 중요한 일이었다. 의병으로 가담해서 죽은 것도 서글픈데, 그 시체조차 찾지 못한 가족은 더욱 절망적인 상태가 된다. 그래서 백골이 되었을지언정 시체를 거둬가도록 한 것이다. 그러나 전투가 있은 후에 패전해서 급히 퇴각할 경우에는 그 기본적인 일도 하지 못하는 경우가 있다. 시체를 거둘 여유도 없이 급히 퇴각해야 한다. 그렇게 되면 그 장소를 점령한 일본군이 구덩이를 파고 그 시체들을 한꺼번에 넣고 불질러 태운 다음 묻어버린다. 물론, 그런 일은 마을 사람들을 시켜서 하였다. 나중에 세월이 흘러 그 전사자의 가족들이 찾아와도 백골이 된 시체에서 가족을 찾기는 매우 힘들어지는 것이다. 더러는 양쪽 진영에서 공격과 후퇴가 거듭되다가 모두 물러갈 경우가 있다. 이럴 때는 양쪽 시신이 노천에 그대로 방기되고, 이 시체들은 수일이 지나면서 썩어서 수습하기 전에 백골이 되는 경우가 있다. 전쟁을 이야기하다가 갑자기 시체 수습에 대해서 말한 것은 이 시체 수습 일은 전쟁 문화라고 할까, 상당히 중요한 일이기 때문이다.

정미년(1907년)에 가장 큰 승리를 쟁취한 전투 중의 하나가 8월 중순에 있었던 제천 전투였다. 내가 부상을 치료하고 나서 처음 본격적으로 벌인 전투이기도 하였다. 7월 하순 무렵부터 일본군 부대가 우리를 향해 모여들고 있었다. 일본군이 오고 있다는 첩보를 입수한 우리는 다른 의병 부대를 규합하는 작업을 하였다. 조동교 부대, 오경목 부대, 정대무 부대와 연합했고, 나와 약속을 했던 민긍호 부대 3천여 명 대 병력이 8월 초에 제천 진영으로 들어왔다. 그 밖에 외지에 나가 전투를 벌이고 있던 김상태 부대가 3백여 명의 의병을 이끌고 합류했고, 털보 강민호 부대 2백여 명이 별동대 자격으로 따로 진지를 구축하고 대기하고 있었다.

일본군의 주력 1개 여단은 제천 남천에서 야영을 하며 대기하고 있었다. 3천여 명의 일본군은 관군 2천여 명을 포함해서 5천여 명의 대병력이었다. 거기다가 충주 쪽에서 1개 대대 병력 5백여 명이 박달재를 넘어 추포로 오고 있었는데, 제천 의진을 포위해서 공격하기 위해다가 오고 있었다. 이 대대 병력은 경상도 풍기, 영천에서 단양의 왜군과 연합해서 청풍을 경유해서 금성으로 들어올 예정으로 추측되었다. 남천에 있는 주력 부대는 전투가 시작되면 의림지의 의병진을 향해 정면으로 공격할 태세였다. 나는 남천리의 주민들에게 헛소문을 퍼뜨렸다. 우리가 영월 쪽으로 진지를 옮겨 갈 것이라는 소문이었다. 의병 주력 부대는 향교 고개를 넘어 조리재에 당도해서 방향을 돌렸다. 권용일 부대는 수하 5백 명의 의병을 이끌고 모산으로가다가 산을 넘어 서편에 매복하게 했다. 오경목과 정재무 부대는 서울 고개를 향하다가 좌우 산골짜기에서 매복하라고 했다. 민긍호의 대 병력은 산을 넘어 매복해 있다가 남천에 주둔한 관군과 일본군 주력 부대가 들어오면 정면에서 치기로 했다. 김상태의 부대와 털보 부대는 민긍호가 공격하는 일본군 주력 부대의 후미로 돌아가서 뒷통수를 치듯이 공격하기로 했다. 다른 부대는 매복해 있다가 원군으로 들어오는 일본군 1개 대대 병력을 기습하기로 하였다.

우리가 원주로 퇴각한다는 소문이 퍼지고, 실제 퇴각하는 모양새가 되자, 남천리에 있는 일본군 첩자들이 우리의 동태를 일본군에 보고했다. 그러자 일본군 주력 부대는 우리가 원주까지 달아나지 못하게 공격을 감행했다. 8월 15일 새벽에 일본군 대규모 병력이 물밀듯이 제천 시가지를 지나 원주 쪽으로 진군했다. 그러나 방향을 돌려 매복하고 있던 만긍호 부대와 나의 부대가 양쪽 골짜기에 있다가 들어오는 일본군과 관군을 공격했다. 소총으로 일제히 사격했고, 다섯 자루 확보하고 있는 기관총을 모두 가동했으며, 민긍호 부대에서는 진위대가 해산할 때 획득한 대포 3문이 있어 그것으로 쏘아대었다. 갑자기 비 퍼붓듯이 총탄이 날아오고 포탄이 터지자 일본군은 놀라서 갈팡질팡했다. 관군과 일본군 주력 부대는 다시 뒤로 돌아 제천으로 후퇴하려고 했으나, 마을에 잠입한 특공대 털보 부대가 나타나면서 길목을 막았다. 마을에서 의병들이 튀어나오면서 총질을 하였다. 지원병으로 오던 일본군 대대 병력은 아군의 3개 부대에 가로막혀 그들과 전투하느라고 움직이지 못했다. 그렇게 되자 막강하던 주력 부대는 전열이 깨어졌다. 나는 언덕 위에서 쌍안 망원경을 들고 적진을 보고 있었다. 내가 작전을 맡고 있었다. 내가 지시하는 대로 각 의병부대가 움직이고 있었기 때문에 상황을 시시각각 확인하기 위해서 관찰하고 있었다. 일본군 주력 부대는 관군을 앞세우고 오고 있었는데, 제일 먼저 사격을 받은 것은 관군이었다. 그래서 관군은 한 시간이 경과되면서 거의 죽었다. 관군이 2천 명인데, 이들이 모두 죽다시피 되자 후미에서 오던 일본군은 뒤로 물러나지 못하고 어느 쪽으로 후퇴할지 몰라 갈팡질팡하다가 옆으로 돌아 충주 방향으로 후퇴하는 것이 보였다. 그러나 그곳에서 의병 부대가 대기하고 있다가 집중 사격을 했다. 약 세 시간 정도 교전이 있으면서 날은 훤하게 밝아오고 해가 떴다. 일본군은 부상자와 시체를 거두면서 후퇴했으나 모두 가져가지 못하고 그냥 버려진 시체가 즐비했다. 전투가 끝난 다음 보고 받기로는 관군이 전멸을 해서 약 2천 명이 사망했고, 일본군이 5백여 명이 전사했으나, 후퇴하면서 시체의 대부분을 거둬갔다고 하였다. 일본군 전사자 확인은 그들이 쓰고 있는 군모를 보고 확인한 것이다. 시체를 가져가면서 군모를 버리고 갔기 때문에 확인할 수 있었다. 더구나 땅에 떨어진 군모가 대부분 피에 젖어 있었다.

일본군 부상병 중에 열세 명을 포로로 잡았다. 일본군 포로 처리를 어떻게 하느냐는 문제를 놓고 의병장 간에 논쟁이 있었으나, 다수결 원칙으로 모두 죽이기로 합의를 보았다. 포로를 각기 분리해서 데려다가 심문하였다. 적의 규모와 지휘자의 계급과 이름을 확인하고 전원 총살했다. 그러나 아군의 피해가 없을 수가 없었다. 연합 의병 모두를 합쳐 백여 명이 전사했고, 죽은 수에 비교될 만큼 백여 명이 부상을 입었다. 부상자 가운데 경상자와 중상자가 분리되어, 먼저 중상자를 치료했는데, 총탄을 맞고 숨을 헐떡이던 의병들은 치료받던 도중에 많이 죽었다. 그러나 민성규의 제자 정일홍이 응급 조치를 취하면서 상당수가 살았다. 고통에 몸부림치던 중상자 중에 무엇인가 주사 한 방을 맞고 비명을 멈추는 것을 보고 무슨 약인가 물었더니 몰핀, 이를테면 아편이라고 하였다. 아편을 맞으면 고통이 없어지는 것이다. 배탈이 나서 몸부림치던 자도 아편을 먹으면 고통이 없어지는 것은 알았어도, 포탄을 맞아 다리가 잘렸는데 아편 주사를 맞자 고통이 없어지는 것은 처음 보았다. 아편이란 만병통치약이었다. 그러나 아편은 중독이 되기 때문에 자주 맞으면 죽음을 부른다.

전과를 논하는 자리에서 두 명이 문제가 되어 끌려 왔다. 한 사람은 중군장으로 활동했던 안성해이고, 다른 한 사람은 도령장 유병선이었다. 안성해는 전투가 벌어지고 싸우는 도중에 부하들을 버려두고 혼자 달아났다. 유병선은 전투 중에 일본군 주력이 5만 명이라고 뜬소문을 함부로 말해서 군사들의 사기를 위축시켰다. 주력부대 병력은 관군을 합쳐 약 5천 명이었는데 일본군은 우리를 겁주기 위해 마을 주민들에게 5만 명의 병력이 왔다고 헛소문을 퍼뜨린 것이다. 그것을 사실로 믿고 유병선은 그 말을 의병들에게 퍼뜨려서 도망간 의병의 수가 많았다. 이 두 사람은 군율에 의해 처형하는 것이 원칙이었다. 그러나 이번 전투에 우리가 대승을 거둔 일과 첫 전투에서 일어난 일이라 죽이지는 말자고 하는 제장들이 여러 명 있었다. 나도 죽이지는 말고 다른 벌을 내리자고 하였다. 이를테면, 군 직책을 몰수해서 백의종군하게 하자고 했다. 나의 말이 먹혀들어 안성해와 유병선은 직책을 몰수하고 일반 사병으로 강등되었다. 평결이 나고 나서 두 사람은 나에게 와서 큰절을 하며 살려줘서 고맙다고 말했다. 나는 그들이 보기 싫어서 외면하고 다른 곳으로 나갔다. 두 사람은 막사 안에 우두커니 앉아서 아무 말을 못하였다. 나와서 생각하니 나의 성격도 참 모질다는 생각이 들었다. 나는 좋아하는 사람은 무척 좋아하는데, 싫은 사람은 상대하기도 싫어하는 모진 성격이 있었다.

뒤이어 참모 안기영이 한 명의 첩자를 잡았다고 하면서 데리고 왔다. 그를 나의 막사로 데리고 와서 내 앞에 무릎을 꿇게 해서 나는 그를 심문하지 않을 수 없었다. 나는 참모 안기영에게 이자를 왜 데려왔느냐고 물었다.

"이놈은 단연금(斷烟金)을 거둬서 일본군에게 바치기도 하고, 그 일부를 착복한 일본군의 앞잡이입니다. 이름은 홍범주라고 하는 생원 출신이라고 합니다. 제천에서 우리 포위망을 피해 달아나려는 것을 제 부하가 수상하게 여겨 잡아서 보따리를 조사하니 여기 이렇게 돈이 가득 들어 있었습니다. 이 돈의 출처를 심문해보니 백성에게서 걷은 것이라고 합니다."

돈을 보고 내가 큰 소리로 물었다.

"홍범주 이놈, 이 돈을 백성들로부터 거둬 누구에게 바치려고 했느냐?"

"죽을 짓을 했습니다요. 일본군이 시켜서 한 일이며, 이 돈은 일본군에게 바칠 것입니다요."

"다른 짓은 안 했느냐? 이를테면, 우리 의병에 대한 정보를 넘기는 첩자 일을 말이다."

"첩자 일이라니요? 그런 것은 모릅니다. 다만……."

"다만 무엇이냐?"

"며칠 전에 의병 부대가 원주로 퇴각한다는 소문이 나서 그 이야기를 해주었을 뿐입니다. 그 일은 다른 사람들도 말했습니다."

역정보를 흘린 것은 나였기에 그는 나의 기만술에 걸려든 것이다. 다른 주민들도 모두 그렇게 말해 주었다고 하니 그 문제로 그를 처벌할 수는 없었다. 그래서 나는 그에게 말했다.

"너의 죄를 따지면 죽여야 하겠지만, 현재 전투가 벌어져 피아간에 많은 사람들이 죽었는데, 너의 피까지 보는 것이 마땅치 않다고 생각

되어 문책하는 것으로 끝내겠다. 그러니 남은 돈은 의병에게 바치도록 해라."

"아, 네, 물론입죠. 여기 있습니다."

그는 살아난 것만으로도 다행이라고 생각하며 굽신거리며 말했다. 그를 내보내고 보따리의 돈을 세어보니 1원짜리 은화와 5냥짜리 은화, 그리고 1냥짜리 은화로 모두 은화였다. 이 은화는 인천전원국에서 개국 502년(1892년)에 제조가 시작되어 광무2년(1898년)까지 제조된 것이다. 일반 농민들에게는 가지기도 힘들 만큼 고액이며 귀한 엽전이었다. 주로 장사를 하는 상인들이 유통시켰으며, 일본에서도 유통되는 고액 은화였다. 제천은 사방으로 교통로가 뚫려 있는 요충지역이고, 상인들이 몰려 있어 은화 유통이 많은 곳이었다. 아마도 상인들을 협박해서 모은 돈으로 보였다. 환산해 보니 모두 1천7백 원(1만7천 냥)이었다. 적지 않은 금액이었다. 나는 그것을 공평하게 나눠 모든 의병장들에게 나눠주고, 그 돈으로 휘하 의병들에게 보수로 나눠주든지 술과 고기를 사서 회식하라고 했다.

며칠 후에 제천 전투 작전의 성공으로 승리를 거둔 의병장들이 제천 영호정(映湖亭)에 모여서 회식을 하였다. 그 자리에서 의병장들이 나를 도창의대장(都倡義大將)에 추대했다. 의병 연합부대의 대장을 하라는 것인데, 나는 극구 사양했다. 사양하는 이유로는 아직 부상 입은 몸이 완쾌되지 못해 활발하게 활동하기 거북하다고 핑계를 대었다. 사실 부상은 이미 완쾌되어 활동하는 데 아무런 지장이 없었다. 그러나 사양할만한 핑계가 없어서 몸이 불편하다는 핑계를 대었다. 그러자 의병장들은 더 이상 권하지 않았다. 물론, 나의 참모들을 비롯한 측근들이 계속 나에게 강요해서 나중에 어쩔 수 없이 도창의대장직을 받아들이기는 했다. 그러나 감투는 아무런 소용이 없는 일이다. 어차피 의병들은 소규모 부대 단위로 갈라져 있고, 총 대장을 맡아도 다른 의병장들이 마음먹기에 따라 따를 수도 있고 거부할 수도 있어 통제할 수 있는 권한은 없었다. 정부에서 정식으로 내린 직책이면 다르겠으나, 지금 이런 직책을 내릴 수 있는 유일한 임금도 헤이그 밀사 파견 사건으로 이완용 내각으로부터 황제직을 퇴위 당했다. 그 뒤를 이어 황제가 될 순종도 아직 황제에 등극하기 전이라, 아무도 그런 직책을 내릴 사람은 없다. 설사 순종이 황제로 등극한다고 하더라도 일본의 눈치만 보는 입장이라 그런 직책을 내릴 수 없는 처지였다. 그래서 나는 전에 고종으로부터 받은 밀지를 내 부대 의병들을 빼고는 다른 사람에게 보여주지도 않았다. 황제가 나를 신임했다는 것에 그칠 뿐이다. 그러나 훗날 나의 직속 참모들의 성화에 못이겨 직책을 맡기는 했으나, 내가 생각했던 대로 그 직책을 가졌다고 해서 전체 의병진을 통솔하지 못했다. 당장 민긍호 부대와 함께 충주 일본군 진지를 공격하기 위해 협공을 요청했으나, 다른 이유로 민긍호 부대가 응하지 않아서 그 일이 성사되지 못했다.

제천에서 의병진이 대승을 거두자 일본군 진영에서는 비상이 걸렸다. 제천 전투가 발생한 지 일주일 정도 지나면서 일본군 포병 부대가 진주하였고, 한성에 주둔하고 있던 보병 제51연대 제2대대가 23일 새벽에 기습적으로 제천 의병 부대를 공격했다. 이때 제천에 잔류한 병력이 소규모 있었지만, 나는 주력을 이끌고 충주 일본군 병참기지를 공격하기 위해 출두하고 있었다. 충주에는 제13사단 51연대 제4중대가 지키고 있었다. 그들은 대포를 포함한 중화기를 갖추고 있어서 의병 부대 단독으로 공격하기 힘든 곳이었다. 그래서 민긍호 부대와 조동교 부대의 협공을 요청했고, 두 부대는 응하기로 약속했다. 8월23일 새벽에 황강을 건너 충주 문지동(문화동)에 도착했다. 동네에 이르자 마을 사람들이 술 세 동이를 가져와서 군사들을 먹였다. 나는 민심이 아직 살아있음을 보고 흐뭇했다. 마수막(馬首幕) 고개 아래에 이르러서 초병을 시켜 충주성으로 보내 정탐했다. 약속 시간이 다 되었으나 조동교와 민긍호가 나타나지 않아 나는 초조해졌다. 나는 내 수하에 있는 별동대, 중군, 전군, 좌우군 장수들을 보내 함께 협공하기로 하고 충주성으로 진군했다. 충주성 우측 동문을 공격해서 성을 무너뜨렸으나 서북문은 협공되지 않았으며 4시간 동안 적이 완강하게 저항하였다. 더구나 그들이 가지고 있는 대포로 쏘아대어서 아군의 피해가 시간이 흘러갈수록 커졌다. 내가 충주성의 우측을 맡고, 민긍호는 좌측을 맡아 포위 공격하기로 했는데, 민긍호 부대는 충주로 오는 동안에 박달재에서 적을 만나 싸우다가 패했다고 하였다. 그것은 어쩔 수 없는 일이었다. 그러나 조동교 부대는 별다른 이유도 없이 오지 않았다. 질 것 같아서 피해버린 것이다. 나는 하는 수 없이 부하들의 희생이 커지기 전에 양막현으로 후퇴했다. 계속 후퇴하여 제천으로 들어오려는데, 제천은 이미 일본군에 의해 점령당한 후였다. 산위에서 망원경으로 보니 제천 시가지가 불에 타고 포격에 맞아 황폐했다. 모든 집을 불사르고 파괴한 것이 보였다. 왜 민가를 모두 파괴했는지 알 수 없었다. 아마도 제천이 의병들의 집결지가 되면서 주민과 의병이 한 몸이 되어 싸웠다고 판단하는 것 같았다. 그래서 시가지를 분탕질한 것이다. 불에 탄 집의 여러 곳에서 죽은 시신을 거두고 있는 주민들이 보였다. 민간인 부상자도 상당히 널려 있었다. 그것을 보자 정일홍 의원이 말을 빌려달라고 하더니 제천 시가지로 가려고 했다.

"안 돼. 저곳은 일본군이 점령한 곳이야. 가면 무슨 일을 당할지 몰라."

"아닙니다. 저는 여기 적십자 표식도 있고" 하고 머리에 맨 수건을 가리켰다. 거기에 예수의 십자가 같은 붉은 표식이 있었다. 그리고 그는 오른쪽 팔에 두른 완장을 가리키며 말했다. "여긴 의원(醫員)이라고 쓴 글씨도 있습니다. 전쟁에서 군의관은 서로 간에 죽이지 않습니다."

"그런 원칙이 지켜지리라고 생각하나? 가지 말게."

"아닙니다. 저기 주민도 우리나라 사람입니다."

그렇게 말하고 그는 말을 달려 폐허가 된 시가지로 달려갔다. 시간이 한참 지났는데도 그는 돌아오지 않았다. 우리는 그곳을 철수해서 월악산을 돌아 문경 쪽으로 갈 예정이었다. 그런데 의원이 돌아오지 않아 참모를 시켜 열 명 정도 병사를 대동하고 제천 시가지로 가서 의원을 찾아오라고 했다. 참모가 떠난 다음 한 시간이 지나서 돌아왔는데 말 한 마리의 안장에 축 늘어진 시체가 실려있었다. 땅바닥에 내려놓는 것을 보니 죽은 정일홍 의원이었다. 총상을 보니 그는 가슴에 총탄을 정통으로 맞아 급사한 것이다. 무장도 하지 않고 의사라는 표식을 하고 민간인 환자를 돌보았을 것인데, 일본군 저격병은 그를 쏘아 죽인 것이다. 군의관은 죽이지 않는다는 말은 틀렸던 것이다. 죽은 그의 모습은 매우 평온했다. 핏기 없는 하얀 얼굴이 더욱 인상적이었다. 그가 현장으로 가져갔던 의료 가방은 그대로 돌아왔다. 그 안을 열고 보니 각종 수술 도구와 주사기, 그리고 소독약을 비롯한 의약품이 가득 담겨있었다. 그리고 그의 오른손에 주사기가 쥐어져 있었다. 죽으면서도 그것을 놓지 않고 그대로 손안에 쥐고 있었다. 그의 손에서 주사기를 빼내려고 손을 폈으나, 벌써 손이 굳어서 펴지지 않았다. 그래서 할 수 없이 주사기를 잡은 그의 손 그대로 화장했다. 나는 정일홍 당사자보다 그를 추천한 의성 민성규의 얼굴이 떠오르면서 그에 대해 미안한 생각이 들었다. 어떠한 변명을 해야 할지 몰랐다. 제자를 보호해 주겠다고 장담을 하고도 그것을 지키지 못했다. 나는 하는 수 없이 그의 몸을 화장해서 그 유골을 한성에 있는 의성병원에 보냈다. 시체를 그대로 보낼 수 없는 것은 한성에 도착하기도 전에 일본군 헌병대에 잡힐 것이 뻔했기 때문이다. 말을 타고 달려가서 민성규 병원장에게 전하라고 하고, 편지 한 장도 같이 보냈다. 편지에는 길게 쓸 염치가 없어서 그냥 '미안하오, 의성 공'이라고만 썼다. 달리 어떻게 할 말이 없었다.

정일홍을 화장하느라고 시간이 지체되어 밤이 되어서야 우리는 그곳을 떠나 은풍이라는 작은 마을을 지나, 예천의 산속에 명봉사(鳴鳳寺)라는 절이 있다는 말을 듣고 그곳으로 갔다. 절은 그렇게 크지 않았으나 요사체가 여러 채 있고, 법당이 비교적 컸다. 스님들도 십여 명 보였다. 우리 의병 5백여 명은 절 마당과 절 아래에 임시 막사를 치고 하룻밤 묵기로 했다. 우리가 도착하자 승려들이 나서서 밥을 지었다. 밥도 먹지 못하고 행군한 의병들은 승려들이 밥을 짓자 매우 감사하게 생각했다. 그런데 5백여 명의 밥을 지으려면 그들이 가지고 있는 몇 달 치 양곡을 축낼 것이 뻔했기 때문에 우리가 가지고 있는 쌀을 내놓았지만, 그들은 그것을 받지 않고 자기들이 소유하고 있는 쌀로 준비했다. 나를 비롯한 제장들과 참모들은 요사체로 들어오라고 하며 따로 방을 마련해 주었다. 나는 주지 스님과 같이 자리를 하였다. 내가 유생의 신분으로 불교에 대해서는 문외한이지만, 같은 조국을 가진 백성으로서 그가 보여주는 성의를 감사하게 받았다. 그리고 내가 읽은 일이 있는 법화경에 대해서 이야기를 나눴다. 내가 법화경 구절을 말하자 늙은 그 주지는 감탄하면서 말했다.

"장군님은 유생 출신으로 알고 있는데 어떻게 법화경을 알고 있으십니까?"

"모두 외우는 것이 아니고 한 구절 감동있게 읽은 것이 생각나서 하는 말입니다. 법화경에 일수사견(一水四見)이란 말이 있지요. 한 가지 물을 가지고도 네 가지 의견이 다르다는 것 말입니다."

"네, 맞습니다. 일수사견은 아주 평범한 말이지만 그 말에는 참으로 오묘한 진실이 담겨 있습니다."

"나도 그 생각을 하며 그 구절을 항상 마음속에 새깁니다. 내가 공자를 섬기는 유생이라고 하지만, 타 종교의 법문도 진실한 것은 역시 진실이라고 생각합니다."

"참으로 넓으신 도량입니다."

주지 스님과 나는 덕담을 하면서 시간을 보냈다. 그동안에 공양이 마련되어 의병들은 식사하였다. 오백여 명의 인원에게 식사를 대접하는 것인데도 반찬이 골고루 갖춰진 것을 보자 나는 감탄했다. 반찬 가운데 그들이 내놓은 김치는 아주 맛이 좋은 일등품이었다. 날이 새어 아침 일찍 그 절을 떠나 문경으로 가면서 참모의 이야기를 들으니 그 절에서 다섯 항아리에 김치가 가득했는데, 우리에게 내놓는 바람에 그 김치를 모두 사용했다고 하였다. 된장이 한 항아리 있었으나 그것을 모두 사용해서 된장국을 만들었다고 하였다. 우리에게 공양을 제공하는 바람에 그들은 반찬 없어 어떻게 지내게 될지 미안한 생각이 들었다. 그래서 다음에는 민간인 집이나 절에서 식사하는 일은 가급적 하지 말아야 되겠다고 생각했다. 그러나 우리가 가고 있는 산북의 김용사 고찰은 총기와 탄약을 감춰놓은 곳이다. 양곡도 백여 석 비축해 두고 있었다. 총기와 탄약, 그리고 양곡은 내가 한 일이 아니고,

내 밑에서 활동하던 김상태가 예천과 단양, 풍기, 영주 등지의 일본군 병참기지를 기습해서 얻은 물자를 숨겨놓은 것이다. 그 일을 완수하고 그는 제천 의병진에 합류했다. 그리고 그곳의 승려들이 모두 의병이라고 할만큼 애국적인 인물로 뭉쳐 있었고, 실제 의병으로 활동하던 청년 세 명이 입산해서 승려가 되었다. 그곳에서 진영을 확장하고, 의병 수를 1천여 명 더 늘려서 인근의 일본군 기지를 공략할 생각을 하고 있었다.

**3**

의병 소모(召募) 작전은 쉬운 일이 아니었다. 격문을 만들어 주변의 향교 등에 보내고 연고자 중심으로 마을에 알려 소집했으나, 뜻대로 되지 않았다. 그러나 문경진위대 해산으로 문경 지역에서 반일(反日) 감정이 고조되어 있어 어느 정도 소집되었다. 열흘 동안에 5백여 명의 의병이 모집된 것은 고무적인 일이었다. 그중에 진위대 병사 출신이 상당수 포함되어 있었다. 진위대 출신 군인들을 제외하고 농민 출신을 중심으로, 평생 단 한 번도 총을 잡아본 일이 없는 사람을 모아 훈련시켰다. 그들을 훈련시킬 때 나는 다시 정신교육 강연을 했다.

"다음에 읽어주는 것은 국제사회에 도움을 요청하는 통고각국영사관문이니 들어 보시오.

가만히 생각하자면, 천지가 나눈 뒤로 온 천하만국의 임금이 임금답고 신하가 신하다운 자가 안녕을 지키고 유지해 가는 방법과 교린의 우의는 약(約), 신(信), 법(法), 의(義) 4개의 글자가 있을 따름입니다. 서로 지키는 것을 약이라 하고, 속이지 않는 것을 신이라 하며, 행할 만한 것을 법이라 하고, 바름을 유지하는 것을 의라 하니, 이것은 고금천하의 바꿀 수 없는 정론입니다.

우리나라는 바다 모퉁이에 치우쳐 있기에 땅이 좁고 인물이 보잘것 없어 비록 기술과 재주는 여러 나라들과 각축을 할 수 없지만, 의관문물(衣冠文物)과 예악강기(禮樂綱紀)는 선왕의 도를 따르고 선왕의 법을 지켰기에 천하에서 소중화라고 정해진 지 지금까지 수백년이 되었습니다.

만국이 조약을 수립한 초기에 배와 수레가 서로 왕래하고 물건과 재화가 서로 접하여 각국과 두터운 교린을 닦을 수 있었던 것이 또한 십여 년이 되었는데, 유독 일본만이 밖으로 교린을 핑계 대고 안으로 간악한 적을 불러들여 백방으로 흉악한 모의로 재앙을 불러일으켰습니다. 처음에는 남의 의복을 훼손시키고 남의 머리를 깎게 하고 남의 옛 전장(典章)을 어지럽히고, 전해져 오는 남의 풍속을 변하게 하니, 어찌 만국의 약신의 법의이겠으며, 교린의 우의가 실로 이와 같겠습니까?

외국으로 달아난 신하는 꾀어 사로잡고, 안으로 반역한 도둑과 결탁하여 남의 임금을 능욕하고, 남의 왕비를 시해하며, 남의 강토를 삼키고, 남의 재산권을 강탈하고, 남의 정부를 농락하고, 남의 신민을 핍박하니, 만국의 약신의 법의이겠으며 교린의 우의가 실로 어디에 있단 말입니까? 종당엔 남의 임금을 위협해서 보위를 추양(推讓)해 옮기고, 남의 조정을 핍박하고 차지하여 군대를 받아들이고는 군대를 받아들이는 데는 인허가 있었다, 속국이 되겠다는 요청을 들었다 라는 말을 하니, 이것이 교린에서 신의를 들이는 본의입니까? 이것이야말로 임금이 임금답고 신하가 신하다운 자가 할 일입니까?

의병을 막는다는 핑계로 촌락에 불을 지르고 어린아이와 부녀자는 또 따라서 살해하니 또 마관조약(馬關條約)에 이런 것이 하나라도 있겠습니까? 약속을 배반하고 신의를 버리고 법을 무시하고 의를 잃나니 임금도 없고 신하도 없는 난신적자(亂臣賊子) 중에서도 가장 심한 자입니다. 우리나라의 신민에게는 영원히 하나의 하늘을 함께일 수 없는 원수이며 천하만국의 모든 사람에게는 주살할 수 있는 원흉이자 대죄입니다. 우리나라에 있어서 신자로서 심심하게 아무 일도 없다면 임금이 임금답고 신하가 신하다운 커다란 경상(經常)이 없는 하나의 짐승일 따름입니다. 만국에 있어서 임금과 신하가 있는데도 분개하고 증오하며 성토하고 주살할 마음이 없다면 일본과 매한가지입니다. 온 천하가 일본이 된다면 그만이거니와 진실로 일본이 되지 않을 나라라면 어찌 모를 수 있겠습니까?

우리는 오백년 열성조(列聖朝)가 배양한 존재로서 삼천리 예의의 나라의 적개심을 품은 대열에 있기에 충분(忠憤)에 격동되어 참을 수가 없습니다. 바야흐로 일을 벌이니, 장차 죽일 대상은 저 만고에 죄가 가득차고 천고에 큰 악행을 저지른 임금과 신하가 없는 짐승 같은 도적과 본국의 신민으로 심성을 바꾸어 도적에 붙어 함께 모의하는 자입니다. 이로 말미암아 천하 만세에 대의를 펼쳐 임금과 신하의 큰 의리와 충성과 반역의 큰 경계를 천지간에 명백히 세우니, 천하만국 교린의 우의를 행하는 자로 하여금 약(約), 신(信), 법(法), 의(義)의 큰 네 글자의 중요한 도리를 알게 하는 것이 귀국의 담당자(공사)에게 달려 있음을 모두 밝게 알 것입니다."

나와 함께 있는 부대를 포함해서, 다른 지역에서 활동하지만 나의 지휘가 가능한 부대를 통합하여 약 2천여 명의 병력을 확보했다. 우리는 조령 고개를 확보하고, 문경을 중심으로 3개 방향에 포진했다. 이 정보가 일본군에 들어갔는지, 나를 중점적으로 추적하던 아다치 중좌가 지휘하는 일본군 토벌대 이외에 기쿠지 대좌가 이끄는 병력은 보병 제14연대와 보병 제47연대의 주력군이었다. 문경에 있는 나의 부대를 토벌하려고 내려왔다. 그들은 보병 이외에 기병과 포병 1대, 공병 부대까지 동원해서 그 병력은 연대 규모였다. 단양 쪽에서는 아다치 중좌의 부대가 오고 있었고, 함창까지 바짝 다가온 기쿠지 부대는 문경 의병진을 소탕할 목적을 가지고 사방을 포위한 상태였다. 일본군 토벌대의 상항을 파악하면, 제1종대는 영천에서 청송 진보 부근을 공략하면서 들어왔고, 제2종대는 대구를 떠나 안동으로 향한 다음 봉화, 풍기, 예천을 거쳐 문경으로 들어왔다. 제3종대 연대장 기쿠지(菊池) 대좌가 직접 지휘하며 해평, 낙동, 대봉을 거쳐 문경을 공격했다. 제4종대는 봉화에서 옥산, 상주를 경유해서 함창 북방에서 문경을 공격했다. 제5종대는 옥천에서 관기장을 경유하여 화령장에 이르러 털보 부대가 머물고 있는 청계사를 공격했다. 청계사에 머물고 있던 털보 부대는 그에 앞서 나의 진영으로 이동한 후여서 피해는 없었다. 제5종대는 청계사 공략이 실패하자 함창으로 옮겨서 주둔했다.

  이렇게 사방에서 일본군 토벌대가 조여왔지만, 나는 부대별로 나눠서 각개 전투 형식으로 그들의 예봉을 꺾었다. 우리에게 유리한 것은 세밀한 지형의 습득이었다. 어디에 언덕이 있고, 골짜기가 어디에 있으며, 산의 형태는 어떻게 되어 있는지 세밀하게 알고 있는 지형을 이용해서 기습하였다. 그들의 공격을 기다리는 것이 아니고 깊은 밤이나 새벽을 이용해서 기습하여 치고 빠져 나가는 유격전법을 사용했다. 병력의 수가 우리보다 더 많고 화력이 강했으나 기습에는 버텨내지 못하였다. 그래서 그들은 함부로 진군하지 못하고 주둔지를 지키면서 살피는 형식을 취했다. 조령 관문 주흘루에서 적을 격퇴시키고, 문경 갈평에서 일본군 대대 병력을 쳐서 전멸시킨 것은 모두 지형을 이용한 기습의 효과였다. 갈평에서는 지휘하는 적장 과전삼태랑(戈田三太郎) 소좌를 포로로 잡아 그 자리에서 목을 쳤다. 우리는 포로를 잡아서 데리고 다니거나, 어느 한 곳에 포로수용소를 만들어 가둬둘 수 없는 형편이라 포로가 잡히면 그 자리에서 처형하는 것을 원칙으로 했다.

갈평 전투의 시작은 이미 그쪽에 가 있는 김현규와 조동교 부대의 교전부터 시작되었다. 밤사이에 부대는 주흘산 아래로 돌아서 옛 산성 요성(堯城)에 주둔하며 하룻밤을 보냈다. 점심 무렵이 되어 갈평쪽에서 포성이 울려왔다. 병사들은 취사를 하고 있었다. 나는 척후장을 불러 포성이 울리는 갈평의 전황을 탐색하라고 지시했다. 척후장은 부하 사병 열 명을 뽑아 허름한 농민 복장으로 갈아 입히고 함께 들어갔다. 나는 제장들에게 각기의 병사들을 인솔해서 갈평 쪽으로 접근하라고 했다. 서둘지 말고 천천히 옮기면서 척후병이 올 때까지 절대 공격하지 말라고 했다. 병사들은 식사를 마치고 행군 준비를 했다. 한꺼번에 옮겨가는 것은 위험하기 때문에 먼저 별동대를 보내기로 했다. 그래서 털보를 불러 먼저 들어가라고 했다.

"먼저 민진호 중대를 투입해서 상황을 점검하시오. 그 뒤를 따라 가고, 우리는 털보 부대의 바로 뒤에 가겠소."

"민진호를 척후로 보내면 위험하지 않을까요?"

"척후 부대는 위험한 것이 당연하지요. 민진호를 들여보내기 싫으면 다른 부대를 보낼까요?"

"그럴 수는 없어요. 내가 맡겠습니다."

"민진호에 대해서 특별히 뭐 신경 쓸 일이 있습니까?"

"사실, 서간도에서 민진호를 데려올 때 처음에 학생이 반대했습니다."

"학생이라니요?"

"왜 있지 않습니까? 강 목사 둘째 딸 그 여학생 말입니다. 이젠 민진호 부인이 되었잖아요. 딸이 둘 있는데 딸과 아내를 두고 전쟁에 간다는 것이 쉬운 일이 아니오. 그러나 민진호는 나를 따라 오기로 결정을 했지만, 아내가 반대해서 못 오게 되었습니다. 그런데, 민진호가 새벽에 집을 도망해서 가자고 제의해서 내가 받아들였습니다. 깊은 밤에 말 두 필을 끌고 대문을 나서는데, 문 앞에 여학생이 딱 버티고 서 있는 것이 아닙니까? 그때 그 여학생이 남편에게 말했습니다. 아저씨가 꼭 조국을 위해 전쟁을 하러 간다면 막지 않겠어요. 전쟁을 하려고 간다면 가서 영광스럽게 죽으세요. 우리는 아저씨가 죽은 것으로 생각하고 잊겠어요 라고 말했습니다. 그 학생은 결혼하고도 민진호를 꼭 아저씨라고 부르더군요. 어쨌든 우리는 그녀를 놔두고 떠났는데, 떠날 때 그 학생이 나를 잠깐 보자고 하더니 부탁을 했습니다. 어떻게 하든지 아저씨를 꼭 살려서 집에 돌아오게 해달라는 것입니다. 나는 그렇게 하겠다고 약속을 했습니다."

"무슨 말인지 알겠소. 그러나 살리겠다고 위험한 것을 피하게 하면 여기 전쟁에 참여하지 않았어야지요. 무엇이 위험하고 무엇이 위험하지 않다는 것은 전쟁에서 있을 수 없잖소."

"나도 그 생각은 형님과 동감입니다만."

"당신이 알아서 하시오."

"걱정 마십시오. 우린 러시아 전쟁에서도 살아남은걸요."

"러시아 전쟁보다 우리 의병전이 더 위험할지 모르오."

"안 되면 우리 모두 영광스럽게 죽지요, 뭐."

그렇게 말하고 털보가 떠났다. 그를 보내고 나서 나는 무엇인지 모르게 불안한 마음이 들었다. 그 불안감은 소대장, 아니, 민진호를 척후로 보내라고 한 나의 말에 후회가 되었다. 하지만 그가 그 전투에서 죽을 것이라고 전혀 생각하지 못했다.

털보 부대가 떠나고 나서 도선봉 하한서가 나에게 말했다.

"조금 전 교전 소리는 김현규 부대와 조동교 부대와 하는 교전일 것입니다. 그들이 어젯밤에 들어간 것으로 들었습니다. 그런데 대장께서도 아시는 바처럼 김현규와 조동교는 믿을 수 없는 자들입니다. 제대로 싸우고 있을지 의문입니다."

"그들의 병력 수가 얼마였지?"

"김현규 부대는 2백여 명이고, 조동교 부대도 2백여 명입니다. 모두 4백여 명의 병력이지만, 그들에게는 병력의 수가 문제가 아니라, 부하들이 대장을 닮아서 오합지졸인데다 이번 조령 전투에서도 그런 짓을 했습니다만, 적을 만나면 싸울 생각은 하지 않고 달아나기에 바쁜 의병진입니다. 이번에 일본군을 만나 교전이 벌어졌다면 따끔한 맛을 보게 되는 것입니다."

"저번에 충주 전투에서도 합진하기로 약속해놓고 피하고 오지 않은 자입니다. 믿을 것이 못됩니다."

옆에서 듣고 있던 백남규도 거들었다. 그들이 조동교를 너무 미워하는 듯해서 내가 말했다.

"그 소행을 생각하면 돈불고견(頓不顧見)하고 싶으나, 성현이 이르기를 영인부아(寧人負我) 무아부인(無我負人)이라 했소. 척후가 돌아오면 그 상황을 들어보고 칩시다."

우리 부대가 당포와 용연 사이에 이르렀을 때 정탐하러 나갔던 척후장이 부하들을 이끌고 돌아왔다. 척후장은 나에게 보고했다.

"조동교와 김현규 부대 양진이 일본군의 공격을 받아 무참히 살육당하고 있습니다. 일본군은 의병진을 공격할뿐더러 마을의 가옥을 불 지르고 민간인들도 죽이고 있습니다. 피난 가지 못한 민간인들이 같이 살육당하는 모습이 보였습니다. 가옥은 불에 타서 화염이 치솟고 있습니다."

"왜군의 규모는 어느 정도인가?"

"흩어져 있어 정확한 숫자는 알 수 없었으나, 천 명은 넘지 못할 것 같고, 적어도 수백 명은 되었습니다."

"오다가 중간에 털보 부대를 만나지 못했나?"

"만났습니다. 먼저 그 뭐야, 러시아 포병 장교 출신이었다는 그 중대장을 먼저 만났습니다. 병력 150명을 이끌고 가더군요. 그에게 그 상황을 전해 주자 알았다고 하면서 대수롭지 않게 여겼습니다. 바로 뒤에 따라오는 털보 부대도 만나서 알려주었더니 알았다고 하고는 그대로 갔습니다."

"왜군의 수가 만만치 않은 듯한데, 털보 부대가 서둘지 말아야 할텐데……."

나는 제장들을 불러 모아 놓고 작전을 지시했다.

"조동교와 김현규 두 부대가 왜군을 만나 고전하고 있는 듯하오. 총성은 조금 전보다 잦아들어 약하게 들리지만, 아직도 전투가 계속되고 있는 듯하오. 갈평 골짜기는 다른 통로가 없는 곳이요. 하늘재 쪽과 여우목 고개 양쪽 통로를 막고 정면에서 치면 왜군은 독안에 든 쥐가 될 것이 틀림없소. 우리는 은밀하게 다가가서 기습할 것이니 제장들은 군사를 소리 없이 행군시켜서 일단 용연에서 더 이상 다가가지 말고 대기하도록 하시오. 앞서 간 털보 부대도 적을 치지 말고 대기했으면 하는데 어떻게 될지."

나는 불안한 마음에 척후장을 불러 다시 갈평으로 보냈다. 갈평의 상황을 수시로 보고하라고도 하였지만, 앞서간 털보 부대에게 적을 공격하지 말고 우리를 기다리라고 했다. 물론, 처음 출발할 때도 척후 역할을 하도록 했지만, 선제 공격은 하지 말라고 하였다. 용연으로 가고 있는 동안에 갑자기 총성이 어지럽게 들렸다. 그러나 그 총성은 삼십여 분 후에 뚝 그쳤다. 우리가 용연에 도착했을 때는 총성이 전혀 들리지 않았다. 마을 쪽 하늘에 연기가 치솟는 것이 보였다. 마을도 보였는데, 2백여 가옥이 모두 전소되어 불타고 있었고, 이미 불타서 쓰러져 있었다. 부대 의병들은 하늘로 치솟고 있는 연기를 보면서 참담한 표정을 지었다. 내가 이끌고 있는 의병진은 천여 명 정도 되었다. 이들은 각 제장들이 이끌며 간격이 분산되어서 길게 늘어져 있었다. 우리는 골짜기에 숨어서 더 이상 움직이지 않았다. 척후장이 나에게 와서 보고했다.

"왜군 일부는 황불, 갈산 쪽으로 흩어져서 마을 일대를 수색하고 있고요. 본진은 대충 7백 여 명 되어 보이는데, 갈평 냇가에서 쉬고 있습니다. 냇가에서 점심 취사를 준비하는 듯했습니다. 총은 냇가의 한쪽에 걸어 세워두고요, 더러는 물로 들어가 목욕을 하는 자도 보였습니다. 솥에 불을 피우고 뭘 준비하느라고 분주한 것을 보니 취사 준비하는 것이 틀림없습니다."

"털보 부대는 보이던가?"

"어디 숨었는지 안 보이던데요."

"음, 취사 준비를 하고 있다고? 점심시간이 한참 지났는데 취사 준비를 하는 것을 보면 전투하느라 못 먹고 지금 하는 듯하군. 그렇다면 우리가 접근한 것을 모르고 있다는 것인데 좋은 기회다."

나는 제장들을 불러 작전을 지시했다.

"왜군이 우리의 접근을 모르고 있는 듯하오. 우리는 적이 보이지 않은 뒷산으로 올라가서 적을 가운데 놓고 집중 공략합시다. 우선봉장 백남규는 3초의 군사를 데리고 갈평 남산으로 올라가 대기하시오. 절대 적의 시선에 노출되면 안 되오. 내가 총을 쏘고 깃발을 흔들면 공격하시오. 좌선봉장 하한서는 2초의 군사를 이끌고 갈평 북산에 올라가 대기하고, 우군 선봉장 권용일은 3초의 군사를 이끌고 갈평 동쪽에 매복하시오. 중군장 김상태는 3초의 군사를 이끌고 저쪽 언덕으로 가서 있다가 내가 신호하면 정면으로 공격하시오. 나는 남은 제장들과 군사들을 이끌고 앞산으로 올라가서 신호를 보내고 나서 내려오면서 칠 것이요. 털보 부대는 어디 숨어있는지 모르지만, 아마 산에 숨어 있을 것이니 그도 내가 신호하면 공격할 것이요. 이러면 왜군은 우리에게 둘러싸인 상태에서 기습받게 되는 것이고, 아예 전멸시킵시다. 하나도 살려 보내지 말고 모두 죽이시오. 김상태 당신 부대에 개틀링 기관총 있지? 그것으로 저 냇가에 모여 있는 일본군 본진을 향해 갈기시오. 일 분에 3백 발 나간다고 했던가?"

"네, 일 분에 삼백 발 발사되긴 해도 총알이 부족해서 오래 못 쏠 것입니다."

"탄알이 얼마나 남았는데?"

"이천 발 정도입니다."

"그럼 충분해. 그걸 다 쓰시오. 이천 발 날아가면 아마 저 냇가에 있는 왜놈 몽땅 죽일 수 있을 거요."

"알겠습니다."

나는 잔류 병력 3백 명을 이끌고 앞산으로 올라갔다. 병력은 아래쪽 숲에 잠복하게 하고 나는 좀 더 높은 곳으로 올라가 나무 뒤에 숨어 망원경으로 냇가를 보았다. 척후장이 보고 한 대로 일본군들은 냇가에 분산해서 쉬고 있었다. 한쪽에서는 취사 준비에 바쁘고, 더러는 옹기종기 모여 앉아 토론하는지, 아니면 무슨 이야기를 하는지 떠들고 있었다. 장교나 하사관으로 보이는 자들로 십여 명이 물속에 들어가 있었다. 일부는 홀랑 벗은 몸으로 물가로 나와서 조약돌을 물에 던지고 있는 자도 있었다. 총기를 세워둔 곳에 대포 3문이 보였다. 그 대포로 조동교 부대를 공격하면서 대포 소리를 내었던 것이다. 일본군과 제일 가까운 위치에 있는 아군은 김상태 부대 3백 명이었다. 이들은 언덕을 사이에 두고 바짝 다가가서 기관총을 설치하고 모든 병사들이 엎드려 저격 자세를 취했다.

  아군이 매복한 것을 확인한 나는 권총을 꺼내 쏘면서 깃발을 흔들었다. 그러자 제일 먼저 언덕에 있던 김상태 부대가 일제히 사격을 퍼부었다. 동시에 각처에 잠복하고 있던 의병진이 함성을 지르면서 아래로 달려 내려갔다. 갑자기 사방에서 총을 쏘면서 달려들자 일본군들은 당화하면서 갈팡질팡했다. 냇가 한쪽에 소총을 세워두었으나 그곳으로 몰려가는 일본군에게는 김상태 부대에서 쏘고 있는 기관총 탄환이 집중적으로 날아갔다. 그러자 소총을 잡기도 전에 적이 쓰러지는 것이 보였다. 소총 세워둔 곳에 기관총 총탄이 비오듯이 쏟아지자 일본군들은 소총 잡으려는 동작을 포기하고 사방으로 흩어졌다. 일부는 물속으로 뛰어드는 자도 있었고, 일부는 가까운 숲으로 달아났으나 그곳에서 털보 부대가 갑자기 튀어나오면서 집중 사격을 퍼부었다. 일본군들은 세워둔 소총을 잡지도 못하고 이리저리 뒤엉키면서 땅에 쓰러졌다. 일본군들이 모여 있던 곳에는 엄폐할 곳도 보이지 않았고, 그렇게 흔하게 있는 나무도 없었다. 내가 데리고 있던 병사들도 일제히 내려가면서 총을 쏘아대었다. 일본군은 단 한 발의 총탄을 맞고 죽는 자는 드물고 여러 발씩 맞았다. 갈 데가 없자 일본군 병사들이 동쪽 마을쪽으로 도망갔다. 그러나 그곳에서도 권용일 부대가 막고 총을 쏘아대어 모두 전멸시켰다. 몸을 의지할 곳이 없는 평지여서 일본군은 저격을 고스란히 받아야 했다. 그렇게 한 시간 정도 총을 쏘자 냇가에는 살아있는 일본군이 하나도 없이 모두 죽었다. 전멸이라는 말이 실감이 되었다. 죽은 시체에서 흘러나온 피가 흐르는 냇물에 섞여 핏빛으로 물들어 있었다. 나는 냇가의 현장으로 내려가서 제장들에게 지시했다.

"총상을 입고 아직 죽지 못하고 신음하는 자들이 보이니 목을 잘라 죽여라. 고통을 없애주는 것도 전장의 예의니라."

사람을 죽이는 일이 무슨 예의인지 나는 깊이 생각하지 않았으나, 중국 춘추 전국 시대 전쟁을 기록한 글에서 읽은 기억이 나서 말했다. 우리는 탄약과 총검을 모았다. 거둬들일 필요도 없이 탄약은 상자대로 쌓여 있었고, 소총은 한쪽에 질서정연하게 세워두어서 그대로 마차에 실었다. 대포도 마차에 실었지만 대포 포탄이 보이지 않았다. 노획한 총검이 7백 자루가 넘는 것으로 보아 냇가에 모여 있던 일본군 본진의 병력이 7백 명이 넘는 군사였다. 나머지 병사 일부는 폐허가 된 마을에서 수색 작업을 하다가 우리 아군을 만나 사살되거나 도망을 갔다. 더러는 총탄을 맞지 않고 아군에게 잡혀서 끌려온 자들도 있었다. 백남규가 여러 명의 일본군을 새끼 줄에 묶어 끌고 와서 나에게 물었다.

"대장, 이놈들은 손을 번쩍 쳐들고 항복해서 잡아 왔습니다. 어떻게 할까요?"

"우리는 포로를 유지시킬 힘이 없다. 적은 잡지 말고 그 자리에서 죽여라. 총알이 아까우니 칼로 목을 베라."

내 지시가 떨어지자 백남규가 칼을 빼들고 포로에게 가더니 목을 쳤다. 갈평은 불에 타서 폐허가 되었으나, 옆 동네 황정, 관음, 윗갈불은 온전했다. 그곳에서 마을 사람들이 갈평 쪽으로 나와서 아군이 일본군을 전멸시키는 것을 보았다. 그들은 두 팔을 쳐들어 만세를 외치기도 하고, 의병들에게 고맙다고 찬사를 보냈다. 그들은 쌀로 주먹밥을 만들어 광주리에 가득 실어 왔다. 더러는 마차에 술 항아리를 싣고 와서 풀어놓았는데, 저녁 무렵이 되자 시장기가 돌았는지 의병들은 주먹밥을 받아 맛있게 먹었다. 나는 아직 패잔병 일부가 있을 가능성으로 해서 술은 마시지 못하게 했다. 나는 주먹밥을 만들어 가져온 마을 주민에게 가서 고맙다는 인사를 했다.

하한서 부대 의병들은 마을 이곳저곳을 살피면서 패잔병 수색을 했다. 다른 부대는 적의 총검과 탄약, 그리고 다른 장비를 모두 싣고 용연으로 옮겼다. 수색에 나선 하한서가 돌아와서 나에게 보고했다.

"대장, 적군의 사망자는 7백 명이 넘는 것으로 보아 전멸시킨 것 같습니다. 여기 냇가를 중심으로 한 우리 아군의 사망자는 세 명에 불과하고, 부상자는 십여 명입니다. 부상자는 모두 들것에 실어 용연 마을로 옮기고 있고, 그곳에서 의원 두 사람이 치료하기로 했습니다. 그런데 낭패스런 일은 조동교와 김현규 부대 약 반이 전멸했습니다. 시체는 폐허가 된 마을에 널려 있어서 지금 시체를 수습 중에 있습니다."

"부대장 김현규와 조동교는 어떻게 되었나?"

"시체가 보이지 않는 것으로 보아 도망간 것 같습니다. 그런데, 더욱 안타까운 것은 마을에서 척후로 투입된 털보 부대, 특히 러시아 장교 출신이라는 그 부대가 전멸했습니다."

"뭐라고? 민진호가 데려간 중대 병력이 전멸하다니. 그게 무슨 일인가? 민진호는 어떻게 되었나?"

"모르겠습니다. 내가 현장에 갔을 때는 털보 부대 병사들이 시체들을 수습하고 있었습니다. 저기 털보가 옵니다. 수레에 시체들을 잔뜩 싣고 오는 것을 보니 그가 부하들의 시체를 수습해오는 것 같습니다."

나는 냇가로 오고 있는 털보 부대 쪽으로 급히 갔다. 털보를 보자 그는 화가 잔뜩 나 있었다. 그는 숨을 씩씩거리며 화를 삭이더니 나에게 물었다.

"조동교와 김현규가 어떤 놈입니까? 그런 놈들이 어떻게 의병장으로 부대를 데리고 있지요?"

"무슨 일이요. 자세히 말해보시오."

"생존한 사병의 보고를 받기로는, 민진호가 1백5십 명의 병사를 이끌고 마을에 다가갔을 때 조동교와 김현규 부대 4백 명이 마을 한복판에서 일본군 병력에 둘러싸여 포위된 채 전멸 직접이었답니다. 그때 거의 반이 죽고 반이 버티고 있었으나, 시간이 지나면서 나머지 병사들이 모두 전멸할 위기에 처했을 때 민진호가 부하 병사들을 이끌고 뒤에서 공격했습니다. 포위된 의병진의 퇴로를 터주기 위해서였던 것입니다. 그래서 포위망을 뚫어서 조동규와 김현규 부대 2백 명이 뛰쳐 나올 수가 있었답니다. 그러면 포위망을 뚫은 조동교와 김현규 부대도 같이 싸워서 퇴각을 해도 같이 퇴각을 해야 하는데, 조동교와 김현규 부대는 그대로 싹 빠져 나가 산으로 도망을 치고, 남은 민진호 부대만이 적과 교전을 했습니다. 약 삼십 분간 교전을 했지만, 일본군의 숫자가 워낙 많아서 민진호 부대 150명이 무너졌습니다. 약 백 명이 그 현장에서 죽고 나머지 50명은 숲으로 달아났다고 합니다."

"그럼 민진호는 어떻게 되었소?"

"여기······."

털보가 마차 한 곳에서 가득 실려있는 시체더미 속에서 한 시체를 가리켰다. 피투성이가 되어 축 늘어진 채 얹혀 있는 중대장 민진호의 시체가 보였다. 온몸이 피범벅이 되었고, 얼굴과 머리에도 피가 묻어 있었으나, 얼굴은 털보가 닦아 주었는지 깨끗했다. 나는 민진호의 시체를 보자 가슴이 철렁하고 내려앉았다. 물론, 모든 의병들의 시체는 나의 가슴을 아프게 하고 있었으나, 민진호에 대한 기대가 커서인지 그의 죽음은 나의 가슴을 아프게 했다. 더구나 털보가 애지중지 아끼고 있었던, 털보에게는 자식과 같은 존재였기에 더욱 애달프게 했다. 나는 털보를 어떻게 위로해야 할지 몰라 말을 꺼내지도 못하고 잠자코

서 있었다. 그러자 털보가 씩 웃으면서 나에게 말했다.

"지금 부대를 용연으로 옮기고 있는 모양이군요? 여긴 패잔병이 기습할지 모르니 잘하셨습니다."

"민진호 일은 유감이요."

"어차피 우린 전장에서 죽어야 하는 의병들이 아니겠습니까? 서간도 십리평에서 야간 도주해서 올 때 죽음을 각오한 마당에 이자의 죽음을 애통해 할 수는 없습니다. 용연으로 가서 묻어주도록 하겠습니다."

털보는 나에게 담담하게 말하고 백 명의 부하 시체들을 실은 마차들을 이끌고 용연 쪽으로 갔다. 나는 애통한 가슴을 진정시키느라 한동안 우두커니 서 있었다. 옆에서 털보와 내가 나눈 대화를 듣고 있던 참모 강일수라는 청년이 나에게 말했다.

"대장, 조동교와 김현규를 잡아들일까요? 그런 자는 목을 쳐야 합니다. 목숨 걸고 싸워서 포위망을 뚫어주었는데 자기들만 살려고 그냥 달아나는 자가 어디 있습니까?"

"그렇다고 지금 잡아들여서 목을 베면 아군의 사기가 떨어질 것이야. 죽을 지경이 되었을 때 살려는 본능은 어쩔 수 없는 일이야. 전쟁 중에는 지휘관을 함부로 목베는 것이 아니요."

"두 놈은 우리 의병진의 수치입니다. 빨리 처형하기를 원합니다. 어디 있는지는 모르지만 제가 두 놈을 잡아오겠습니다."

"그자에 대해서는 다른 제장들과 의논해서 벌하겠으니 경거망동

말게."

　참모를 진정시키고 나는 아군의 시체들을 수습하도록 했다. 시체는 거의 모두 마을에서 죽은 조동교와 김현규 부하들이었다. 죽은 숫자가 많아서 개별적으로 묻어줄 수가 없어 한곳에 큰 구덩이를 파고 가매장시켰다. 그리고 저녁이 되어서 우리는 갈평을 떠나 용연으로 퇴각했다. 용연 골짜기에 진영을 세우고 취사 준비를 시켰다. 털보 부대는 저녁을 먹지도 않은 채 백여 개의 구덩이를 파고 모든 전사자를 묻었다. 시체를 구덩이 속에 묻고 나무 비석을 세우고 암호를 기록했다. 전사자의 가족에게 알려주기 위해서였다. 모든 전사자를 묻으면서 민진호 시체는 그대로 둔 것을 보고 내가 털보에게 물었다.

　"털보, 왜 중대장은 가매장하지 않습니까?"

　"형님, 이 자는 나에게 자식이나 마찬가집니다. 자식이 없는 나에게 자식 같은 애요. 전쟁만 아니면 이 애를 양자로 들였을 것입니다. 그러니 나도 가족인데, 그냥 묻기는 그렇습니다. 더구나 여학생이 여기까지 와서 이 애 백골을 가져가라고 하는 것도 너무 가혹한 것 같습니다. 그래서 이 애만은 화장시켜 서간도 집으로 보낼까 합니다. 그게 내가 여학생에게 할 수 있는 마지막 봉사라고 생각합니다."

　"화장해서 유골을 보내는 일은 바람직한 일이기는 하지만, 여학생은 예수교 신자이고, 그 집안 자체가 예수교 사람들인데, 예수교에서는 시체를 태우지 않는다고 합니다. 아마, 부활의 원칙 때문에 시신을 그대로 매장하지, 불교 의식처럼 화장하지 않는데 괜찮겠습니까?"

"그런 종교적인 형식은 모르겠습니다. 어차피 묻어도 백골만 남을 텐데 부활 어쩌구 하는 것은 쓸데없는 예수교 전통일 뿐입니다. 태워서 보내려고 합니다. 여학생에게 편지를 써서 말입니다."

"무슨 편지를?"

나는 문뜩 의학대학 실습생 정일홍의 시신을 화장해서 유골을 병원으로 보낸 일이 떠올라 물었다. 그때 내가 쓴 편지는 다만 미안하다는 말 한마디였다.

"여학생에게 약속을 못 지켜서 미안하다고 하려고 합니다."

나는 아무 말 없이 털보를 쳐다보았다. 털보는 요즘 부쩍 늙어보였다. 건장한 체격은 그대로였으나 얼굴이 많이 상해있고, 수염도 거의 흰 털이 많아서 하앴다. 머리는 짧게 깎고 모자를 쓰고 있었으나, 흰 머리가 보였다. 그도 나와 같은 동갑 나이로 이제 오십이 되는 나이다. 우리는 모두 늙었다. 청춘이 어저께 같은데 벌써 그렇게 늙었는가 하는 생각이 들었다. 그는 민진호의 시체를 화장하고 나서 뼈를 갈아서 작은 항아리에 담았다. 그리고 부하 두 명을 선발해서 그것을 가지고 서간도 십리평 강 목사 교회에 가져다 주라고 지시했다. 털보는 돈을 꺼내 두 부하에게 주면서 여비로 하라고 했다. 두 필의 말을 타고 두 사람은 항아리를 가지고 밤에 출발했다. 말을 타고 가면 사흘 안에 서간도 십리평에 닿을 수 있을 것이다. 털보가 종이쪽지에 간단하게 '약속을 지키지 못해 미안하오.'라고 썼다. 그리고 서명을 했는데, 그가 서명한 밑에 나도 서명했다. 나에게도 그의 죽음에 대한 죄가 느껴

졌기 때문이다. 유골을 서간도로 보내자 깊은 밤이 되었다. 대장 막사로 들어가 잠을 청했으나 좀체로 잠이 오지 않아 밖으로 나왔다. 털보 진영의 한쪽 나무 아래에 누군가 앉아 있어 다가갔더니 털보였다. 그는 나무를 붙들고 울고 있었다. 털보가 그렇게 눈물을 흘리고 소리를 내어 우는 것은 두 번째 보는 장면이었다. 처음 본 것은 한성 남촌에 살고 있을 때 갑신정변에 실패하고 일본으로 망명하기 직전에 아내를 나의 집에 데려다주고 떠나면서 골목에서 울던 모습이었다. 나는 조용히 돌아서 막사 안으로 들어왔다. 새삼 인생의 허무를 느끼는 순간이 엄습하면서 나에게서도 눈물이 나려고 하였다. 이유는 알 수 없으나, 애달픈 인생 여정이 왜 이렇게 고달픈가 하는 생각이 들었다. 조국에 대한 슬픔인지, 나 개인 인생의 허무인지 그것은 알 수 없으나, 한동안 나는 슬픔에 잠겨 잠을 이루지 못했다. 잠도 오지 않고 해서 나는 두루마기 주머니에 넣어놓은 궐련 담배를 꺼내서 입에 물었다. 이 양담배는 일본군 병참 기지를 털었을 때 창고에 여러 상자가 있어 획득했다. 그것을 제장들에게 나눠주고 나도 몇 곽 가지고 있었다. 워낙 담배 맛이 싱거워서 자주 피우지는 않았으나, 지금처럼 괴로울 때는 입에 물었다.

**4**

 1907년 8월 1일 군대 해산 이후 상당수의 군인이 의병에 합류하면서 의병진의 세력이 확대되었다. 진위대가 해산될 때 무기고를 습격해서 상당량의 무기를 탈취했기 때문에 화력도 매우 좋았다. 십여 년 전 을미의병과는 비교가 되지 않을 만큼 의병들의 기세가 높았던 것은 사실이다. 을미의병은 위정척사라는 명분을 내걸었고, 양반 유생들이 주축이 되었으나, 정미의병은 좀 더 다양한 계층이 의병에 참여하면서 양상이 달라졌다. 일본에 대한 척왜사상은 동일했으나, 공평한 토지의 분배와 같은 봉건 수탈의 해체를 포함한 요소가 있었다. 을미의병에서는 의병장이 거의 모두 유생 선비 출신이 주류를 이루었으나 정미의병은 군인 출신이나 평민 출신이 섞이게 되었다. 의병 운동이 가장 활발하게 일어난 1907년에서 1910년까지의 의병 투쟁에 대한 통계를 보면, 당시 나로서는 전체 의병진을 총괄하는 입장이 아니어서 정확한 수는 알 수 없었으나, 일본군 측의 공식적인 자료에 의하면, 약 15만 명이 봉기했다. 3년간의 투쟁에서 2851회의 전투(충돌)가 있었다. 정미년 한 해 의병 사망자 수가 1만 6천7백 명이고, 부상자가 6천7백70명이다. 3년간 약 5만3천 명의 전사자가 발생했다. 조선 민간인은 1천2백50명이 죽었고, 일본인 민간인은 120명이 죽은 것으로 나온다. 조선인이 살고 있는 가옥은 6만 8천8백 호가 소실되었다고 한다. 그런데. 일본군 사망자는 130명이고, 부상자는 270명이다. 이상한 것은 내가 지휘하는 의병 부대에서 죽인 일본군만 해도 천여 명이 넘는데 어떻게 해서 130여 명만 나오는지 모르겠다. 나의 기억으로는 내가 수십 차례 전투를 하는 과정에 일본 민간인과 싸운 경우는 없었다. 내가 싸운 상대는 모두 일본 헌병대나 보병, 또는 기병대들이었다. 전투에서 일본군의 사망자가 많을 경우는 큰 구덩이를 파고 묻었다. 그 경우가 여러 차례 있었다. 어느 경우는 2백여 명, 더러는 30여 명, 더러는 150여 명 묻었다. 그 밖에 일본군이 퇴각하면서 시체를 가져가서 확인 안 된 전사자도 있었다. 그리고 갈평 전투 같은 경우는 지휘관 대대장을 잡아 목을 치기도 하고, 대대 병력 전체를 몰살시키면서 한꺼번에 7백 명을 죽인 것으로 기억나는데, 그에 대한 통계는 나오지 않았다. 일본 군부에서 많은 사망자와 부상자가 나오는 것을 꺼려서 숫자를 축소시키거나 어느 경우는 아예 없었던 일로 처리한 것을 알 수 있었다. 조선에 파견한 군사가 많이 죽으면 군부의 입장이 난처하기 때문에 아마 사망자 수를 없애거나 줄인 것으로 이해된다. 러시아 전쟁 당시 러시아군과 민간인을 합쳐 약 20만 명 죽었지만, 일본군도 13만 명이 죽었다. 해군은 빼더라도 봉천 전투 하나에서 일본군은 4만 5천 명의 전사자를 내었다. 그 일로 해서 일본군 총사령관이 일본 내각의 공격을 받고, 그렇게 많이 동포를 죽게 하면서 어떻게 승리한 것으로 생각하느냐, 총사령관은 책임을 지고 자결하라는 말이 나왔다. 그 일로 실제 일본군 총사령관이 활복했다. 그래서 일본 군부라든지 조선에 와 있는 통감부에서는 일본 군사가 의병이라는 비정규직의 민간인이나 다름없는 의병들에게 많이 죽었다고 하면 수치스런 일이 되었을 것이다. 내가 보기에 수천 명이 죽었을 것으로 본다. 하지만 겨우 130여 명이 죽었다고 하고는 시침을 뚝 떼었다. 그리고 그들의 만행 가운데 조선의 민간인 가옥의 파괴와 방화가 있다. 통계에 의하면 3년 동안에 6만 8천 호가 넘는 가옥을 방화하거나 파괴했다. 그런데 가옥 파괴의 주범은 모두 폭도의 탓으로 돌려서, 상부에 올린 보고마다 폭도(의병)가 마을을 파괴하고 약탈해서 소실되었다 라는 식으로 되어 있다. 의병들이 무슨 이유로 동포의 마을을 불지르고 파괴하겠는가. 말도 안 되는 일을 사실인 것처럼 보고한 그들의 이중성과 뻔뻔함은 가히 알아 줄만한 일이다.

전쟁터에서 추석을 보내게 되었다. 추석은 우리의 고유한 명절이었지만, 의병들은 산속에 갇혀 있어야 했다. 우리 부대는 신대(新坮)에서 오 리 떨어진 골짜기 촌락에 주둔했다. 추석이 되자 병사들은 고향의 가족들을 생각하고 울적한 분위기였다. 나는 가족이니 집은 이미 포기한 상태로 있었으나, 사병들은 그렇지 못했다. 다행스런 것은 추석 전날 인근의 마을 여러 곳에서 점심을 준비하여 가져왔다. 손수레나 마차에 싣거나 지게에 지고 왔다. 병사의 수가 일천 명에 육박해서 마을 사람들이 가져온 음식도 단번에 없어졌다. 술을 여러 동이 가져와서 모두 마시게 하였다. 음식은 각 마을에서 추석 차례를 준비하려고 마련한 음식을 일부 가져온 것이었다. 한 가족의 양은 얼마 되지 않으나 그것이 마을마다 모이고 쌓이자 적지 않은 양이 되었다. 떡이나 고깃국도 포함되어 오랜간만에 의병들은 배를 채울 수 있었다. 식사가 끝났을 때 나는 인근 마을에 집이 있는 의병은 집을 다녀오도록 했다. 그 수를 세어보니 백여 명이었다. 그들에게 모두 여비 하라고 백 냥씩 주었다. 만 냥의 돈은 모두 털보가 제공한 군비였다. 털보 아내 한씨는 한성에서 큰 무역상을 경영하는 부호가 되어 있었다. 상점을 경영하는 것 뿐만이 아니라 그녀는 무역상으로 대행수가 되어 많은 직원을 고용하고 있었다. 털보는 남몰래 가끔 집에 들려 아내로부터 돈을 타오는데, 개인적으로 쓰는 돈이 아니라 모두 군자금으로 사용했다. 털보의 아내는 남편 군자금을 대주고 있었던 것이다.

추석에 의병장들은 집에 갈 수 없었다. 그것은 의병장 정도 되면 일본군이나 순검부에 명단이 들어가 있었기 때문이다. 명단뿐만이 아니라 주소지도 알려져 있었다. 추석이나 설날에 무심결에 집에 들린 의병장이 매복해 있는 순검이나 일본군 헌병대에 체포되는 경우가 많았다. 그래서 집이 멀든 가깝든 참모들과 제장들에게는 출타를 금지시켰다. 집에 가서 추석을 보낸 의병들이 추석날 밤에 돌아왔다. 돌아오면서 빈손으로 오지 않고 모두 음식이며 떡을 한 보따리씩 싸가지고 와서 추석에 출타하지 못한 동료들에게 나눠주었다. 나는 참모 이만원을 불러 백 명의 부하들을 이끌고 배양산에 숨겨둔 탄약을 가져오게 했다. 몇 번의 전투를 치르면서 소유하고 있던 탄약이 떨어졌기 때문이다. 며칠 후에 배양산에 갔던 이만원과 그의 부하들이 지게와 그리고 말에 탄약을 싣고 돌아왔다. 일본군 병참기지를 피해서 길이 없는 골짜기를 타고 넘어갔다 밤새워 돌아온 것이다. 우리는 진지를 바꾸기 위해 영월 조전으로 향했다. 장릉등 언덕에 이르러 주둔하고 있을 때 종사 김진홍이 나에게 달려와서 호소했다.

"대장, 서로 다른 진의 군사끼리 싸움질이 벌어졌습니다. 청풍진의 총군 한용진이 본진의 총군 김용출과 시비가 붙어 군기가 유실했다고 서로 트집을 잡으며 싸우는데, 한용진은 술에 잔뜩 취해서 총을 빼들고 김용출을 쏘려고 하는 것을 주변의 병사들이 가까스로 말렸습니다."

"여기가 어디라고 술 마시고 총질까지 하려고 하는가. 당장 한용진을 잡아 끌고 와라."

내가 명령하자 종사가 달려가서 한용진을 끌고 왔다. 한용진은 술이 취해서 얼굴이 벌겋게 상기되어 있었다. 술에 취해서 지금 상황이 어떻게 돌아가는지 가늠이 안 되는지 그는 두리번거리며 여기가 어디냐고 투덜거렸다. 참모들이 그의 다리를 후려쳐서 꿇어 앉혔다. 그제야 내가 보이는지 바짝 긴장하면서 물었다.

"대장, 나를 왜 잡아 왔습니까?"

"네가 무엇 때문에 끌려왔는지도 모르겠느냐? 여기가 술판으로 생각하느냐? 적과 대적해서 싸우는 전쟁터이거늘, 술을 먹고 주정이라니? 너의 장수 조동교가 행실이 그러하니 부하들도 이 모양이구나. 이놈에게 곤장을 열 대 쳐서 다시는 주정을 못하게 하라."

시종들이 한용진을 묶어 엎어놓고 긴 작대기로 곤장을 쳤다. 한용진이 매를 맞는다는 말이 퍼지자 조동교의 의병진이 술렁거리기 시작했다. 갑자기 십여 명의 청풍진 병사들이 총을 들고 대장 장막 앞으로 몰려왔다. 대장을 경호하고 있는 방수장 송재현이 놀라서 이들을 가로막고 물었다.

"이게 무슨 행패냐? 누구의 명령으로 총을 들고 대장의 장막을 포위하느냐? 너희들이 무슨 연고로 반란을 일으키느냐? 입에 물고 있는 것은 탄환 같은데 어디서 얻은 것이냐? 누구 지시로 이렇게 무엄한 짓을 하느냐? 썩 물러가라."

"우리측 총군 한용진을 왜 벌하는가? 우리는 조동교 장군의 명령으로 한용진을 구하러 왔다."

"한용진이 청풍진의 총군이라 할지라도 합진을 한 이상 창의대장의 군율을 따라야 하는 법이다. 그의 행패에 벌을 주는데 반란을 일으키다니 이런 무모한 군대가 어디 있느냐?"

방수장은 혼자 해결할 일이 아니라고 생각했는지 나에게 와서 그 사실을 보고했다. 나는 화가 치밀었으나 참고 잠깐 심호흡을 했다. 당장 조동교를 불러들여 목을 치고 싶었으나 내 머리에는 갑자기 을미의병 때 류인석 총대장이 하극상이라고 해서 김백선의 목을 치면서 일어난 분란이 떠올랐다. 내가 조동교의 목을 치면 분명히 청풍진 의병들은 여길 떠날 것이다. 백여 명의 군사를 잃는 것도 문제지만 김백선 사건으로 당시 전체 의병진의 결속을 깨버린 중대한 일이 벌어졌다. 그러나 그 경우와 지금 경우는 달랐다. 그냥 넘길 수 있는 일은 아니었다. 참모 우성진이 나서면서 말했다. 그는 중인 출신으로 나보다 나이가 많은 노장이었으며, 전에 군수 밑에서 이방으로 일했던 사람이다. 그동안 겪어보니 경우가 바르고 회계에 능한 사람이어서 군자금 관리 등의 회계 일을 맡겨 놓은 참모였다.

"대장, 조동교는 지난 날 의병장이라기보다 민폐를 일삼는 적과 같은 자였습니다. 그자를 그대로 버려두면 후회하실 일이 생길 것입니다. 저번에 갈평 전투에서 척후로 나선 민진호 중대장이 목숨 걸고 포위망을 뚫어주었는데, 저 혼자만 살려고 그냥 버려두고 부하들과 함께 도망간 자입니다. 이렇게 의리 없는 자를 두려고 합니까? 그때도 민진호 척후장과 함께 싸웠다면 부하 일백 명이 그렇게 전사하지도 않았을 것이고, 민진호 중대장도 죽지 않았을지 모릅니다. 저는 민진호와 일백 명 아군을 죽인 자는 일본군이 아니고 조동교라고 생각합니다. 뿐만 아니라 조령 전투에서 이인영 부대 의병이 많이 죽은 것도 조동교의 이기적인 짓 때문입니다. 그뿐만이 아니라 그는 가는 곳마다 민간인이 가지고 있는 물건과 식량을 빼앗는 민폐를 끼쳐 그 원성이 이 일대에 자자합니다. 대장, 그를 언제까지 보호하려고 하십니까?"

눈치를 보니 다른 참모들도 그의 말에 동조하며 고개를 끄덕이는 것이 보였다. 내가 일방적으로 그를 보호할 명분은 없었다. 전부터 마음에 들지 않았으나 의병장을 죽이는 일이 쉽지 않은 일이라서 차일

피일 미루었던 것인데 지금은 더 이상 미룰 수가 없었다.

"조동교를 당장 결박해서 데려오시오. 그리고 난동을 일으킨 주모자들도 잡아 오시오."

내 명령이 떨어지자 기다렸다는 듯이 참모 여러 명이 밖으로 뛰어 나갔다. 조금 지나서 난동을 일으킨 주모자 세 명을 결박해서 데려왔다. 조동교도 결박해서 함께 데려와서 내 앞에 무릎을 꿇게 했다. 난동을 부린 자들은 담담하게 있었는데, 오히려 의병장이란 자가 비굴하게 머리를 굽신거리면서 살려달라고 빌었다. 나는 조동교에게 말했다.

"너는 그동안 잘못을 뉘우쳐서 새사람이 되기를 기대했는데, 어떻게 하나도 뉘우치는 기색이 없이 행패가 더욱 심한가. 더군다나 부하를 시켜 총을 들고 한용진을 구하는 반란을 획책했으니 이는 군율을 어긴 것이다."

"살려주십시오. 다시는 그런 짓을 하지 않고 반성해서 새사람이 되겠습니다."

"보아하니 너는 성품이 본래 그렇게 못된 놈 같아 보인다. 지금 살려달라고 마음에 없는 말을 지껄이지만 언제 우리를 배신할지 모르는 일, 이 자의 목을 베어 매달아라. 그리고 이 자의 죄목을 낱낱이 기록해서 부대와 마을에 붙이도록 하라."

조동교는 보기가 민망할 정도로 빌면서 살려달라고 애원했다. 그러나 그는 참모들의 손에 끌려 밖으로 나갔다. 밖으로 끌려가면서 참모들에게 살려달라고 빌었다. 십여 명의 군사를 이끌고 난동을 부린 세 명에 대해서도 총살형을 내렸다. 장수의 목을 베고 군사를 총살하는 일은 의병진 전체에 긴장을 감돌게 하였다. 혹시 청풍진 의병들이 집단으로 반항하면 곤란하기 때문에 나는 별동대 대장 털보에게 청풍진 병사들을 몰래 감시하라고 했다. 그들이 무기를 소지하고 반란을 획책할 기미가 보이면 즉시 모두 체포하든지, 저항이 심하면 그 자리에서 쏘아죽여도 좋다고 발포 명령을 내렸다. 그 명령은 다른 참모들과 제장들이 있는 자리에서 하였다. 어쨌든 반란을 막아야 더 큰 희생을 막을 수 있었기 때문이다. 다행히 청풍진 병력은 수런거리기는 했으나 반란 기미는 보이지 않았다. 의병장의 목을 쳐서 매달고, 군사 세 명을 총살한 그 일은 군기를 잡는 데는 효과적이었다. 모든 의병들이 긴장하면서 군기가 바짝 들어갔다. 나는 격문을 만들어 모든 군사들이 읽게 했다. 민폐를 끼치거나 군율을 어기는 군사가 있으면 누구를 막론하고 군법에 따라 엄하게 처벌할 것이니 반드시 지키라고 했다. 구체적으로 군율에 대한 조항을 열거했다.

   민간인에게 함부로 양곡이나 재물을 강요해서 탈취하는 자는 참한다.

   민가에서 아녀자를 희롱하거나 부당한 일을 강요하는 자는 참한다.

   민가의 집을 훼손하는 자는 반드시 보상해 주어야 하며, 보상 못 하는 자는 참한다.

   민간인에게 부당한 부역을 강요하거나, 상해를 입히는 자는 참한다.

상관의 명령을 이행하지 않고 하극상을 일으키는 자는 참한다.

부대 내에 유언비어를 살포하는 자는 참한다.

부대의 비밀을 적에게 제공하는 자는 참한다.

전투 중에 상관의 허락을 받지 않고 독단적으로 이탈하는 자는 참한다.

동지와의 친목을 훼손하거나, 군의 사기를 저하시키는 자는 참한다.

전투 중에 동지를 함부로 버리고 도망하는 자는 참한다.

이것을 보더니 참모 중에 한 명이 웃으면서 나에게 말했다.

"대장, 이 조항은 중국의 춘추 전국 시대 진나라 계율과 똑같은데요? 굉장히 엄한 이 군율 때문에 진나라 군대는 천하를 통일했지만, 우리는 경우가 좀 다른데 너무 심한 문구가 있습니다."

"그래요? 좀 심한 문구가 있다는 것은 알지만 정상을 참작할 것이요. 그렇다고 모두 목을 벤다는 것이 아니요. 이렇게 해야지 군사들이 정신을 차릴 것이요."

제12장

# 나의 전쟁은 끝나지 않았다

**1**

〈호좌의병장 이강년은 삼가 목욕재계하고 팔도의 의(義)를 같이 하는 장수와 이를 쫓는 군사들, 의를 떨치고 나선 장사(壯士) 및 백집사(百執事)에게 고합니다. 강년은 한낱 충신과 역적의 중대한 구분, 사람과 짐승의 크나큰 구분에 대해 배운 것을 믿고 잘못을 대수롭지 않게 넘기지 않습니다. 지난 병신년에 칼을 잡고 영남에서부터 와서 동분서주하여 유격전을 벌였습니다. 때가 이롭지 않아 일을 이루지 못하고 북쪽으로 달아나 요동 들판을 떠돌았으나 외로운 정성은 보람이 없었습니다. 또한 을사년에도 의병을 일으키려 하였으나 병이 들어 온갖 계책을 이루지 못했습니다. 이제 큰일을 당하여 군사를 모아 병력 천(千)을 헤아리나 변고는 날로 더 깊어지고 일이 갈수록 더욱 커지니 자신의 졸렬함을 돌아보아서 오히려 감당치 못할까 두렵습니다. 나라 안의 이름있는 인사들을 돌아보니 높은 지위를 차지하여 좋은 말로 사양만 합니다. 아, 슬프지 않을 수 없습니다. 반드시 말하기를 형세에는 강약이 있어 한갓 재앙을 불러올 뿐이나 만약 기회를 타지 않는다면 내가 어찌 감히 망령되이 하랴 합니다. 또 말하기를, 일의 명분은 비록 좋으나 잘 해내지 못하면 반드시 잘못을 들춰낼 것이다 라면서 영웅으로 자처합니다. 또 말하기를, 나는 보통 사람이다. 무슨 보탬이 될 것인가? 기왕에 나라를 위하지 못 했으니 집안이나 보호해야지 하면서 문을 닫아 걸고 자취를 감추어서 세태의 변화를 관망하려고 합니다. 이런 말이 농사짓고 장사하는 백성들에게서 나왔다면 혹 그럴 수도 있겠습니다만, 거의 모두가 글 읽고 벼슬하는 선비들의 부류입니다. 나라의 두터운 은혜를 받은 근본있는 세가(勢家)의 자손들이 감히 말하니 어찌 슬프고 가슴 아픈 일이 아닙니까? 또 감히 말할 것이 있습니다. 여러 고을에 간혹 의(義)를 같이 하는 군자들이 그 동안에 나의 깃발과 북소리가 대단하여 서로 의지하니 기쁨을 누를 수 없습니다. 비록 그러하니 의로써 불의를 토벌하는 것 또한 의거(義擧)입니다. 만일 병력을 모집한다 하고 의병이라 일컬으면서 이삼십 명씩 읍촌을 달리면서 촌락에 머물며 모병과 군수물자를 핑계대면서 까닭 없이 매질하고 부단히 침탈하며 백성들로 하여금 의병이 이른다는 말만 들어도 이마를 찌푸리면서 도망가 숨게 하는 것은 일을 방해하는 망국의 짓입니다.

함께 쳐서 그 죄를 드러내기를 바랍니다. 군대에 재물이 있을 수는 없습니다. 빈손으로 여러 사람을 뒷바라지 하니 스스로 마련할 수 없다면 호곡(戶穀), 결전(結錢)을 쓰지 않을 수 없습니다. 부자와 귀한 분들의 도움이 없지 않으나 호곡은 본래 국가가 군대를 위하여 사용하는 재원이며 근래 흉적이 군대를 혁파하였으나 의병에게 써도 안될 것은 없습니다. 결전은 국가가 바치는 공금인데 근래 원수 오랑캐가 거두어 쓰니 군사를 여기에 의지하여 먹여도 안 될 것이 없습니다. 이것은 국가를 위한 일이므로 공적인 데서 취한다는 도리입니다. 이른바 부귀한 자는 일찍이 국가가 태평할 때에 이미 극도로 영화를 누렸으니, 이제 국변(國變)을 당하여 임금의 다스림이 이루어지지 못하는 판에 어찌 사사로이 누리면서 공도(公道)를 잊을 수 있단 말입니까? 이것이 백성을 위함에 사사로운 데서 취한다는 말입니다. 또 일진회와 순검으로 도적에게 붙어 간첩질이나 하는 자는 진실로 본심을 잃은 것이고, 궁박하여 기댈 데가 없는 것이니 불쌍할 뿐 미워할 것은 없습니다. 잘못을 뉘우치고 정의로 돌아서서 몸을 깨끗이 한다면 죄를 용서하고 죽일 것도 없습니다. 또 정병(精兵) 아닌 관군으로 적에게 매수되어 좌우에서 따르는 자는 가난이 심하여 큰 죄에 빠진 것입니다. 책임은 우리에게 있고 저들에게는 있지 않습니다.〉

나는 격문을 뿌려 높은 위치에서 몸을 사리고 있는 벼슬아치와 의병을 한다면서 백성을 괴롭히고 있는 기회주의자들을 비판했다. 그리고 가난 때문에 어쩔 수 없이 관군이 되어 본의 아니게 일본군에 협조하는 자들을 포용하면서 그들에게 의병의 편에 서기를 호소했다.

가을로 접어들면서 나는 여러 지역에서 승리를 쟁취했다. 10월 21일(약력) 추치(杻峙)에서 적을 섬멸했고, 같은 달 26일에 죽령에서 일본군 삼십여 명을 사살했다. 죽령에서는 연거푸 세 번 전투가 있었는데, 우리의 피해는 적고 적을 많이 죽였다. 김상태가 휘하의 의병진을 데리고 단양 고리평에서 왜군 80명을 사살했다. 털보 부대가 풍기 박자동 전투에서 왜군 백여 명을 사살했다는 보고가 올라왔다. 해를 넘기면서 나는 의병진을 이끌고 강원도 춘천 쪽으로 북상했다. 실제는 양주에 모여서, 한성을 공략하는 13도 창의군 진공 작전에 가담한 것이지만, 일본군 주력부대가 가로막아서 뚫지 못하고 강원도로 방향을 돌렸던 것이다. 해를 넘기고 경기도 가평 광악산에 주둔했다. 바람이 심하게 불고 눈보라가 쳤다. 눈이 쌓이고 바람이 부는 한겨울에는 일본군도 토벌을 멈추고 자리만 지키고 있었다. 추위로 해서 우리 의병진도 나무로 모닥불을 피워 온기를 취하면서 쉬었다. 그런데, 1월 중순 경에 원주를 거쳐 가평 본진으로 올라오던 털보 부대로부터 긴급 통문을 받고 나는 깜짝 놀랐다. 일본군과의 전투 중에 부대장 털보 강민호가 총탄을 맞고 절명했다는 보고였다. 털보의 죽음 소식을 내가 들었을 때는 그의 참모 양일순이란 자가 원주 전환국에 가서 전화를 이용해서 한성의 한씨 부인에게 연락했다고 한다. 양일순은 한씨 부인을 털보의 유일한 연고자 고종사촌 누이동생으로 알고 있었다. 한씨 부인은 무역업을 하고 있었고, 사무실에는 전화기가 놓여 있었는데, 전사 소식을 전화로 알린 것이다. 한씨 부인은 털보의 시체를 남원 반달산 언덕으로 이송하라고 했다. 장지를 그곳에 마련하려고 했던 것이다. 그리고 한씨 부인으로부터 나에게로 연락이 왔다. 양일순이 나에게 들러 한씨 부인의 전갈이라고 하며, 사흘 후에 있을 털보 장례식에 참석해 달라고 했다. 장례식은 남원 근교 반달산 언덕에서 한다고 하였다.

  털보 부대가 원주 북쪽에서 일본군 토벌대 사사키 중대와 격돌했다. 한겨울로 접어들면서 일본군은 물론이고, 의병진에서도 전투를 피하는 추세여서 이 충돌은 우연한 접전으로 보였다. 사사키가 원주 병참부에서 머물다가 병력 교체를 하며 한성으로 올라가고 있을 때 원주 주산 방향에서 북쪽으로 이동하는 털보 부대를 만났다. 두 부대는 산악에서 교전을 했다. 털보 부대 의병진은 대충 2백 명이었고, 사사끼 중대 병력도 그 정도 되었다. 두 부대는 원하지 않은 전투였으나 맞부딪친 마당에 결사 항전하지 않을 수 없었다. 그 전투에서 지휘하던 털보가 가슴에 적탄을 맞아 절명했다. 부대장이 죽자 의병진은 전투를 중단하고 즉시 퇴각해서 여주 쪽으로 빠졌다. 물론, 죽은 털보의 시체는 부하 병사들이 옮겼다. 광악산에서 나는 김상태와 윤기영을 비롯한 제장 다섯 명과 함께 밤새워 말을 달려 남원으로 갔다. 장례식이 거행되고 있는 반달산 언덕은 한때 털보의 어린시절을 보냈던 냇가가 있는 마을이다. 털보가 열다섯 살 이전에는 그곳에서 노비의 아들로 살면서 어린 나이에 겪어서는 안 될 참담한 일을 겪었다.

한씨 부인을 내가 마지막 본 것은 그녀가 스무살 때인 24년 전이었다. 내가 지금 쉰 살이 되었듯이 그녀도 이제 44세가 되는 중년이 되었다. 그녀로부터 연락을 받고 장례식장에 갔을 때 보니 그녀 역시 많이 늙어있었다. 그러나 나이가 든 것에 비해서 그녀의 외모는 여전히 아름답고 귀티가 났다. 젊었을 때도 가냘프기는 했으나 예쁘고 우아했다. 그때 보고 24년 만에 본다. 물론, 전에 털보로부터 그녀에 대해 이야기를 듣기는 했으나 만나는 것은 오래간만이다.

반달산 마을은 20여 호의 집이 있는 조그만 동네였다. 산등성이 아래로 하천이 흘렀는데, 그 냇물은 아무리 추워도 얼지 않고 흐른다고 하였다. 냇가 어디선가 온천수가 올라와서 얼지 않는 것이다. 장지는 그 냇가가 내려다보이는 언덕에 있었다. 하천 변에는 앙상한 가지만이 남은 버드나무가 줄지어 서 있었다. 지금은 이 일대의 땅을 모두 한씨 부인이 사들여 소작인에게 농사를 짓게 하고 있었다. 장지에는 한씨 부인이 한성에서 데려온 일꾼들이 십여 명 작업하고 있었다. 그리고 무장을 한 낯선 장정 수십 명이 사방을 빙 둘러싸고 서 있는 것이 한씨 부인의 경호원들로 보였다. 양일순을 비롯해서 얼굴이 익은 털보 부대의 참모들이 여러 명 와 있었다. 나는 한씨 부인과 인사를 나누었다. 24년 만에 보는 데도 스무살의 얼굴 인상이 그대로 있어 한눈에 알아볼 수 있었다. 그녀는 하얀 소복차림으로 장옷(長衣)을 머리에 쓰고 있다가 나를 만나자 장옷을 벗었다. 소복 차림이어서 그런지 그녀의 모습이 더욱 애잔하게 보였다.

"삼가 강 공의 명복을 빕니다. 24년 만에 뵙는데도 부인의 모습은 여전히 아름답습니다."

인사라고 했지만 말을 해놓고 보니 초상난 부인에게 할 소리인가 하는 생각이 들어 계면쩍었다. 그러나 그녀는 개의치 않고 화답했다.

"털보로부터 나리의 이야기는 종종 들었습니다."

나는 얼굴에 부상을 입은 이후로 삿갓을 쓰고 다녔는데, 그때도 삿갓을 쓰고 있었다. 그녀는 나를 보자 단번에 알아보고 인사했다. 그런데 남편을 털보라고 해서 나는 깜짝 놀랐다. 놀랄 일은 아니지만, 우리는 털보라는 호칭이 일상이 되어 모두 그렇게 불렀으나, 부인의 입에서 그런 호칭이 나오자 조금 이상했다.

"강 공으로부터 듣기로는 부인이 사업에 성공해서 큰 무역회사를 경영한다고 들었습니다. 강 공을 통해 한성무역의 군자금을 많이 받아서 썼습니다. 나라를 위해 도와주신 것에 대해 늦었지만 감사의 말씀을 드립니다."

"별말씀을. 제가 가진 게 돈밖에 없으니, 그것으로 나라를 위해 도울 수밖에 없었습니다. 제가 총을 들고 싸울 자신은 없었습니다."

"고맙습니다. 앞으로도 계속 도와주십시오."

"필요하면 언제든지 요청하세요. 제 힘이 닿는 대로 도와드리겠습니다."

"그런데, 저 관 앞 탁자에 있는 흉상은 뭡니까? 청동 흉상 같은데요? 강 공의 무덤에 같이 묻을 것입니까?"

"네, 털보가 나에게 평소에 말했어요, 자기가 죽으면 저 흉상도 같이 묻어달라고."

"흉상이 누구인데 같이 묻어 달라고 합니까?"

탁자 앞으로 가서 자세히 보니 그 흉상(胸像) 조각 얼굴은 바로 김옥균이었다. 김옥균 얼굴을 보자 오싹하고 소름이 끼쳤다. 왜 소름이 끼쳤는지 모르겠다.

"김옥균 흉상이 아닙니까?"

확인하기 위해 내가 한씨 부인에게 물었다.

"네, 맞아요. 이 청동 흉상을 어느 날인가, 아마도 김옥균이 암살되었다는 소식을 들은 이후니까 아마 십이삼 년 전쯤일 거에요. 털보가 흉상을 가져와서 그의 방에 놓았어요. 그리고 아침저녁으로 인사하는 듯했어요. 마치 귀신에게 인사하듯이 했어요. 나는 그것이 싫었지만, 그가 좋아하는 것을 막을 수도 없고 해서 그대로 두었어요."

나는 따로 할 말이 없어 잠자코 서 있었다. 밑에서 일하는 상인으로 보이는 여자가 한씨 부인에게 다가와서 무엇인가 의논했다. 그 여자도 하얀 소복 차림인데, 어디서 본 듯한 인상이어서 자세히 쳐다보니 한씨 부인의 몸종 꽃슬이었다. 내 시선을 느끼고 꽃슬이 나를 돌아보더니 고개를 숙이며 인사를 했다.

"오래간만이군. 꽃슬이 아닌가?"

"네, 나리, 오래간만에 뵙습니다."

"그땐 소녀였는데 이젠 중년이 되었구면."

한씨 부인이 나에게 잠깐 실례한다고 하고 한쪽으로 가서 꽃슬이와 한참 이야기를 하였다. 나는 흉상을 바라보면서 끈질기게 강민호의 정신을 사로잡은 김옥균의 존재를 다시 생각했다. 강민호가 일본으로 망명하고 나서 한씨 부인은 남편이 주고 간 돈, 그 돈은 실제 한씨 부인의 아버지가 준 재산이었다. 십만 냥 정도 된 것으로 들었다. 그녀는 평생 먹고 살 수 있었지만, 그 돈으로 사업을 했다. 먼저 땅을 사들이기 시작했다. 한성의 남산 주변 땅을 샀다. 남촌(명동)과 진고개(충무로)를 비롯한 요지를 샀는데, 그 땅은 한 해가 다르게 올라서 삼 년 만에 열 배에서 서른 배까지 올랐다. 진고개에 일본인 거류민들이 들어오면서 그 땅은 백 배가 올랐다. 한씨 부인은 땅을 팔아 그 자금으로 무역업을 했던 것이다. 그녀는 일본과 중국, 멀리 유럽에 이르는 곳까지 물건을 사고 팔았다. 그녀는 이번에 설립하는 조선은행의 대주주가 되어 있다. 조선은행은 일본으로부터 차관을 빌려 설립하는 정부 은행이지만, 그녀가 낸 돈이 상당하였다. 그녀는 이용석이 탁지부 대신으로 있을 때 교육 사업에 돈을 기증해서 스물두 개의 보통학교를 설립했다. 임금 고종은 물론이고, 대신들과도 친분이 두터웠다. 이제는 일본과 무역을 하면서 통감부 사람들과도 친밀하다고 하였다. 들리는 말이 사실인지 모르겠으나, 이토 히로부미와도 잘 아는 사이라고 하였다. 나는 그녀가 배정자처럼 친일 반동분자가 되지 말기를 바라고 있다. 그 말은 털보에게도 여러 차례 말했다. 털보는 배정자와 격이 다르다고 하면서 그녀를 싸고돌았으나 무역업을 하는 자들은 어쩔 수 없이 친일한다는 것을 알고 있었다. 그리고 그것을 용납하기는 어려웠으나 그녀가 의병 활동에 군자금을 대고 있었기에 그녀를 배타시 할 수만은 없었다. 배정자는 의병이나 독립운동하는 조직에 돈을 내기는커녕 오히려 그 정보를 일본군에 판 매국노였다. 배정자가 일본군의 첩자로 활동한다는 말도 있다.

배정자(裵貞子)는 지금 38살인데, 생부가 민씨 일파에게 처형당한 이후 연좌법에 의해 관비가 된 어머니를 따라 이곳저곳을 떠돌았다. 어린 나이에 밀양의 기생으로 팔려 가서 기생 교육을 받던 중에 그곳에서 탈출했다. 먹고 살길이 없어 그녀는 12살에 절에 들어가 노승 비구니의 시중을 들며 여승이 되었다. 여승으로 있을 때 공부를 해서 소양을 넓히고, 일본으로 건너가 활동했다. 일본에서는 다야마 사다코(田山貞子)라는 일본 이름을 사용했다. 사다코는 아름다운 외모로 해서 게이샤(일본 기생)가 되었다. 요정에서 일하며 활동하는 과정에 총리대신 이토 히로부미를 비롯한 일본 정계 사람들을 만났다. 사다코는 일본군 첩보부대의 고급 장교를 만나 하룻밤을 보낸다. 그 장교는 사다코가 일본 여자인 줄 알았다가 그녀가 조선 여자라는 것을 알고 그녀를 첩보부대 간첩 양성기관에 들여보내 밀정 교육을 시켰다. 그렇게 훈련해서 그녀를 조선으로 보내 첩보활동을 하게 했다. 이미 이토 히로부미를 비롯한 일본 위정자들을 잘 알고 있었던 그녀는 표면상으로 외교관처럼 활동하며 일본을 위해 일했다. 사다코라는 이름으로 일했기 때문에 그녀가 일본인인지 조선인인지 구별이 어려울 정도였다. 그녀는 임금 고종과도 왕래가 잦았고, 왕비 민씨가 살아있을 때는 왕비 민씨와도 절친했다. 들리는 말에 의하면, 사다코는 왕비 민씨를 시해하려는 음모를 미리 알고 그녀를 살리고 싶어 도망가라고 민씨에게 귀띔했다고 한다. 그러나 민씨는 임오군란에 도망가서 고생했던 일을 또다시 겪고 싶지 않아 죽일 테면 죽이라고 하면서 버티었다고 하였다. 그러니까, 왕비는 일본 자객이 자기를 죽일 것이라는 것을 미리 알고 있으면서 피하지 않았다는 말이 된다. 어디까지 사실이고, 어디까지 허구인지 그것은 나도 모르겠다. 또 다른 일은 을미년 왕비 시해 사건 직후 고종이 겁을 먹고 외국 공사관에 파천하려고 했는데, 처음에는 미국 공사관으로 가려고 했다. 그런데 그 정보를 사다코가 미리 알고 일본 공사관에 알렸다. 일본 공사관에서는 고종의 망명을 막기 위해 미국 공사관에 미리 쐐기를 박아 고종의 파천을 거절하게 했다는 것이다. 실제 고종이 미국 공사에게 파천을 허락해 달라고 하였으나 미국 공사는 거절하였다. 이것도 사실인지, 아니면 허구인지 나로서는 알 수 없다. 어쨌든, 최근에는 사다코가 이토 히로부미를 아버님이라고 불렀기에 양녀라는 소문이 퍼졌다. 소문으로는 사다코가 이토 히로부미의 첩이라고도 하고, 수양딸이라고도 하였는데, 어느 쪽이 맞는지 모르겠다. 다른 사람이 있는 자리에서 이토를 향해 아버님이라고 불렀고, 이토는 사다코의 호칭을 그대로 받아들이는 사이였기 때문에 실제 수양딸이라는 말이 맞을 수도 있었다. 그러나 두 사람이 처음 만났던 것이 이십 년 전에 동경에서 사다코가 요정에 있을 때 게이샤 신분이었기 때문에 첩이라는 말도 맞을지 모른다. 실제는 첩이지만 외부 사람이 보는 자리에서는 딸이라고 위장한 것이다. 이토 같은 일본 최고 권력자가 게이샤를 첩으로 두었을까 하는 의문이 있을 수도 있지만, 이토의 본부인도 실제 게이샤 출신이었다. 기생을 본부인으로 맞았는데 첩으로 기생을 두었다고 해서 이상할 것은 없을 것이다. 어쨌든 이토 히로부미의 수양딸이라는 소문 때문에 조선의 대신들이 그녀 앞에서 머리를 조아릴 정도로 위세가 컸다. 지금도 손탁 호텔에서 파티가 열렸다 하면 그녀가 나타나는데, 기모노 차림에 일본말을 하며 일본인 귀족으로 행세했다. 그녀를 정리한다면 일본군 첩보부대의 밀정이고, 일본측의 민간 외교관이며, 매국노이다.

　매국노인 배정자와 한씨 부인을 비교할 수는 없는 일이었으나, 한씨 부인도 친일하고 있는 것은 사실이었다. 그러나 나는 일본과 친하다는 것으로 해서 친일배라고 비난하려는 것이 아니다. 친일에도 여러 가지 종류가 있다. 나라를 팔고 조선에게 적대시하는 친일이 있고, 마지 못해 하는 친일이 있다. 위정자의 친일은 용서할 수 없으나, 먹고 살기 위해서나 장사하기 위해 하는 일반인의 마지못한 친일은 용서할 수 있다. 한씨 부인은 남편이 일본에서 돌아오기 전에 이미 미망인이 되어 있었다. 남편이 죽었다고 신고하였다. 그녀는 공식적으로 과부였다. 그래서 남편이 돌아왔을 때 남편이 아니고 오라버니라고 공식화시켰다. 지금 나를 빼고는 다른 사람들은 모두 그녀를 털보의 누이동생으로 생각하고 있다. 성이 다른 누이동생이다. 한씨의 생모성이 평양 강씨였는데, 털보가 평양 강씨여서, 한지희는 털보의 고종사촌으로 둔갑했다. 털보가 의병 활동을 했기 때문에 한씨 부인을 보호하기 위해서 취한 일이기도 하고, 실제 한 씨 부인이 털보를 남편으로 생각하지 않고 오라버니로 생각하였다. 털보의 말에 의하면 일본에서 돌아온 이후로 같은 방을 쓴 일이 한 번도 없다고 한다. 한씨 부인은 수녀나 비구니처럼 금욕자로 변신해서 단 한 번도 남편과 동침하지 않았다. 그것이 너무 심해서 처음에는 털보와 갈등을 빚었으나, 나중에는 어쩔 수 없이 털보도 그것을 받아들였다.

입관을 기다리는 동안 나는 궐련을 한 개피 빼어서 입에 물고 성냥으로 불을 붙여 물었다. 성냥으로 궐련에 불을 붙이며 갑자기 강난설헌이 떠올랐다. 그녀가 죽은 지도 십 년이 넘은 세월이 흘렀는데 왜 갑자기 그녀의 얼굴이 떠오르는지 모르겠다. 더구나 강난설헌이 목이 잘려 머리가 유리 용기 속에 들어 있던 그 끔찍한 모습이 떠오를 때는 회상하기도 무척 괴로웠다. 단순히 강난설헌의 아름다운 모습이 회상되는 것이 아니고, 마치 운명을 저주하듯이 목이 잘린 얼굴이 유리 용기 속에서 미소 짓고 있는 것을 떠올리면 오싹해진다. 강난설헌 존재가 나에게 어떤 의미로 남았는지 알 수 없다.

입관이 시작되었다. 관이 들어간 다음 김옥균 흉상이 들어가서 털보의 관 옆에 놓였다. 나는 향을 피우고 절을 했다. 마음을 다잡고 있었으나 털보 관이 하관하는 것을 지켜보며 갑자기 눈물이 나왔다. 나는 억지로 참으며 마음속으로 다짐했다.

"강 공, 먼저 가시오. 나도 곧 뒤따라가겠소. 사람은 어차피 한 번 죽는 것, 누가 먼저 가고 누가 뒤늦게 간다고 뭐가 다를 게 있겠소. 그동안 의병 활동을 하느라고 수고가 많았소. 변함없이 나를 도와주어서 고맙소. 당신이 살아 있을 때는 진지하게 당신에게 고마운 마음을 전하지 못했지만, 이제 말하는 것이요. 고마웠다고. 잘 가시오. 나중에 우리 다시 만납시다. 영혼으로 만났을 때 그때도 우리나라가 국권이 회복하지 못했으면 우린 영혼으로 전쟁을 같이 합시다. 우리의 전쟁은 끝날 수 없소."

**2**

광악산에서 추운 겨울을 보내는데 의병 모두 힘들었다. 전투는 없었으나 전투 못지 않은 한파가 몸을 얼어붙게 했다. 각 군막 의병들은 동상에 걸려 고통스러워 했다. 동상이 심한 의병은 약간의 여비를 주어서 집으로 돌려보냈다. 집으로 가지 않겠다고 버티는 자도 있었으나, 발에 동상이 심해서 제대로 걷지 못하는 자를 데리고 전투할 수 없어 억지로 보냈다. 몸이 완쾌되면 다시 오라고 했지만 오기를 기대하고 한 말은 아니다. 그리고 동상이 그렇게 쉽게 치유되는 병이 아니었다. 동상뿐만이 아니라 질병에 걸렸거나, 부상을 입어 전투 능력이 소실된 사람도 집으로 가게 했다. 한곳에 대 부대가 모여있는 것도 부담이 되어 여러 부대로 나눠서 분산시켜 주둔하였다. 일부 부대는 연고가 있는 지역으로 옮겨갔고, 일부 부대는 의병진을 해산하기도 하였다. 의병 부대를 해산한 부대는 털보 부대였다. 부대장 털보가 죽은 이후 사기는 땅에 떨어지고, 의병들은 전투 의욕을 잃고 있었다. 털보 부대는 이미 반 이상이 집으로 돌아간 후였기 때문에 나머지도 원하면 해산하라고 했다. 일부 병력이 타 부대로 옮겨오기는 했으나 대부분 집으로 돌아갔다. 그리고 조동교 부대는 조동교가 처형된 이후 분열되어 해산된 것이나 다름없었다.

한겨울이 지나고 3월에 접어들면서 눈이 녹기 시작했다. 한겨울에는 골짜기에 눈이 많이 쌓여 산을 내려가기도 어려웠다. 눈이 녹기 시작하자 보이지 않던 오솔길이 드러나고 땅에 풀이 파랗게 솟아올랐다. 오솔길에 할미꽃이 피기 시작했고, 아래쪽 개울가에는 철쭉과 진달래가 활짝 피었다. 이제 움직여 일본군 부대를 공격할 준비를 하였다. 3월 14일 정오 무렵에 두 명의 포수가 찾아왔다. 엽총을 들고 포수처럼 복색하고 있었으나, 그들은 포수가 아니고 한 사람은 의암 류인석의 아들 류제함(柳濟咸)이고 다른 사람은 선비 김낙원이었다. 그들이 골짜기로 올라오다가 초병들을 만나서 올라오지 못했다. 그들은 신분을 밝히고 나를 만나기 위해 왔다고 하였으나 초병들은 류인석이 누구인지 알지 못하는 농민이고, 다른 사람은 노비 출신으로 그들에게는 생소한 이름이었다. 그래서 들여보내지 않자 한동안 다투었던 것이다. 나중에 제함이 류인석이 쓴 격문과 나에게 보내는 편지를 보여주자 그제야 초병이 그것을 들고 나에게 왔다. 한문으로 된 편지를 읽지 못한 초병은 그것을 나에게 내밀며 말했다.

"대장, 도포를 입은 두 사내가 와서 대장을 만나려고 해서 막았습니다. 너희들이 누구인지 모르지만, 우리 대장은 아무나 만나지 않는다고 하자 그들은 이 편지를 보이면서 가져다주라고 해서 가져왔습니다."

편지는 의암 류인석 선생이 보낸 것이었다. 나는 황급히 일어나 골짜기 아래로 내려갔다. 그곳에 가니 제함과 낯선 선비 한 사람이 서 있었다. 제함은 내가 알고 있는 류인석의 큰아들이고, 다른 사람은 김낙원이라는 사람인데, 이름은 들었어도 본 일이 없는 류인석 선생의 제자였다. 그들과 함께 막사로 돌아와서 차를 나누면서 이야기를 하였다. 류인석 선생은 러시아 해삼위(블라디보스토크)에 있었다. 13도 창의군으로 한성 궁궐을 수복하려는 작전은 의암이 세운 계획이었지만, 그 일은 실패하였다. 13도 창의군 총대장으로 뽑힌 이인영(李麟榮)이 중간에 부친상을 당하자 대장직을 사직하고 돌아가는 바람에 군사장으로 있던 허위(許蔿)가 대장직을 맡아 지휘했다. 허위가 이끄는 의병진은 1만 명에 이르는 대군이었으나, 공격하기도 전에 13도 창의군 경성 진공 작전이 소문나면서, 그 작전이 신문에 날 정도로 알려져서 일본군 병력이 미리 막는 바람에 뚫지 못했다. 일본군에서는 양주에 집결한 의병진이 한강을 건너지 못하게 하려고 한강의 모든 나룻배를 몰수해서 움직이지 못하게 하고, 한강의 모든 선박을 당분간 움직이지 못하게 금지시켰다. 거기다가 동대문에 기관총을 여러 대 설치하고 방비했다. 그러나 의병 부대는 뗏목을 만들기도 하고, 양화천(남한강) 상류쪽 멀리 떨어진 배를 불러내서 도강했다. 척후 의병 부대가 강을 건너 동대문까지 갔다가 기관총 공격을 받고 전멸했다. 그 뒤를 이어 허위부대가 따라가서 동대문 밖 삼십 리(망우리 공원)까지 접근했으나, 일본군의 공격을 받고 더 이상 나가지 못했다. 그때 나의 의병진은 한강을 건너려고 하다가 잠복해 있는 일본군 부대의 공격을 받고 뒤로 물러나서 가평쪽으로 돌아 경성으로 진입하려고 했지만 가평에서 주둔하고 있는 일본군에 막혀 더 이상 진입하지 못했다. 류인석 선생이 13도 창의군 진공 작전을 구상했으나 시기가 아직 아니라고 말리는 것을 무시하고 이인영과 허위 등이 공격을 서둘렀던 것이다. 류인석이 말린 것은 13도 창의군 경성 공격 소식이 널리 알려져서 일본군이 방비를 철저히 하였기에 실패할 것이라고 내다본 것이다. 이인영과 허위는 류인석 선생의 만류를 무시하고 그대로 공격했다가 실패했다. 그때 류인석 선생은 러시아 해삼위에 머물고 있었다. 그곳에서 류인석은 아들 제함과 제자 김낙원을 보내 이인영과 허위에게 경성 진공 작전을 뒤로 미루라고 했으나 그것을 받아들이지 않았다. 제함은 나에게 와서 차를 마시며 그 이야기를 하며 안타까운 일이라고 하였다.

"일부 사람들은 이인영 공이 부친상을 당했다고 해서 자리를 비우는 바람에 실패했다고 하지만 그건 이인영 공에게 책임을 떠넘기는 헛소문입니다. 실제 그 진공 작전은 누가 책임자가 되든 실패할 수밖에 없었습니다. 소문이 날만큼 나고, 대한매일신보에 기사까지 난 진공 작전이 어떻게 성공할 수 있겠습니까?"

"그 실패의 원인을 나로서는 뭐라고 말할 수 없겠습니다. 나는 일본군 수비대에 막혀 협진이 불가능했기에 내 입장에서 뭐라고 할 수가 없습니다."

나의 말에 김낙원이 말했다.

"운강 공은 할 만큼 했습니다. 잘 모르는 사람들은 협진하지 못했는데, 무슨 호서창의대장이냐고 하지만, 그건 상황을 잘 모르고 하는 말이니 신경쓰지 마십시오. 관동창의대장 민긍호 공 역시 협진에 참여하지 못했습니다. 의병진이 분산된 것은 일본군이 의병 병력 집중을 막으려고 지방의 토벌대에 명령을 내려 각 지방에서 막았던 것입니다."

차를 마시고 나서 류제함은 곧 가야 한다면서 혹시 아버지에게 서신을 주면 가져가겠다고 해서 나는 지필묵을 가져오라고 해서 의암에게 편지를 썼다. 의암이 나에게 보낸 편지와 내가 보낸 서신 내용은 다음과 같다.


〈듣건대, 그대가 거사하여 신의가 밝게 드러나서 온 나라 사람이 두려워하고 사모한다니 삼가 감복한다. 오늘의 거조(擧措)는 천하만고의 대의일 뿐만 아니라, 그 큰 공효(功效)됨이 이루 다 말할 수 없을 것이 있다. 그동안에 이미 어떤 경지에 이르렀는가? 오직 국면(局面)

을 완결하기를 바랄 뿐이다. 나의 정경(情境)은 드린바 온 나라 창의소(一國義所)의 글에 대략 서술하였으니 다시 군더더기 말을 하지 않겠다. 만약 내 병이 조금 낫는다면 원컨대, 장차 여러분의 휘하로 달려가 종사하려 한다. 화남(華南) 박장호(朴長浩)와 원주의 이인영과는 서로 통문(通問)할 줄도 아니, 빌건대 이 뜻을 전하여 주오. 이번에 간 사람들이 말하지 못한 것이 있거든 알려주고, 다시 계책(計策)이 있는 바를 모두 듣기를 원하오.〉

〈이제 국변이 망극한 날을 당하여 슬픔이 절박함을 스스로 견디지 못하와 두세 사람이 동지와 더불어 감히 원주와 제천의 경계에서 의로운 깃발을 올려 맹세코 먼저 난적을 토벌하고 또 원수 오랑캐를 멸하여서 조종(祖宗)의 옛 법도를 광복코자 합니다. 삼가 성현의 대도를 지킴은 바로 평일에 문하에서 강론하여 가르침 받아 하늘과 땅 사이에 의(義)의 한 글자가 있음을 알아 굳게 가슴 속에 간직하여서 한 몸이 있음을 알지 못합니다. 다만 한스러운 것은 길이 매우 멀어 능히 어려움에 밤낮으로 답답함이 바람을 만난 배의 노 같습니다. 윤우(胤友, 의암 맏아들 제함이 벗이라는 뜻)와 유생 김 공이 제 거처에 이르러 소매 속에서 내리신 글월을 전하여 주어서 깜짝 놀라고 배독(拜讀)하옵고 체후(體候)가 화기(和氣)를 잃어 기거(起居)에 사람의 도움받음을 엎드려 살피오니, 하성(下誠)에 놀랍고 염려스러워 몸 둘 바를 알지 못하겠습니다.

신명(神明)이 도와 며칠 이내에 원상(原狀)을 회복할 줄로 압니다. 강년은 군대를 거느린 이래로, 영남, 호서, 관동의 2백 리 지경 안에서 도적의 장수와 졸개들을 죽이고 나아가 싸우다가 물러나 영춘, 단양, 영월의 세 고을의 사이를 지켰습니다. 여러 곳에서 왜적을 공격하여 승리도 하고 패배도 하였으며, 군사의 수가 일천을 넘어서기도 하였지만 때로는 모두 분산하고 일백에 머물기도 하였습니다. 가평의 광악산에서 한겨울을 보내고, 이제 봄이 되어서 군사가 기동할 수 있어 다시 전쟁할까 합니다. 일본군에 비해서 군비가 빈약하고 병력의 수가 적다고 해서 승패가 난 것은 아닙니다. 설사 패배한다고 해도 우리는 죽을 때까지 싸울 것이며, 장수와 군사들은 충성하여 도적을 토벌할 것입니다. 엎드려 원하옵건대 이 사명에 흔들리는 바 되지 말고 하루바삐 건강을 찾아서 의병을 호령하며 지도해 주기를 바랍니다. 이것이 성심으로 바라는 바입니다.〉

**3**

3월 19일 새벽에 주변 삼십 리 근교에 나가 있는 척후병들로부터 적의 동향에 대한 보고가 올라왔다. 관청리(官廳里) 용소동에서 온 급보였다. 동이 트기 전 이른 새벽에 1개 중대 일본군 1백50명이 마을 주민들을 위협하여 앞에 세우고 이쪽으로 오고 있다고 하였다. 나는 먼저 하한서에게 선봉 부대를 이끌고 출전하라고 했다. 그리고 좌우 선봉에게는 휘하 군사를 이끌고 관청리 뒷산에 올라가 매복하라고 했다. 나는 본진의 군사를 이끌고 산등성으로 올라가 접근하는 적진의 형세를 살폈다. 올라가서 망원경으로 보니 일본군은 마을 사람 십여 명을 앞에 세우고 오고 있었다. 민간인 복장을 하고 있는 주민들은 분명 조선 사람이었는데, 그들을 앞세운 것은 의병이 사격을 하면 방패막이로 하기 위해서였다. 그래서 나는 파병한 군사들에게 민간인이 앞에 있으니 그들을 피해서 저격하라고 했다. 앞에 오고 있는 민간인을 살피고 있는데 그중에 한 사람이 머리에 싸매고 있던 수건을 풀어 들고 그것을 흔드는 시늉을 했다. 아직 날이 밝지 않았으나, 일본군 선두가 횃불을 들고 있어 어느 정도 구분할 수 있었다. 무슨 신호인지 언뜻 보아 알 수 없었으나, 망원경을 통해 수건을 흔드는 자를 보니 얼굴이 익은 의병 방수장 박경팔(朴敬八)이 분명했다. 적의 동태를 살피기 위해 각 마을에는 의병을 민간인으로 위장해서 파견해 놓았다. 박경팔은 그중에 한 명이었다. 나는 그가 수건을 흔드는 것은 앞에 서서 가는 민간인이 십여 명 있으니 사격할 때 조심해 달라는 뜻으로 받아들였다. 나는 전령을 보내 각 부대에 다시 한번 주의를 주었다. 박경팔을 비롯한 주민들은 광악산 의병진이 있는 곳으로 일본군의 진로를 안내하고 있었다. 그들이 오는 길목은 광악산이 틀림없으나 좁은 길목을 선택한 것을 눈치챘다. 일본군을 습격하기 좋은 위치에 몰아넣은 것이다.

일본군이 마을 주민들을 방패로 세우고 좁은 목 개울가에 이르자 도선봉 하한서와 산등성에 매복해 있는 선봉군의 사정거리 안으로 들어오게 되었다. 나는 권총을 꺼내 공포를 쏘았다. 그러자 하한서 선봉군들이 일제히 사격을 퍼부었다. 좁은 골목과 하천이 있는 길이라, 일본군은 쉽게 흩어지지 못하였다. 산으로 이어진 언덕이 있었으나 그곳은 벼랑이 가로막고 있어 그곳으로 도망가지 못했다. 총격이 가해지자 박경팔이 주민들에게 뭐라고 소리치는 듯했다. 바닥에 엎어져서 총알을 피하라는 것이었다. 박경팔의 말이 떨어지자 주민들은 바닥에 바짝 엎드려 의병들의 총탄을 피했다. 주민들은 기어서 하천 옆에 있는 큰 바위 쪽으로 기어갔다. 의병들은 주민들을 피해서 일본군 병력이 있는 뒤로 집중 사격을 했다. 의병들이 모두 엄폐물에 몸을 숨기고 쏘았기 때문에 일본군이 사격을 했으나 의병들은 총알을 쉽게 피할 수 있었다. 그래서 총탄에 맞아 쓰러지는 자들은 대부분 일본군 병력이었다. 나중에는 일본군도 땅바닥에 엎드려 사격했으나 제대로 된 엄폐물이 없어 총알을 고스란히 받았다. 내가 데리고 있던 본진 병력이 고함을 지르면서 산 아래로 뛰어 내려갔다. 그들은 마치 육박전이라도 할 듯이 개울가로 뛰어갔는데, 그 과정에 여러 명이 총탄에 맞아 쓰러지는 것이 보였다. 그러나 맹렬하게 뛰어가면서 총을 쏘았기 때문에 일본군들은 당황하면서 바닥에 엎드려 있던 일부 병사들이 뒤로 도망가는 모습이 보였다. 그렇게 한 시간 정도 교전을 하는 과정에 날이 훤하게 밝아왔다. 날은 밝았으나 안개가 자욱하게 끼어서 잘 보이지 않았다. 그 안개는 아군에게 매우 유리했다. 우리는 병력이 사방에 산개하고 있었지만, 일본군은 개울과 골짜기에 집중적으로 모여 있었기 때문에 눈을 감고 쏘아도 적을 쉽게 쓰러뜨릴 수 있었다. 안개가 심하자 일본군은 더 이상 교전을 하지 않고 뒤로 물러서기 시작하더니 마치 밀물이 빠지듯이 사라졌다. 그들은 일부 군장비와 죽은 사체를 그대로 두고 달아났다.

현장에 다가가서 전황을 살폈다. 하한서는 일본군이 퇴각한 쪽으로 군사를 이동시켜 추적했으나 나는 길게 따라가지 말라고 했다. 그들을 반수 가까이 사살했으나 아직 남아있는 병사들이 엄폐물이 있는 곳에 숨어 있다가 추적하는 아군을 공격할 가능성이 있었기 때문이다. 만세 소리가 들려 돌아보니 개울가 바위 뒤에 숨어있던 박경팔과 주민들이 나오면서 팔을 쳐들며 만세를 외쳤다. 박경팔이 나에게 와서 보고했다.

"대장이 지시한 대로 저는 관청리에 들어가 어느 주민의 집에서 묵고 있었는데, 자정이 넘은 깊은 밤에 일본군 1개 중대 병력이 들어와서 마을 사람들을 불러내어 이강년 의병진이 어디에 있는지 대라며 협박했습니다. 모두 모른다고 하자, 말하지 않으면 총으로 쏘아 죽인다고 하면서 총구를 들이대었습니다. 사실 나를 비롯한 우리 대원 두 사람만 알뿐 나머지 주민들은 정확히 알지 못하기 때문에 정말 모를 수밖에 없었던 것입니다. 그렇게 끝까지 모른다고 하자, 정말 쏘아죽일 듯이 소총을 장전하더니 방아쇠를 당기려고 했습니다. 그래서 제가 나서면서 말했습니다. 정확히는 모르지만 의병진이 있는 산은 알고 있다고 하면서 광악산으로 가는 길을 안내하겠다고 했습니다. 대원 중에 한 명이 몰래 빠져나가 본진에 연락하러 간 것을 알았기 때문에 대비하고 있을 것으로 생각했던 것입니다. 나의 말을 어느 일본군 통사가, 일본인인지 조선인인지 모르겠지만, 조선말을 잘하는 자가 한 놈 있었는데, 그놈이 내 말을 통역하자, 듣고 있던 일본군 중에 대장으로 보이는 자가, 나를 비롯한 주민 열다섯 명의 남자들을 추려서 앞세우고, 의병진이 있는 곳으로 앞서 가라고 했습니다. 그래서 우리는 왜군들의 앞에 서서 오게 되었습니다. 우리는 이제 죽었구나 생각했지만 대장께서 의병들을 데리고 와서 기습하리라고 믿고 있었습니다. 그래서 저는 광악산을 향하기는 했지만, 마을을 빠져 나갈 때 하천을 끼고 있는 외복호산 동네로 갔습니다. 여기가 지형이 가장 고약해서, 들어오기는 하지만 쉽게 나갈 수 없는 외길이라는 것을 알고 있었기 때문입니다. 대장께서는 아주 적절한 시기에 군사를 데려왔던 것입니다."

"수고했네. 이번 전투는 당신의 공이 크네."

"저야 뭐, 한 일이 없습니다. 머리에 수건을 풀어 흔들며 이상한 짓을 한 것은 혹시라도 우리가 있는 것을 모르고 일제히 사격해서, 정말 일본 대장이 말한 것처럼 총알받이가 될까 겁이 나서 신호를 보낸 것인데, 대장께서 조처를 취하셨는지 우리에게는 총알이 날아오지 않았습니다. 더구나 바로 앞에 큰 바위가 있다는 것을 알고 있었기 때문에 우리는 땅바닥을 기어서 그곳에 숨어서 단 한 사람도 다치지 않았습니다."

"당신의 역할이 승리를 이끌었으니, 포상을 내리겠네."

나는 옆에 있는 종사 한 명에게 백육십 원을 가져오게 했다. 일 원짜리 은화 백육십 개를 작은 포대 주머니에 담아 가지고 왔다. 그것을 박경팔에게 주자 그는 펄쩍 뛰면서 안된다고 했다.

"대장, 저는 의병입니다. 당연히 해야 할 일을 했을 뿐인데 포상이 웬 말입니까?"

"아니, 당신에게 주는 게 아니야. 이 돈은 이번에 총알받이로 앞에서 걸어온 주민 15명에게 주는 것이니 골고루 십 원씩 나눠주게. 백육십 원이니 당신도 같이 포함되었어."

"이러면 안 되는데."

"안 되긴 뭐가 안 돼? 빨리 받아서 저 주민들의 노고를 치하하도록 해."

"네, 고맙습니다."

박경팔은 은화 주머니를 받아들더니 날듯이 뛰어서 총알받이로 앞서 왔던 열다섯 명의 주민들에게 갔다. 박경팔이 내 뜻을 전하고 은화 10원씩 나눠주자 그들은 돈을 받으며 내 쪽으로 절을 하면서 함박웃음을 지었다. 가난한 농민에게 10원(1백 냥)의 은화는 상당히 큰돈이었다. 그들은 나라를 위해 당연히 할 일을 했다고 생각했으나, 나는 공을 세운 군사나 주민에게 포상하는 것을 원칙으로 삼고 있었다. 물론, 한 씨 부인이 군자금으로 나에게 준 돈을 사용하는 것이었다. 지난 털보 장례식장에 갔을 때 장례식이 끝나고 헤어질 때 한 씨 부인이 나를 은밀하게 부르더니, 밑에 일하는 상인을 시켜 마차 한 대를 나에게 주며 끌고 가라고 했다. 그 마차에는 한가득 은화가 담긴 상자들이 있었다. 돈이 얼마나 되는지 그곳에서 세어볼 수도 없었고, 얼마나 주느냐고 물어보고 싶었으나 차마 그런 질문을 할 수 없어 그냥 고맙다고 하고 받았다. 밤을 이용해서 일본군 병참기지를 피해서 산길로 끌고 와서, 광악산 부대에 도착해서 세어보니 모두 5천 원(5만 냥)의 은화였다. 내가 13년 전부터 의병 활동을 하였지만, 이렇게 많은 군자금을 받아보기는 처음이었다. 한 씨 부인이 그녀의 남편 장례식에 나를 부른 것이 남편 관이 하관하는 것을 보라고 한 것이 아니고, 실제는 나에게 군자금을 주기 위해 부른 것을 알았다. 나는 참모들과 제장에게 한 씨 부인에 대해서 말해 주었다. 일반 군사에게는 알리지 말라고 했다. 돈을 많이 가지고 있다는 것이 알려지면 무슨 일이 벌어질지 몰라서 비밀로 했다.

용수동에서 벌인 전투에서 적은 73명이 전사하였다. 중대 병력 반을 죽인 것이다. 아군은 열다섯 명이 전사하고, 일곱 명이 부상을 입었다. 일본군 부대는 급하게 도망가느라고 죽은 군사의 소총과 탄약 상자를 그대로 놓고 달아나서 소총과 탄약을 획득하는 전과를 올렸다. 우리는 일본군 장비를 챙겨서 그날 해 질 무렵에 광악산 기슭에 있는 대청리로 회군했다. 우리 부대는 전승을 기념하기 위해 광악산

산신제 제사를 지내며 사유를 고하였다. 나는 종사들에게 술과 과일과 포를 준비해서 서낭당에 올리라고 하였다. 나와 참모들과 제장들이 모두 목욕재계(沐浴齋戒) 한 다음 축을 지어 산신령에게 제를 올렸다. 내가 산신령에게 제사를 지내는 것은 미신을 믿어서가 아니라 지쳐 있는 장수들과 군사들에게 보여주기 위한 것이었다. 산신령도 우리를 돕고 있다는 암시를 주기 위해 사기 진작용으로 제를 올리는 것이었지만, 그런 식으로 설명할 수는 없었다. 나는 마음속으로 성심을 가지고 왜적을 물리치고 의병들의 의롭고 충성스런 싸움을 도와달라고 빌었다. 그리고 싸우다가 죽은 동료 의병들을 위한 명복도 빌었다. 이 제사는 산신령의 힘을 얻으려는 것이라기보다 살아 있는 군사의 사기를 위해 올리는 것임이 나의 솔직한 심경이었다.

### 4

용소동 전투가 벌어진 지 사흘이 지나는 날, 3월 22일(양력) 새벽에 수백 명의 일본군이 두 갈래로 나누어 오고 있다는 보고가 올라왔다. 대청리 전투가 벌어진 것이다. 그들은 전처럼 평지에서 공격해 온 것이 아니고 이번에는 산을 삥 돌아 위로부터 내려오면서 공격했다. 지난번에 용소동에서 패배한 복수를 하려는지 작정하고 달려들었다. 나는 급히 각 제장들에게 휘하 군사를 이끌고 응전하라고 지시하고 나도 본진 군사를 데리고 출전했다. 험준한 산을 이용하기로 하고, 나무와 바위 등의 엄폐물을 이용해서 경비를 하였다. 도선봉군과 좌우선봉군은 험준한 요새지에 군사를 매복시키고 일본군의 진입을 기다렸다. 날이 밝아지자 일본군 병력이 남쪽 산등성이에서 요란한 소리를 내며 내려왔다. 미리 겁을 주려는지 아무 곳이나 포를 쏘아대었다. 포탄은 우리 진지를 맞추지 못하고 그냥 골짜기며 산에 떨어졌다. 포탄이 엉뚱한 데 떨어지고 있다는 것은 우리의 진지 위치를 모르고 있다는 말이 되었다. 그래서 나는 섣부르게 총질을 하지 말고 적이 바짝 다가올 때까지 기다리라고 지시했다.

골짜기로 내려오는 적의 병력은 삼사백 명 정도 되었는데, 아래쪽 산 입구에도 그 정도의 병력이 있다는 보고를 받았다. 산위와 아래를 동시에 공략해서 우리를 꼼짝못하게 하려는 것으로 보였다. 옆으로는 벼랑이고, 낭떠러지가 험해서 피하기 힘든 지형이었다. 결국은 위에서 내려오는 적을 치든지 아래에서 올라오는 적을 치든지 어느 한쪽을 깨야 우리가 탈출할 수 있었다. 그런데 싸워보지도 않고 탈출할 생각을 하는 것은 헛된 생각이다. 나는 군사들에게 필사의 항전을 하라고 지시했다. 골짜기 아래로 내려오는 일본군은 양옆 나무 숲에 숨어있는 우리를 보지 못하고 그대로 지나치려고 했다. 우리 병력의 대부분이 나무에 올라가 있었기 때문에 땅만 살피고 내려오던 그들은 우리를 제대로 보지 못한 것이다. 아주 가까이 그들이 오자 일제히 사격했다. 신입 의병도 있지만, 대부분 의병들은 그동안 여러 번 전투를 한 경험이 있었다. 날이 갈수록 의병들의 사격술은 발전하였고, 담력도 커져서 적이 총을 쏘아도 도망가지 않고 교전했다. 그리고 지금 상황은 도망 갈데도 없었다. 가까운 곳에서 사격하자 일본군이 낙엽이 우수수 떨어지듯이 쓰러지는 것이 보였다. 사정거리가 가까워서 총을 잘 쏘지 못하는 농민 출신도 이번에는 제대로 맞추는 것이었다. 물론, 포수 출신의 의병들은 거의 백발백중하는 것이 보였다. 기습적인 공격을 받자 내려가려던 일본군이 다시 위로 올라갔다. 그런데 그들의 뒤를 쫓아오는 한 무리의 의병진이 있었다. 적의 후미를 추적해서 오고 있던 의병진은 화남부대였다. 화남부대는 내 지시를 받기보다 별동부대로 독자적인 활동을 하는 부대였다. 의암 류인석의 제자인 화남 박장호(朴長浩)가 부대장으로 있었다. 위로 퇴각하려던 일본군 부대는 골짜기에서 좌우로 흩어지며 바위나 나무를 의지하고 움푹 파인 곳에 몸을 숨기고 아래와 위를 동시에 막으면서 총을 쏘았다. 그리고 밑에서 일본군 부대가 올라오는 것이 보였다. 의병 부대는 아래에서 올라오는 일본군과 위에 숨어 있는 일본군 부대를 동시에 막아서며 교전했다. 그래서 약간 불리한 입장이 되었지만, 위에서 공격하는 화남부대 덕분에 일본군들도 위아래 적을 만나 당황하는 기색이었다. 함부로 나서지도 못하고, 엄폐물에 틀어박혀 나오지 못하였다. 그래서 교전은 하루종일 이어졌다. 교전이 길어지자 우리 아군의 희생도 늘어났다. 이렇게 되면 피아간에 희생자가 많이 나올 것 같았다. 그래서 나는 가운데를 차지하고 아래위로 총을 쏘는 하한서 도선봉군을 뒤로 빼게 했다. 그래서 위에 있는 일본군을 내려가게 하고, 아래쪽에서 치고 올라오는 의병진을 옆으로 빠지게 했다. 밑으로 길을 터준 것이다. 그러자 일본군은 처음에 의심하면서 함부로 나서지 못했다. 그러나 총을 쏘는 의병이 없다는 것을 확인하고 일본군은 아래로 줄행랑을 쳤다. 나무 위에 있던 의병진이 도망가는 일본군 뒤를 향해 사격했다. 그때 도망가면서 일본군 상당수가 죽었다. 전투가 끝난 다음 죽은 일본군 시체를 확인해보니, 골짜기에서 싸우다 죽은 일본군보다 도망가면서 뒤로 총을 맞아 죽은 일본군의 수가 훨씬 많았다. 이 전투에서 우리는 51명이 전사하고, 일본군은 1백42명이 전사했다. 이 전투에서 죽은 일본군 병사에게서 1백11자루의 소총을 획득했고, 탄약 상자를 열 상자 놓고 가는 바람에 총탄 약 5천 발의 실탄을 얻게 되었다. 일본군은 퇴각하면서 시체를 함부로 버리지 않고 가져간다. 그리고 탄약을 비롯한 장비는 물론 가져갔으며, 못 가져 갈 경우는 파괴하였는데, 이번에는 워낙 급했는지 그냥 몸만 빠져나갔다. 하루종일 교전하면서 그들도 지쳤는지, 나 살려라 하고 달아나 버린 것이다. 지친 것은 아군도 마찬가지였다. 나는 전군에게 일본군 총기와 탄약 등 장비와 죽은 아군의 시체를 들것에 실어 모두 옮기라고 하였다. 일본군 시체는 그대로 두고 가라고 했다. 그들을 묻어주기에는 시간도 없고, 그럴 만한 기분도 아니었다.

  적의 패잔병이 모두 달아나고 우리 의병진도 회군했다. 의병진이 회군하여 광악산 본진에 모였다. 장수와 군사가 모두 모였으나 의병장 이강년이 보이지 않는 것이다. 내 모습이 보이지 않자 참모며 제장, 그리고 병사들이 놀랐다. 참모와 장수들이 군사를 풀어서 찾았으나 밤이어서 나를 찾지 못했다. 그렇게 밤을 꼬박 보내고 날이 밝았다. 약력 3월 하순 산악지역이라서 밤의 날씨는 차갑고 서리가 내렸다. 그래서 모두 걱정을 하지 않을 수 없었다. 아무도 모르게 적탄의 총에 맞아 죽은 것이 아닌가 하는 걱정을 하자 참모들과 장수들은 더욱 걱정이 커졌다. 그러나 밤이라서 찾지 못하고 날이 밝자 군사 일부와 장수, 참모들이 나서서 수색을 했다. 적과 전투가 있었던 대청리 산을 모두 뒤졌다. 종사 강병수와 별포 이상옥이 절벽 아래에 쓰러져 있는 나를 발견했다. 그들이 급히 나에게 와서 보니 의관에 서리를 하얗게 맞은 채 기절해 있었다고 한다. 강병수가 안아 깨워서 나는 눈을 떴다.

"모두 회군했느냐?"

내가 그들에게 물은 첫마디였다.

"대장, 지금 회군이 문제입니까? 어제 밤새도록 찾았습니다. 여기 누워있으면 어쩝니까?"

"내가 여기서 잤다고? 이런 참. 낭떠러지 위를 지나다가 미끌하고 미끄러졌던 기억이 나는군. 그리고 벼랑 아래로 떨어졌는데 나뭇가지에 걸치는 바람에 살아난 것 같군. 나뭇가지에 걸쳤다가 또 떨어졌는데 머리를 부딪쳤는지 그때부터 정신을 잃었어. 그리고 밤새도록 꿈을 꾸었는데 아주 이상한 꿈이야. 그리고 꿈이 그렇게 생생한 것은 난생 처음이야."

"대장, 지금 꿈 이야기나 할 때가 아닙니다. 모든 장수와 참모들이 대장을 찾아 헤매고 있습니다. 빨리 가야 합니다."

그들의 부축을 받고 나는 본진으로 돌아갔다. 군막 안에서 나는 구급약을 먹고 따뜻한 물을 마셨다. 종군하고 있는 한의사 김 영감이 내 몸을 여기저기 만지면서 어디 아픈 데가 있느냐고 물었다. 부러진 곳이 있나 살피는 눈치였다. 어깨가 좀 아팠으나 괜찮다고 하였다. 어깨에 찰과상을 입은 정도이고, 머리 한쪽에 타박상이 있을 뿐 별다른 증상은 없었다. 나는 기운을 차리고 모여있는 제장과 참모, 종사들에게 꿈 이야기를 해주었다.

"내가 꾼 꿈이 너무 생생해서 이야기하려고 하는데 들어보겠소?"

내가 그렇게 말하자 듣고 있던 제장이 픽 하고 웃으면서 말대꾸 했다.

"장군, 우리가 얼마나 놀랐는지 아시오? 지금 꿈 이야기나 할 때입니까?"

"뭐, 하지 말라면 안 하겠지만, 너무 생생해서 말이요."

"무슨 꿈인데 그러세요? 궁금하니 해보시죠?"

다른 참모가 말하며 나의 앞에 바짝 다가와 앉았다.

"꿈속에 한 도시가 폭탄에 맞아 파괴되는 것이 보였소. 그런데 그 폭탄이 여느 폭탄과 너무 차이가 나는 것이 그 한 개의 폭탄이 도시 전체를 불태웠소. 단순히 불붙어 타는 것이 아니고, 도시가 증발해 버리며 수만 명의 사람들이 같이 증발하는 것이요. 폭풍이 몰아치고 모든 집이 날아갔고 파괴되었소. 빛에 의해서 사람이 증발할 정도면 대단한 것이 아니요? 나는 꿈속에서 그것을 보면서 대단한 파괴력이라고 감탄했소이다. 그런데 그 폭탄이 또 다른 도시에 떨어지며 똑같은 일이 벌어졌소. 수만 명이 한꺼번에 증발하고, 도시가 파괴되는 거요."

"그 도시가 어딘지 모르지만 저주가 내렸군요."

참모 한 명이 그렇게 말했다. 그러자 다른 쪽에서 누가 말을 받았다.

"그 이야기 예수교 성경에 나오는 어느 구절과 흡사하네요? 수년 전에 제가 아는 사람이 예수교를 몰래 믿었는데 나를 전도한다고 그 성경을 보여주었습니다. 다른 구절은 재미가 없는데 어느 구절을 빨간 줄로 그어놔서 읽어보니, 저주에 대한 이야기가 나옵디다. 방금 대장이 말씀하신 도시가 파괴되는 저주요. 갑자기 번개가 치고 폭풍이 불며 불이 타오르고 불빛이 천지를 태울 것이다. 죄지은 자는 모두 죽을 것이되, 너희들은 달아나되, 결코 돌아보지 마라. 돌아보면 죽을 것이라고 했는데, 뒤를 돌아보다가 정말 죽은 자가 있다는 이야기요."

"예수교 성경은 내가 본 일이 없어 모르겠고, 어쨌든, 그 엄청난 빛과 폭풍은 꿈속이지만 경탄을 금치 못했소. 그 폭탄에 대해서 내가 꿈에서 본 것을 말하지. 딱 하나만 터트렸는데 큰 도시가 온통 불바다가 되었소. 아침 8시 경이었지. 하늘이 갈라지는 듯한 굉음이 터지면서 번개가 치고 천지가 흔들렸어. 짙은 화약 냄새와 함께 회색빛 태풍이 회오리처럼 휘몰아쳤어. 건물은 폭풍으로 무너져내리고, 그 안에 깔려 죽는 사람이 무수하게 많아서 셀 수조차 없어. 공장은 짓이겨지는 듯이 깨지고, 폭풍으로 쇠덩이조차 날아갔고 사람들도 하늘로 치솟으며 올라갔지. 구름은 하늘로 높이 치솟아 오르며 버섯처럼 되었고, 뒤이어 도시는 불길이 덮쳐와서 모든 것을 불태웠는데, 섭씨 5천 도의 높은 열로 유리가 녹고 사람의 살가죽이 녹아서 가죽을 씌운 것 같이 되고, 그 불길이 사람들을 집어삼키듯 휩쓸고 지나가며, 모두 타 죽었고, 도시 전체는 불길로 휩싸였지. 어디를 가든 모두 불타고 있어 사람들은 갈 곳을 잃고 허둥거렸으나 이미 온몸에 화상을 입어 고통에 몸부림치면서 죽어갔지. 몇몇 사람들은 불길을 피해 강으로 뛰어들었으나, 화상 입은 몸으로 강으로 뛰어들어 곧 죽었지. 화상 때문에 근육이 오그라들어서 헤엄을 치는 것은 불가능했지. 물속에 들어간 사람은 근육을 움직일 수가 없이 힘없이 강바닥에 가라앉아 죽을 뿐이었지. 5천 도가 넘는 빛이 사람에 쏘이면서 순간 옷은 모두 타서 살에 불고, 옷 무늬가 살에 새겨질 정도 화상을 입었지. 특히 검은 옷을 입은 사람들은 화상이 더욱 심했고, 옷이 그대로 타버려서 피부에 무늬가 새겨질 정도였지. 어느 사람은 폭풍에 날아가 나무에 꽂혀 죽은 사람도 있었지. 폭풍으로 깨어진 유리 조각은 사람을 산산조각 내었고, 어른이나 아이를 가리지 않고 순식간에 죽음으로 몰아넣었어. 당장 죽지 않은 사람도 방사능에 오염되어 서서히 죽어갔던 것이지. 방사능에 오염되어 구역질하는 사람도 있고, 한 순간에 집과 가족을 잃고 울음을 터뜨리며 우는 소리가 도시 전체에 퍼졌으나, 그것도 잠시 그들마저 모두 죽어갔지. 도시에 있는 병원이나 시설마저 모두 파괴되어 환자들은 치료할 곳도 없이 방황했지. 치료해야 하는 의사마저 모두 죽어서 치료해 줄 사람도 없었지. 도시는 말 그대로 지옥 자체였어. 시체들이 거리마다 아무렇지 않게 널부러져 흩어져 썩어갔지. 피부가 녹고 살가죽이 늘어진 사람들은 귀신처럼 거리를 배회하였고, 엄청나게 강한 빛을 얼굴에 맞은 사람들은 얼굴을 가렸으나 얼굴이 부글부글 끓고 있다는 것을 알았지. 머리카락은 순식간에 불타 없어지고, 몸 전체는 화상을 입어 이미 구더기가 끓고 있었지. 눈이 새빨갛게 충혈되고 이미 반 정도 튀어나와 있기도 하고, 이미 실명이 되어 소경처럼 헤매는 사람도 많았지. 이상한 옷을 입은 사람도 있었지. 그런데 그것은 이상한 옷이 아니라 살가죽이 녹아서 옷처럼 보였던 거야. 화상을 입은 사람들은 몸을 조금만 움직여도 피부가 옷처럼 늘어져 나와서 흐물거렸지. 멀쩡한 옷이 모두 누더기가 되어버렸지. 어떤 사람은 배가 터져 창자가 나온 것을, 그 창자를 잡고 거리를 배회하는 사람도 있었지. 물론, 더 이상 버티지 못하고 쓰러져 죽었지. 집 밖에 있었던 사람들은 그 광선을 쏘이는 순간 피부가 녹아 흐물거렸지. 사람들은 미친 듯이 물을 찾았고, 물을 마신 사람들은 그 즉시 죽었지. 작은 물웅덩이마다 시신들이 가득 있었는데, 불길을 피해서 물 안으로 들어갔지만 아무 소용이 없었던 것이야. 도시는 단번에 썩는 냄새가 진동하면서 파리떼가 검은 구름처럼 몰려들었고, 정부에서 시체들을 구덩이에 넣고 태웠는데, 그때까지 죽지 않고 살아있는 사람이 입을 뻐끔거리고 있는 것이 보이기도 하였지. 시체를 치우고 태우고 하였는데 얼마나 많이 죽었는지 일이 끝이 없이 계속되었어. 다른 도시에 구호소를 설치해서 부상입은 사람을 구제하려고 했으나, 부상자도 너무 많아 병원마다 사람들이 가득 차서 모두 들어가지 못해 길가에 뉘여놓고 응급조치를 하는 모습도 보였지. 그래서 당장 죽을 사람은 포기하고 살 사람을 골라 치료했으나, 누가 죽고 누가 더 살 사람인지 구분하기도 어려운 상태였지. 화상을 입지 않은 사람도 얼마 지나지 않아 머리가 빠지고 피부가 썩기 시작했지. 그것은 방사능 때문이라고 하더군. 그 폭탄에서 나온 방사능 때문에 아무렇지 않은 사람도 질병을 얻고 점차 죽어갔어. 처음 멀쩡한 사람들도 얼굴에 붉은 반점이 생기기 시작했고, 더러는 피를 토하기 시작했지. 그것도 방사능 때문이라고 하네. 피는 응고가 되지 않아 한 번 나오기 시작하면 계속 흘렀지. 멀쩡한 사람도 그 도시에 있었던 사람들은 시간이 지나면서 병이 생기기 시작했고, 임신한 산모는 기형아를 낳았지. 이것이 내가 꿈에서 본 그 폭탄의 광경이요."

막사 안에서 내 꿈 이야기를 듣고 있던 제장들과 참모들은 겁먹은 얼굴로 아무 말을 못하고 침묵했다. 조용히 듣고 있던 참모 한 명이 불안한 어조로 물었다.

"무슨 폭탄이기에 그렇게 지독합니까?"

"나도 몰라. 뭐, 원자폭탄이라고 하는 것 같은데."

"그걸 우리도 하나 개발하면 일본 놈을 물리칠 수 있을 텐데."

"이건 미국에서 개발한 것인데, 그 원자폭탄을 일본 도시에 떨어뜨린 것이요."

"미국과 일본은 동맹관계를 맺은 것으로 아는데 왜요?"

"동맹이란 깨지게 되어 있는 거요. 일본과 미국은 나중에 전쟁하며 피 터지게 싸우게 될 거요."

"깨소금."

"그런데 이 폭탄은 나중에 여러 나라에서 너나도나 모두 개발하게 되지. 그렇게 당하지 않기 위해 자기도 가져서 방어해야 하니까. 그렇게 강대국이 수십 개 수백 개, 수천 개 가진 다음 다른 나라는 못 가지게 조약을 만들어 딱 막고는 먼저 개발한 놈들만 그걸 차고앉아 공갈을 치는 세상이 앞으로 올 거요. 내 꿈을 분석해 보면…… 우리도 언젠가는 가질 것으로 보이지만."

"우리가 가져서 그걸 어디에 쓰죠?"

"글쎄, 어디에 쓸지는 내가 알 바 아니고. 그런 일이 있은 다음 어느 나라인가, 아마 우리나라 같아. 우리나라가 반으로 분리되어 남과 북이 다른 나라가 되었소."

"장군, 그거 전에 러시아와 일본이 북위 39도를 그어서 반씩 나눠가지자고 했던 말과 같은 이야기잖아요?"

"결국 일본이 반대해서 나누지는 않았잖소. 그런데 반으로 나눠진 것이 39도인지, 38도인지 잘 기억나지 않는데, 어쨌든 반으로 갈라져서 전쟁을 일으켰소. 양쪽에서 대판 싸웠으나 승자도 없었지만, 그 전쟁으로 서로 간에 수백만 명이 죽어서 모두 패자나 다름없는 형편이 없소. 그렇게 전쟁하고 나서 양쪽에서는 원수처럼 반목하며 백 년이 흘렀소. 백 년 후에 또 한 번 전쟁했는데, 이번에는 전처럼 싸우는 것이 아니고, 양쪽에서 앞에서 말한 두 도시를 파괴한 그 폭탄을 사용하려고 했소. 사용하기 직전에 너무 희생이 크고 똑같이 망한다는 이유로 화해를 하고 통일이 되었소. 양쪽에서 가지고 있는 그 폭탄 때문에 오히려 전쟁을 막은 거요. 그런데 그 무렵 일본에서 해군을 이용해서 독도를 침공해서 점령해버린 거요. 그리고 일장기를 꽂고는 일본 영토니까 실효 지배를 획득한 거라고 선언해버렸오. 그 섬은 고대부터 울릉도의 부속 섬으로 우리나라 영토였는데, 일본이 러일전쟁 당시(1904년)에 러시아 태평양2함대가 블라디보스토크 항만으로 이동하려는 것을 막기 위해 그곳에 레이다 기지를 세우려고 하면서 그 섬을 다케시마(竹島)라고 하고는 일본 영토라고 선언해 버렸던 것이요. 당시 조선 정부는 아무 힘이 없었고, 그 조그만 돌섬 때문에 불이익을 당할까 보아 아무 말을 못했던 것이요. 일본 해군은 그 돌섬의 레이다 기지 때문이 아니라 대마도 섬에 세운 해군 기지에서 바다를 지나는 러시아 병원선을 발견하고 러시아 함대가 지나는 것을 알고 공격해서 그 해전을 승리했던 것이요. 이 점은 우리 모두 알고 있는 사실인데, 내 꿈에서 그 섬 때문에 대한제국과 한판 붙었소. 우리나라 해군이 다시 공격해서 그 섬을 점령한 일본 해군을 격파하자, 일본군은 철수하면서 그 섬 지하에 그 폭탄을 설치해서 폭파해 버렸소. 섬이 통째로 날아가버린 것이지. 그 일로 우리나라에서는 일본 본토를 공격하자고 하면서 전쟁이 일어날 상황이 되었지만, 양쪽이 모두 그 폭탄을 가지고 있는 터라, 둘 다 한꺼번에 망한다는 이유로 전쟁은 일어나지 않았소. 서로 참고 넘어가 버립니다. 그 폭파로 해서 일 년간 일본과 우리나라에 연거푸 소규모 지진이 발생했소. 그러나 그 지진은 일 년이 지나자 더 이상 일어나지 않았소.

그로부터 50년이 지나서, 정확히 얼마나 흘렀을까. 시간은 잘 모르겠는데, 일본 섬이 지각 변동을 일으키면서 섬이 가라앉았소. 태평양을 둘러싼 지진대가 돌출하면서 대륙이 가라앉은 거요. 그 일로 일본 땅이 갈라져서 물속에 잠기고 바다 물이 들이치면서 인구의 대다수가 쓰나미로 희생되는 거요. 태평양 환대가 동시에 갈라지면서 일어난 것이기에 미국의 서부 해안도 극심한 피해가 나고, 중국 남부 해안 지역과 동남아시아 여러 나라도 커다란 피해를 입게 될 거요. 우리나라도 거대한 쓰나미로 바다에 인접한 항구 도시가 모두 파괴되는 피해를 입지만 나라가 망할 정도는 아니었소. 이 지각 변동을 일부 학자들은 독도 섬을 폭파한 폭탄 때문이라고 했지만, 그 폭탄을 터트린 지 50년이 지났기에 그것은 억지라는 말도 있었소. 어쨌든, 일본인 약 8천만 명이 죽었다고 하던가. 나머지 4천만 명은 중국이나 우리나라 땅으로 오면서 대규모 피난민촌을 형성했소. 그 일로 해서 일본은 망한 것이나 마찬가지였지. 일본이 중국에 손을 내밀었지만 중국은 남부 해안의 쓰나미 피해로 약 1천만 명의 사상자가 발생해서 정신이 없어 남의 나라 사람을 도와줄 여력이 없었고, 우리나라도 항구 도시가 모두 파괴되고 인구 약 1백만 명이 넘는 사상자가 발생하면서 자체 복구에 정신이 없어 남을 도와줄 여력이 없었지요. 결국 일본인들은 각 나라로 흩어진 유랑민이 되고, 나라의 존재는 유명무실해져 버렸소. 그런 내용의 꿈을 꾸었지."

"흐흐흐, 우리가 지금 일본에게 핍박을 받고 있다보니 대장이 그런 꿈을 꾸었나 보군요."

"그건 잘 모르겠는데 너무나 선명하고 생생해서 꿈속에서도 나는 놀라지 않을 수 없었소."

"대장, 꿈 이야기는 그만하시고, 지금 대청리로 가보시죠. 어제 일본군이 우리에게 패배하고 퇴각하면서 그 보복으로 대청리 마을을 불지르고 양민을 학살했다고 합니다."

그 말에 나는 벌떡 일어섰다. 나는 의병 백 명을 이끌고 대청리로 갔다. 마을 전체가 불에 탄 것이 아니고 산 아래 있는 작은 동리가 모두 전소되었다. 가옥 18채가 불에 타서 흉물스럽게 파괴되어 있었다. 불에 탄 가옥의 주민 일부는 불지르는 일본군을 막아서다 칼에 맞아 죽었다고 하였다. 아들이 칼에 맞아 죽자 그것을 본 어머니가 뛰어가서 아들의 몸을 감싸자 그 어머니마저 칼로 베었다. 그러자 아버지가 달려가서 일본군 멱살을 잡았으나 그도 칼에 맞아 죽었다.

마을에서 가장 큰 기와 집이 한 채 있었는데, 일본군이 그 집에 들어가서 가족을 모두 나오라고 했다. 이 집의 18살 아들과 45살 아버지는 강릉에 있는 큰딸 사돈 될 사람의 집에 혼인 준비를 상의하러 떠나고 여자들만 남아 있었다. 이 집은 김해 김씨 문중으로 그림을 그리는 김홍도(金弘道)의 직계 후손이라고 하였다. 김 씨는 15년 전에 고을 군수를 지낸 사람이었다고 한다. 70살 할머니와 부인, 그리고 두 딸이 남았다. 노인과 여자들만 있는 집에 들어간 일본군은 남자들이 모두 사라진 것을 보고 의병의 가족이라고 우기면서 어디에 있느냐고 행패를 부렸다. 모두 모른다고 할 수밖에 없었다. 그러자 일본군은 남자 가족이 숨은 곳을 말하지 않으면 딸을 겁탈하겠다고 하였다. 그래서 큰딸이 아버지와 남동생은 자기 결혼을 준비하기 위해 강릉 사돈집에 갔다고 밝혔다. 그렇게 밝혔으나 일본군은 계속 의병이라고 우기면서 딴소리를 하였다. 지켜보던 소대장이 사병들에게 겁탈해도 된다고 허락했다. 작은딸은 15살이고, 큰딸은 20살이었는데, 일본군은 두 딸을 겁탈했다. 그러자 그 광경을 지켜보고 있던 일본군 소대 병력이 두 딸을 윤간했다. 그 추세로 일본군은 마흔 살의 부인을 겁탈했고, 어느 일본군은 늙은이는 늙은이대로 맛이 있다고 하면서 70살 할머니를 겁탈했다. 일본군은 우르르 달려들어 소대 병력 전체가 윤간했다. 이 집의 노비였던 60살 먹은 노인이 숨어서 그 광경을 지켜보고 나에게 증언했다. 15살 딸은 20번을 윤간당하고, 20살 큰딸은 10번, 할머니는 5번, 부인은 15번을 윤간당했다고 한다. 일본군은 여자들을 능욕하고 나서 집을 불질렀다. 집은 완전히 타지 않았다. 일본군이 떠나고 나서 마을 사람들이 불타고 있는 집의 불을 껐기 때문이다. 아무 이유도 없이 그런 짓을 하는 것은 아마도 의병진에 패배한 화풀이로 생각할 수밖에 없었다. 일본군이 떠나고 나서 15살 먹은 딸은 수치감에 견디지 못하고 입고 있는 피묻은 옷을 찢어 줄을 만들어 대들보에 목을 매고 자살했다. 20살의 딸도 가지고 있던 장도로 목을 찔러 자결했다. 큰딸은 열흘 후에 강릉에 사는, 전에 호조 참판을 지냈던 파평 윤씨의 아들과 혼인을 올리기로 하고 준비 중에 있었는데 그 변을 당했다. 할머니는 놀라서 심장마비로 죽었고, 부인은 넋을 잃고 있다가 모든 식구가 죽어버리자 자괴감으로 장작을 쌓아놓고 그 위에 올라가 몸에 석유를 붓고 불을 질러 불에 타서 죽었다. 일가족의 시체는 동네 사람들이 거두어 마당에 가매장하여 묻어주었다고 하였다. 반쯤 타버린 집과 마당에 네 개 무덤이 보였다. 그것을 보자 나는 억장이 무너지는 것 같았다. 분노를 어떻게 억제해야 할지 몰랐다.

슬픔을 뒤로 하고 나는 불에 전소되어 집을 잃은 가족들을 불러서 만났다. 열여덟 가구가 불에 탔다. 나는 종사에게 은화 1천8백 원을 가져오라고 해서 집을 잃은 주민 가구 하나에 1백 원씩 주었다. 주민들은 돈을 받지 않으려고 했지만, 내가 대신 보상하는 것이라고 하며 받으라고 했다. 당시 시세로 은화 백 원(1천 냥)이면 보통 기와집 한 채를 살 수 있는 돈이었다. 그 돈을 받자 주민들은 울었다. 나도 같이 눈물이 나왔다. 국권을 상실했기에 다른 나라 군인에게 이런 수모를 당한다고 생각하니 얼마나 가슴이 아프고 슬펐는지 모른다. 내가 울자 제장들과 참모들도 눈물을 훔쳤다.

**5**

 봄에서 여름으로 넘어가는 시기에 우리 부대는 패배보다 승리가 많았다. 그렇게 되자 일본군 토벌대에서는 나를 잡으려고 혈안이 되었다. 특히 나의 부대와 충돌하면서 죽은 일본군 병력이 많았기 때문에 나에 대한 체포령은 일본군 토벌대 전체에 지상 명령처럼 되어 있었다. 조선인 밀정을 여러 명 파견해서 여러 마을에 침투시켜 이강년 부대가 어디 있는지, 이강년 부대와 연합하고 있는 의병진은 어디인지 세세하게 알아내려고 했다. 실제 추적이 되고 있어 나는 한곳에 오래 머물 수가 없이 자주 이동하지 않을 수 없었다. 자주 이동하다 보니 군사를 많이 데리고 이동하기 어려워서 나는 분진을 시켰다. 일개 부대가 이백 명을 넘지 않게 소규모로 잘라서 유격전을 하도록 했으며, 경우에 따라서는 합진해서 대규모 부대로 만들기도 하였다. 산악에서는 이천 명을 움직이는 것과 이백 명을 움직이는 것은 이동 속도에 큰 차이가 있었다. 홍범도가 함경도에서 포수 14명을 데리고 말을 타고 이동하면서 동에 번쩍 서에 번쩍 나타나 일본군 부대를 치자, 일본군은 날으는 홍범도라는 별명을 붙이며 보고서를 올렸다. 그로 해서 홍범도는 날으는 호랑이가 되어 신문기사로 나올 정도였다. 그렇듯이 군사의 수가 적으면 그만큼 민첩해질 수 있었던 것이다. 그러나 내가 백담사에 머물고 있을 당시만 해도 휘하에 5백 명 정도 의병 병력이 있었다. 4월 12일 새벽에 약 5백 명의 일본군이 나를 잡기 위해 공격해 왔다. 내가 백담사에 머물고 있다는 정보를 어떻게 얻었는지 알 수 없다. 어쨌든, 내가 다니고 있는 주변 반경 삼십 리 또는 십 리에는 적군의 공격에 대해서 항상 척후병을 파견해서 감시하고 있었다. 마을 주민으로 위장해서 박아놓는 것이다. 일본군 토벌대는 우리처럼 산간 지역으로 다니지 않고 주로 넓은 도로를 이용하거나 평지를 좋아했고, 꼭 마을을 거치면서 마을 주민으로부터 정보를 캐는 버릇이 있었다. 나를 기습한다고 해도 그것이 기습이 되지 않는 것은 내가 척후병을 마을에 파견해 놓고 감시하고 있었던 덕분이었다. 백담사 기습도 하루 전에 알았다.

그래서 미리 잠복시켜서 대비하고 있다가 반대로 기습하는 전투를 벌였던 것이다. 기습한다고 쳐들어오다가 반대로 기습을 당하는 꼴이었다. 내가 자주 승전하는 이유는 바로 그런 작전 때문이었다. 병력의 수준으로 말하면 농민과 포수들로 구성된 의병들이 정예 훈련을 받은 일본군보다 우수할 수가 없는 일이다. 더군다나 화력도 우리보다 일본군이 월등하게 우수하였다. 일본군은 총탄도 많았고, 기관총도 있었으며, 더러는 대포까지 지니고 있었다. 그런데 소총만 가지고 있는 우리가 비슷한 병력으로 맞부딪칠 때 승리하는 것은 미리 대비해서 복병을 두기도 하고, 지형지물에 밝아서 그것을 이용하기 때문이었다. 토벌대가 백담사를 공격할 때도 하루 전에 알았으니 대비한 것이다. 적의 병력이 터무니없이 많을 때는 미리 피해버린다. 한마디로 도망을 가버리는 것이다. 도망갈 때는 주민들에게 엉뚱한 장소를 알려주고 반대로 달아난다. 우리가 주둔했다가 도망을 가면 일본군은 당연히 마을 사람들을 협박하면서 의병 부대가 어느 방향으로 갔는지, 여러 사람을 심문해서 알아내는 것이다. 한두 명에게 물으면 거짓으로 엉뚱한 곳을 말해 줄 수 있지만, 마을 사람 십여 명을 격리시켜 물으면 거짓말 할 수 없는 일이었다. 거짓말을 하면 사람마다 방향이 다를 수가 있기 때문이다. 그것을 나는 알고 있기에 어느 한 방향으로 가다가 주민들이 보이지 않는 산을 넘으면 다른 방향으로 빠진다. 그렇게 되면 일본군 토벌대는 엉뚱한 방향으로 열심히 가서 허탕을 치는 것이다. 병력이 열세일 경우에는 도망가는 것이고, 비슷한 규모면 맞붙어 싸웠다.

백담사를 공격하는 일본군 부대 병력이 5백 명이라는 것을 보니 일개 대대 병력이 출동한 것을 알 수 있었다. 우리도 일개 대대 병력이니 싸워볼만 했다. 우리는 산악 지역 전투에 능했다. 일본군은 평지를 선호하였다. 우리는 항상 산악 지역에 주둔하거나 그런 지형을 이용해서 전투를 이끌었다. 우리가 작정하고 태백산이나 소백산, 지리산으로 들어가면 일본군은 우리를 잡으려고 해도 잡을 수 없는 것이다.

새벽에 백담사로 쳐들어온 일본군 대대 병력을 학의 날개처럼 둘러싸고 깼다. 동이 트기 전에 어둠을 이용해서 일본군 병력이 백담사 주변을 포위해서 접근했다. 단번에 교전이 벌어졌으나 먼저 선수를 치는 것이 상당히 중요했다. 단 몇 분간의 선제 공격이 상대방에게 치명상을 입히는 것이다. 전사자도 많이 나오고, 부상자도 속출하며, 무엇보다 군사의 사기가 뚝 떨어지는 것이다. 반나절이 되도록 교전은 계속되었다. 오후가 되자 일본군은 전사자들을 챙기는 기척이었다. 그리고 일부는 교전에 응하고 일부는 철수하는 것이 보였다. 이 전투에서는 시체를 모두 가져갔기 때문에 우리가 몇 명을 죽였는지 알 수 없었으나, 내가 망원경으로 관찰하기로는 우리보다 훨씬 많이 죽었다. 우리는 쉰 명 정도 전사자를 냈는데, 그들은 아마 150명 정도 전사자를 낸 것으로 추측되었다. 그렇게 전사자가 나오지 않고는 도망가지 않기 때문이다. 그들이 도망갔으니 우리가 이긴 것이다. 그래서 백담사 전투도 승리한 것이다.

그렇다고 일본군 토벌대가 우리를 포기하지는 않는다. 더 많은 군사를 이끌고 다시 쳐들어 올 것이 뻔했기 때문에 계속 머물 수가 없었다. 일본군이 물러간 즉시 우리도 철수했다. 나는 부대를 이끌고 영동지방을 두루 거쳐 강릉으로 향했다. 도시로 들어간 것이 아니라 동해안을 타고 가다가 양양 성 밖에 주둔했다. 그러나 곧 부대를 이동시켜 안동 서벽으로 향했다. 서벽에서 머물고 있는데, 대구에 주둔하고 있던 1개 대대 병력이 안동 쪽으로 움직이고 있다는 첩보를 받게 되었다. 안동 서벽에 있는 우리 의병진이 노출된 것이다. 5월 16일에 또다시 대대 병력이 오는데 그 부대는 대포 3문이 있고, 기관총이 여러 대 있다는 첩보도 들어왔다.

대포와 기관총이 있다고 무서워 도망가지는 않는다. 더구나 우리가 백담사에서 안동 서벽까지 오는 한달 사이에 의병의 병력이 많이 늘어났다. 그것은 그동안 분산하여 있던 김상태 부대를 비롯해서 윤기영 부대, 이용로 부대, 김영식 부대, 백남규 부대, 하한서 부대, 이중봉 부대, 권용일 부대, 김상한 부대, 이명상 부대가 모두 합진을 했다. 잠깐 뭉쳤다가 다시 분진할 계획이었지만, 공교롭게도 대구 토벌대가 오는 시점에 내 휘하에 있었던 모든 부대가 연합하게 되면서 군사의 수가 3천 명에 이르렀다. 대구 부대는 우리 의병진이 3천 명으로 늘어난 것을 모르고 오는 듯했다. 물론, 을미의병 때 의암 류인석이 총대장이 되었을 순간 군사 수가 2만 명 가까이 늘어난 시기도 있었다. 그리고 13도 창의군 경성 진공 작전을 할 때도 1만 명의 병력이 모인 일이 있다. 하지만, 그때는 지휘 체계가 각각이어서 총대장이 통솔하기 어려워 그 일만 명을 적절하게 통솔하지 못했다. 그러나 나에게 온 의병장들은 내가 한때 데리고 있던 직속 부하들이었다. 그래서 나의 명령 한마디면 그들은 지옥이라도 뛰어들 것처럼 따라 주었다. 3천 명을 효율적으로 배치하기 위해 새로운 작전을 폈다. 이번에는 일본군처럼 평지에서 부딪쳐 싸워볼 것이다. 그것은 우리 병력이 여섯 배나 많기 때문에 평지에서 싸우는 것이 더욱 승산 있었기 때문이다. 벌판에서 일본군 병력을 뼁 둘러싸고 독안의 쥐처럼 만들어 모두 전멸시키는 일이었다. 물론, 말대로 될지는 모르겠으나, 벌판에서 한번 승부를 보고 싶은 아주 미묘한 투지가 일어나는 것이다. 전쟁을 기분으로 하면 안 되지만, 이번 전투는 통쾌하게 하고 싶었다. 그러면 대한매일신보에서는 의병들이 일본군을 전멸시킨 기사를 낼 것이다. 일본군은 5백 명이 모두 전멸해도, 50명 사상자가 났다고 발표하며, 자기들이 쫓겨갔으면서 폭도를 물리쳤다고 거짓 선전을 한다. 그러나 신문 기사는 그들의 거짓을 뭉갤 것이다.

도선봉 백남규와 선봉 권용일, 우군장 변학기는 휘하 군사를 이끌고 일본군 침입로 좁은 목을 좌우로 나누어 매복하게 했다. 삼척진의 선봉장 김상인과 총독 박흥록은 군사를 이끌고 서벽 뒷산에 매복해 있다가 일본군이 오면 내려와서 한쪽을 막기로 하였다. 다른 부대장은 십리 밖으로 물러서서 일본군이 오는 시점에 맞춰 동서남북 네 갈래에서 매복했다. 나는 하한서 부대와 이만원 부대를 데리고 건너편 산상으로 올라가 전체를 관망하면서 지휘하기로 하였다. 일본군은 새벽에 대포와 기관총을 끌고 왔는데 기병부대도 있는지 말도 수십 필 타고 왔다. 5백 명이 넘어 보이는 것이 아무래도 2개 대대 병력으로 보였으나, 많아도 7백 명에 불과할 것이다.

벌판에서 다가오는 것을 망원경으로 보니까, 기병 부대를 선두로 당당하게 오고 있었다. 눈에 보이는 것이 없다는 식으로 거만한 태도였다. 그 부대에는 나팔수의 모습도 보였다. 군사들이 걸어오는 걸음걸이가 질서정연한 것을 보니 정예병으로 보였다. 정예병이라고 겁낼 것은 없다. 정예병이든 신병이든 배에 총알이 구분되어 박히지는 않을 것이다. 그들이 정해진 위치에 오자 나는 총을 쏘고 깃발을 흔들었다. 나의 공격 신호를 받고 매복해 있던 의병 병력이 튀어나오면서 일본군 병력을 둘러쌌다. 둘러싸면서 총격을 퍼부었다. 그러자 일본군 진영에서 나팔 소리가 들리면서 병사들이 바닥에 엎드리며 사방을 향해 총을 쏘았다. 벌판에서 몇 배나 많은 의병진에게 둘러싸이자 당황하는 기색이 역력했다. 소총 사정거리로 바짝 붙었고 사방에서 둘러 싸고 있는 데다 쌍방 간의 거리가 너무 가까워서 일본군은 대포를 쏘지 못했다. 그러나 기관총을 다섯 대나 보유하고 있었는데, 그곳에서 날아오는 총탄은 마치 비가 퍼붓는 것 같았다. 그 기관총 때문에 의병진에서 많은 희생자가 생기는 것이 보였다. 그래서 나는 몸을 노출시키지 말고 모두 엄폐물에 의지해서 공격하라고 지시했다. 여러 명의 전령이 내 명을 부대장에게 전하기 위해 내려가다가 총탄에 맞고 쓰러지는 모습이 보였다.

　서벽의 전투는 반나절 계속되다가 일본군 병력이 한쪽을 집중 공격하더니 그곳을 뚫고 퇴각했다. 일본군은 죽은 전사자를 모두 수습해서 가져갔다. 그러나 군마와 무기 일부가 그대로 버려졌다. 군마는 대부분 총탄에 맞아 죽었지만, 일부 살아있는 말이 다섯 필 보였다. 말 두 필은 총성에 놀라서 말위에 탄 병사를 내동댕이치고 숲으로 달아나버려서 살아남은 것이다. 숲으로 달아나는 군마를 산 채로 잡으려고 의병들이 쏘지 않았다. 대충 짐작되는 일본군 전사자는 2백여 명으로 추산되었다. 아군은 1백 명이 조금 넘었다. 기관총 때문에 생각보다 많이 죽었다. 역시 벌판에서 전투하는 것은 불리하다는 생각이 들었다. 서벽 전투에서 대성을 거둔 의병진은 봉화 내성(乃城)으로 진지를 옮겼다. 그리고 참모진과 제장들을 모아놓고 회의를 하였다. 의도한 것은 아닌데 이번에 각 부대가 연합전선을 펴서 일본군 2개 대대 병력을 물리쳤으나, 계속 이렇게 많은 병력을 한 곳에 모으면 이동하기도 불편하고 민첩하게 움직이기 힘드니 다시 분진하자고 하였다. 분진할 때 나는 각 부대 의병장에게 군자금을 골고루 나눠주었다. 한 부대에 은화 2백 원(2천 냥)씩을 주었다. 돈을 받으면서 부대장들은 그 돈이 어디서 났는지 궁금해하였다. 일부 부대장은 털보 장례식 때 한씨 부인으로부터 받은 것을 알고 있었으나 대부분 알지 못했다. 그러나 돈의 출처에 대해서 나에게 질문하는 부대장은 없었다. 하지만 내가 듣지 않는 곳에서 그들이 주고받는 말을 우연히 듣고 나는 깜짝 놀랐다. 대장 이강년이 미모의 과부를 하나 사귀었는데, 그녀가 돈이 많아 군자금을 대준다고 하는 것이다. 그러자 다른 부대장이 아니라고 하면서 다른 말을 했다. 이강년이 첩을 한 명 두었는데, 첩의 애비가 한성에서 유명한 부호라고 했다. 그 집 재산이 엄청나게 많아서 첩이 몰래 빼돌려 이강년에게 군자금을 대주고 있다고 하였다. 마치 잘 알고 있고, 실제 본 것같이 말하는 것을 듣고 나는 어이가 없었다. 너무 실감나게 설명해서 누가 들으면 사실로 알 것만 같았다. 그래서 부대장들을 모아 놓고 오해가 없게 하려고 설명했다.

"여러분에게 나눠준 군자금은 모두 털보의 누이동생이 털보 장례식에서 나에게 준 것이요. 모두 털보를 알고 있을 것이요. 털보가 살아있을 때도 그는 누이동생에게서 군자금을 타서 나에게 주었소. 털보 누이동생은 한성에서 손꼽히는 부자 상인으로 배동익 다음으로 어음에 신용이 있는 대행수입니다. 그녀가 과부인 것도 맞고, 나에게 군자금을 준 것은 맞지만, 그리고 내가 미인 과부로부터 군자금을 받은 것은 사실이지만, 그녀는 나의 첩도 아니고, 숨겨놓은 여인도 아니니 엉뚱한 상상으로 헛소문을 내지 마시오."

"저번 장례식에 나도 가 봤지만, 그녀는 나이가 마흔네 살이라고 하지만 스물네 살처럼 젊어 보이고, 피부가 하얗고 부드러운 것이, 정말 절세미인이었습니다. 털보 동생이고 과부라면 어떻게 해보시죠, 대장."

"지금 날 놀리는 거요? 나라가 존망의 위치에 처해 우리들 생명이 어떻게 될지 모르는 판국에 그런 괴담은 하지 마시오."

내가 정색을 하며 말하자 아무렇게 지껄인 부대장은 머쓱해지며 입을 다물었다. 아무도 다른 말을 하지 않았다.

부대를 다시 분진하고 나서 나는 1백 명의 소수 병력만 데리고 토벌대를 피해 산을 타고 이동했다. 장마가 계속되면서 전투도 소강상태가 되었다. 내가 있는 곳을 몰라서인지 일본군 토벌대가 오지도 않았다. 6월 말이 되자 줄기차게 내리던 비가 그쳤다. 비가 그치자 나도 거동했다. 일백 명의 의병진을 이끌고 무동곡(舞童谷)을 지나 영춘 석교(石橋)에 다달았다. 그곳에서 하루 머물다가 다음날 청풍으로 가서 나룻배를 타고 강을 건너려고 했다. 그런데 일본군과 순검부의 지시에 의해 나룻배가 끊어져 강을 건너지 못하고 산길을 경유하여서 능강동

(綾江洞)으로 향했다. 그곳에서 소금 장수의 배를 만나 여러 차례 왕래하며 우리는 도강을 했다. 여러 차례 실어 나른 것은 그 소금배가 우리를 스무 명 이상 한꺼번에 태울 수 없다고 해서 그렇게 했다. 달라는 요금보다 두 배 많이 주고 뱃사공에게 말했다.

"혹시 일본군이나 순검이 우리에 대해서 물으면 모른다고 하시오."
"댁들은 누구인데요?"
"우린 의병 부대다."
"의병?"
"만약 우리 정체를 일본군에게 말하면 우리 의병이 당신을 죽일 것이니 그렇게 하지 마시오."

그렇게까지 말할 필요는 없었으나 그 사내의 눈빛이 영 마음에 들지 않았다. 무엇인지 탐색하는 눈빛인데다 힐끗거리고 옆눈 짓을 하는 것이 마음에 들지 않았던 것이다. 알 수 없어서 협박을 해두었다. 그런데 그는 소금 장수 일은 건성이고, 실제는 일본군이나 순검의 끄나풀로 일하는 첩자였다. 첩자를 모르고 그렇게 고백을 했으니 정통으로 걸렸던 것이다. 나는 무주 구천동에 은거하면서 다시 군사를 일으키려고 했다. 그렇게 계속 의병을 모집해서 나중에는 십만 명의 대군을 만들 작정이었다. 대군을 모아 전쟁다운 전쟁을 하려고 했다. 만약 한 씨 부인이 계속 군자금을 대주기만 하면 가능한 일이었다. 그런 생각을 가지고 청풍을 지나 금수산을 넘으려고 할 때 소금 장수가 밀고를 해서 순검부와 일본군 병력이 따라붙었다. 병력의 규모는 모르겠으나, 군인과 사복을 한 순검부 무리가 의병 부대를 향해 총을 쏘아대었다. 둘러싸고 총탄이 날아오는 것을 보면 포위한 것을 알 수 있었다. 우리는 봇짐에 넣어 메고 있던 총을 꺼내 교전했다. 그러나 우리는 노출되어 있고, 일본군은 엄폐물에 가려 보이지 않았다. 계속 교전을 하자 희생하는 쪽이 우리였다. 의병들이 총에 맞아 자꾸 죽었다. 무엇보다 내 심복으로 있던 하한서와 참모 일곱 명이 모두 죽었다. 그들은 나를 보호하기 위해 총을 쏘아대다가 적탄에 맞은 것이다. 나는 의병들을 살리기 위해 지시했다.

"교전을 계속하면 우리가 불리하니 적당히 보다가 모두 숲으로 달아나라. 나도 달아날 테니 옆 사람 사정 보지 말고 스스로 알아서 여기를 벗어나서 이틀 후 정오 무렵에 단양 향교에서 만나자. 모두 알았지요?"

"네."하고 일동은 눈치를 보다가 숲으로 도망가기 시작했다. 그런 와중에 나는 무엇인가 발아래 뜨끔한 것이 쏘는 충격을 받았다. 아래를 내려다보니 왼쪽 발 복사뼈에 총탄을 맞은 것이 보였다. 피가 쏟아지면서 심한 고통이 왔다. 일단 몸을 피하려고 한쪽 발로 뛰다시피 하면서 바위 뒤로 몸을 숨겼다. 총탄은 나에게 날아오지 않았다. 나는 걸을 수가 없어 기어서 숲으로 들어갔다. 그곳에도 바위가 많아서 바위와 바위 틈에 몸을 숨기고 으스러진 복사뼈에 옷깃을 찢어 싸맸다. 피를 지혈시키려고 시도했다. 그렇게 한참 있자 피는 어느 정도 멈추었으나 고통은 심했다. 복사뼈의 고통 때문에 잊고 있었으나 총성이 멈춘 것을 알았다. 상황이 끝난 것인가. 도망가던 의병 중에 몇 명이 총에 맞고, 몇 명이 무사히 벗어났는지 알 수 없었다. 각자 알아서 피신했다가 단양 향교에서 만나자고 했으니 다른 사람의 모습이 보이지 않아도 찾지 않을 것이다. 고통이야 참으면 그만이니, 여기 숨어 있다가 산으로 올라온 일본군이 물러가면 그때 움직이기로 하고 숨소리를 죽이고 가만히 있었다.

  나는 도포 주머니에서 궐련을 꺼내 성냥에 불을 붙여 피워물었다. 성냥에 물이 묻었는지 잘 켜지지 않는 것을 여러 번 시도해서 겨우 불을 붙여 물었다. 그렇게 담배를 피우면서 연기를 푸하고 내뿜었다. 담배를 피우고 있는데 인기척이 들렸다. 고개를 쳐들어 보니 낯선 사내가 나에게 다가섰다. 땅에 떨어진 피를 추적하다가 나를 발견하고 다가온 것이다. 나는 품속에 품고 있던 권총을 잡았으나, 총성이 들리면 일본군이 몰려올 것을 생각해서 총을 놓고 칼을 뽑았다. 뽑기는 했으나, 몸이 마비되어 움직일 수가 없었다. 그렇게 꾸물거리자 사내가 나에게 총을 겨누며 쏘려고 했다. 방아쇠를 당기려다가 멈칫하더니 나를 유심히 보고 물었다.

  "당신 의병장 이강년? 얼굴 상처 있는 거 보니 알겠스무니."

  "쓸데없는 질문하지 말고 나를 쏴라."

  "당신 잡으면 현상금이노 얼만데 죽여? 당신 같은 거물은 살아 데리고 가야 돈이 되스무니."

  "이놈아, 조선말을 하는 걸 보니 너는 조선 사람인 모양인데 이렇게 왜놈 앞잡이가 그렇게 좋으냐? 나를 쏘라고 했다."

"내가 조선 사람이소까? 흐흐흐, 내 조선말이노 정말이노 정확한 모양이오까. 나노 일본 순검 모리(森)라는 사람이오이까. 조선 말은 1년간 배워서 터득했스무니다."

순검은 달려들어 나의 몸을 짓눌렀다. 내가 피를 많이 흘린 탓일까. 몸이 계속 말을 듣지 않고 정신이 몽롱했다. 나는 순검의 포박에 묶이고 말았다. 순검에게 포박당하고 나는 심경이 착잡해서 시 한 수를 읊었다.

환자태무정(丸子太無情) 탄환이여 너무 무정하도다
과상지불행(踝傷止不行) 복사뼈를 상하여 더 이상 나갈 수 없구나
약중심복리(若中心腹裏) 차라리 심장이나 맞았더라면
무욕도요경(無辱到瑤京) 욕보지 않고 저 세상에 갈 것을

내가 감옥에서 유서를 써서 큰아들 승재에게 보낸 것이 있는데 그 내용이 한글판 대한매일신보에 〈의병장 이강년씨 유서〉라는 제목으로 기사가 나갔다.

〈너희 아비는 평생에 충성을 품고 나랏일에 죽기를 원했는데 이제 뜻을 이루었으니 무슨 한이 있겠는가. 너는 놀라고 두려워 말고 정신을 수습하여 너의 아우들을 데리고 옥문 밖에서 기다려서 내가 죽거

든 3일 안에 거두어 장사하되, 고향 산까지 길이 멀어 내 관을 실어다 반장(返葬)하지 못한다면 종가에 청하야 대군(大君) 묘소 근처 국내(局內)에 한 자리를 빌어서 장사하라. 너의 아비는 덕이 박하여 품은 회포를 펴지 못하였으니 내가 구금되어 있을 때 입던 옷을 선산 아래에 묻어주기만 해도 내 마음이 흡족할 것이니 부디 유감이라 여기지 말라. 나는 나라를 회복하고 보호하기를 고심한 지 13년 만에 결국 죽게 되니 원수 갚는 일이 매우 분통하고 한탄스럽다. 형세에는 강약이 있겠지만, 의리에는 굴신(屈伸)이 없으니 군자가 이른바 영광스런 죽음 앞에는 사는 것이 도리어 수치다 라고 한 것이 바로 이것이다. 하늘을 우러르고 땅을 굽어봐도 한점 부끄럼 없으니 너는 지나치게 슬퍼하지 말거라. 아우들을 데리고 산골짜기로 들어가 농사지으며 그럭저럭 지내면서 정수(廷秀)를 잘 교양하여 집안의 명성을 이어가게 하는 것이 계술(繼述)하는 방도이니 힘쓰고 힘써서 네 아비를 욕되게 하지 말거라. 이 밖에 자질구레한 당부는 번거롭게 말하지 아니하노라.〉

나는 경성감옥(서대문 형무소)에서 교수형으로 목매었으나, 빨리 죽지 않고 14분간이나 버티었다. 내가 오래 살고 싶어서 버틴 것은 아니다. 죽음을 초월한 지는 오래전이었다. 그런 현상을 나로서도 모르겠다. 드디어 죽자 묵직하던 몸이 가벼워졌다. 내려다보니 내 몸에서 새로운 몸이 빠져나오고 있었다. 그것을 유체 이탈이라고 하는 것을 알고 있다. 육체에서 영혼이 빠져나오는 것이다. 죽으니까 새로운 경험을 하는 구나 하는 생각이 들었다. 공중으로 부양한 내 몸은 허공에서 빛나는 빛 속으로 스며들었다. 그 빛과 나는 하나로 혼합하였다. 그것이 바로 나의 혼이라는 생각이 들었다. 이제 마지막으로 줄에 목매어 죽어있는 내 몸을 내려다보았다. 옥졸이 죽어있는 내 손을 비틀며 허리춤 잡은 손을 떼어내려고 했지만 이미 몸이 굳어서 펴지지 않았다. 그것을 여러 명 옥졸들이 바라보며 신기한 듯 히죽거리고 웃었다.

양자 역학의 이론에 의하면 우연의 동시성이라는 것이 있다. 이것은 서로 다른 공간에 있는 양성자가 중첩되면서 시공간을 초월하는 현상이다. 시공간 초월은 과거, 현재, 그리고 미래가 없어진다. 그것은 미래의 모습을 현재의 시선으로 볼 수 있다는 말이 된다. 우리 인간이 꿈속에서 무의식을 통해 꾸는 꿈은 시공간을 초월하는 동시성 현상으로 해서 미래가 보인다. 예지몽은 그래서 생기는 것이다. 다만 그 미래가 상징화되어 왜곡되기 때문에 무슨 의미인지 잘 모를 뿐이다. 내가 죽고 보니 우리의 혼도 시공을 초월한 양자의 중첩 현상이 나타나고 있다는 것을 알 수 있었다.

내 혼이 지껄이는 말은 차원이 달라서 들리지 않겠지만, 숨이 멈추고도 14분이나 걸려서 죽은 내 시체를 가지고 우왕좌왕하고 있는 왜놈들에게 말했다.

"내 눈에 미래가 보이니 한마디 하겠다. 이웃사촌이라는 말이 있고, 항상 이웃을 사랑하라는 말이 있는데, 너희들은 왜 그렇게 이웃을 침략하고 못살게 구는가? 너희들이 조선을 정복하려는 것이 하루 이

틀이 아니고, 삼백 년 전부터 해왔던 침략인데, 침략 근성이 너희 민족의 특성이 아니라면, 깊이 반성해야 할 것이다. 좀 더 앞서 서양 문물을 받아들여 부강한 나라가 되었다고 해서, 그렇게 너희들의 권세가 영원할 줄 아느냐. 삼십칠 년 후에 너희는 너희들과 동맹을 맺은 강대국 어느 나라와 전쟁해서 패배할 것이다. 그때 도시 두 곳에 저주의 불덩이가 떨어져 순식간에 도시가 초토화되면서 저주받은 도시가 될 것이다. 그로부터 백 년이 지나면 너희 나라의 권세도 기울어, 결국 대한제국보다 못한 하등국이 될 것이고, 또 백 년이 지나기 전에 너희 나라 땅덩이가 지진으로 갈라져 사상 초유의 지각 변동이 일어나 태평양 바닷물이 국토를 갈라놓을 것이며, 인구의 삼분의 이가 물에 빠져 죽을 것이다. 그때 이재민 수천만 명이 중국과 우리 땅으로 달려와서 살려달라고 빌 것이다.

사람 개인은 권불십년(權不十年)이라고 했으나, 국가는 권불백년이니, 망한 국가는 흥하고, 흥한 국가는 망하는 것이 우주 섭리이다. 잠시 권세가 있다 해서 교만의 극치를 떨지 마라. 나의 전쟁은 이것으로 끝나지 않았다. 내가 지금 죽어 육신은 사라지지만, 나의 혼은 계속 싸울 것이다. 나의 전쟁은 끝나지 않았다."

〈끝〉

**나의 전쟁은 끝나지않았다**

**초판 1쇄 발행** 2025년 07월 31일

**지은이** 정현웅
**펴낸이** 이규종
**펴낸곳** 해피&북스
**인쇄소** 한솔미디어
**주 소** 서울시 마포구 토정로 222
    한국출판콘텐츠센타 422-3

**등 록** 제2020-000033호
**전 화** (02)6401-7004
**팩 스** (02)323-6416
**이메일** elman1985@hanmail.net

ISBN 979-11-993712-3-1
**정 가** 15,000

잘못된책은 바꾸어드립니다. 무단복재를 금합니다.